Peril Over the Airport

Helen Wells

論創海外ミステリ

Ronso Kaigai MYSTERY

178

# エアポート危機一髪
# ヴィッキー・バーの事件簿

ヘレン・ウェルズ

友田葉子◯訳

論創社

Peril Over the Airport

1953

by Helen Wells

目次

# 主要登場人物

ヴィクトリア（ヴィッキー）・バー……〈フェデラル航空〉のスチュワーデス
ジニー・バー……ヴィッキーの妹。高校生
ルイス・バー……ヴィッキーの父。州立大学の教授
ベティ・バー……ヴィッキーの母
ディーン・フレッチャー……ヴィッキーの同僚パイロット
ウィリアム（ビル）・エイヴリー……フェアヴューで小さな飛行場を経営するパイロット
ルース・ストリーター……ビル・エイヴリーの姉
フレディ・ストリーター……ルースの五歳の息子
ドワイト・ミューラー……ラン農家を営む、ビル・エイヴリーの友人
アンドリュー・コーリー……シカゴから来た実業家
スピン・ヴォイト……飛行機の整備士
ガイ・イングリッシュ……ヴィッキーの友人
イングリッシュ判事……ガイ・イングリッシュの父親
マルコム・マクドナルド……民間航空管理局（CAA）の調査官
J・R・スミッソン……〈ランド&スカイ社〉の代表

# エアポート危機一髪

全米女性パイロット協会会長、マッティ・F・マクファデンへ
多大なるご協力に感謝の意をこめて

# 第一章　ヴィッキーの新たな情熱

ヴィッキー・バーの心の中には、このところずっと気になっているものがあった。初めのうちは、そのくりくりとした明るいブルーの瞳を閉じて、気のせいだと思い込もうとした。それでもうまくいかないとなると、今度は懸命に無視しようとした。ところが、いくら頑張ってみても、どうしてもそれを心から消すことができない。「それ」は、危険でお金のかかる、スリルのあることだった。どう考えても、淡いグレーがかったブロンドの、小柄な若い女の子に似合いの望みとは思えない。

ディーン・フレッチャーは、そんなヴィッキーの心の内を感じ取っていた。ディーンとヴィッキーは、気のいい機長トム・ジョーダンのもと、〈フェデラル航空〉の旅客機に数カ月一緒に乗務している仕事仲間だ。ディーンは副操縦士、ヴィッキーはスチュワーデスを務めている。

「これまでの人生で、こんなになにかを熱望したことはないわ。でも、絶対にできるわけがない」と思わず漏らしたヴィッキーに、ディーンが、真剣さと思いやりのこもったグレーの目を向けた。

「できるさ。君なら、きっとやれる」ディーンは力強く言った。

ぱりっとした制服に身を包み、テーブルを挟んでヴィッキーとディーンと向かい合っているもう一人のスチュワーデスは、ジーン・コックスといい、八歳のときに飛行機の操縦レッスンを受けたことがあった。その隣に座る、ディーンと同じ明敏な飛行士らしい目つきをした長身の若いパイロットは、ジム・ボルトンだ。五月晴れのこの日、四人は搭乗前に〈キティホーク・ルーム〉でランチを共にしていた。

「あなた、世界的な有名人になるかもしれないわよ」と、ジーンがおどけた調子で言った。

「逆に、世界に出ていくのを、すっかりやめちゃうかもしれないぜ」と、ジム・ボルトンが口を挟んだ。

ヴィッキーは、お飾りの置き物のように見られることには慣れっこだったが、けっして、それを甘んじて受け入れたりはしなかった。ジムのあきれ顔は、かえって彼女の気持ちを奮い立たせた。

「誤解しないで」ヴィッキーは、むきになってテーブルに身を乗り出した。「スチュワーデスの仕事を辞めてちやほやされようとか、そういう気はさらさらないの。これからも新しい出会いを続けたいし、毎日動きまわって知らない町を見るのは楽しいわ。一カ所にとどまっていることなんて、私には無理！」

「いつだって、どこかでなにかが起きてるんですもの」ジーンは、ベリーショートの髪にのせたスチュワーデス用の帽子の位置を直した。「退屈しないわよね」

「だけどさ――」と、ジム・ボルトンが口を開こうとした。

ゆったりとした口調で、ディーンがそれを遮った。「いい加減、からかうのはよせよ。もう一杯ミルクを飲んだらどうだ。しじゅう飛行機に乗っている人間なら、遅かれ早かれ、自分で操縦してみたいと思うようになるもんじゃないか。そうだよな、ヴィク？」

ヴィッキーは、ほっとしたようにうなずいた。「操縦ってものに、どんどん情熱がわいてくるの。きっと、たいへんな試練でしょうけど――自分自身を試すチャンスでもあると思う」

「言っとくけど、操縦するには、君は小柄すぎるぜ」と、ジム・ボルトンが言った。「それに、航空会社のパイロットの仕事は、女性には開放されていないしね」

とたんに、ジーン・コックスが椅子から腰を浮かせた。「いつか、そうなるわよ！　いまに見てらっしゃい！」

ヴィッキーは、気圧されたように息をのんだ。「私は、ただ、趣味で操縦したいだけなんだけど——」

「それと、ヴィッキーが小さすぎるっていうのもないわ！　背中にクッションや電話帳を挟めば、ペダルに足が届くのよ。うちの家族が所有していたカブに乗ったとき、妹と私は実際にそうやって、うまくいったんだから」ジーンの興奮が、いくらか収まってきた。

「ああ、確かに、その手もある」相変わらず穏やかな口調で、ディーンが言った。「ヴィクに覚悟さえあるならね。けっして、たやすいことじゃないからな」

ジム・ボルトンはにんまりとして、ちょっとからかってみただけだと白状した。両親の世代が自動車という最新の機械にはまったように、いまや若者はあたりまえのように飛行機に乗る時代なのだから、女の子が操縦したって当然だと言う。実際、飛行機を操縦する若者は大勢いる。数千人はくだらないとなれば、もはや水上スキーや乗馬と同じレベルと言っていい。女性だって、チャーター旅客機や貨物輸送機を操縦できるだろうし、テストパイロットにもなれるだろう。工場から客のもとへ新品の飛行機を届けたり、ディーラー相手に実演したり、政府機を空輸する仕事もできるはずだ。もちろん、趣味で操縦したってなにもおかしくない。

「女子に向いている趣味だよ」と、ディーン。きっと、男ばかりの五人兄弟で姉も妹もいないディーンの、女の子に対する優しさからくる言葉なのだろうと、ヴィッキーは思った。「特に力は必要ない。敏感さと器用さがあればいいんだ。それと、細心の注意深さだろうね。その点では、ヴィクはうってつけだと思うな――」

ヴィッキーは、期待をこめてディーンを見つめた。自分の気持ちを萎えさせるような、勇気をくじくひと言を言ってはくれないだろうか。

「――冷静さを保って、すばやく正確な判断を下す。操縦には、それが欠かせないんだ」

彼の長所である冷静な思考力など、たいしたことではないかのように淡々とした口調だった。「やっぱり、夢物語だわ」と、ヴィッキーは思った。「レース編みでも習ったほうが、よほどいいんじゃないかしら」

レース編みですって！　とたんに、彼女は思い直した。自分が本当に求めているのは、冒険なのだ。いまの魅力的な仕事が大好きなのは間違いないが、実を言うと、スチュワーデスの仕事は、別のなにかへの踏み台であるような気がしていたのだった。それがなんなのかは、自分でもよくわからなかったけれど。

テーブル脇の大窓から、四人は飛行機の離着陸を眺めていた。ディーンは、細面の頬の筋肉を引き締めて、別のことを考えているようだったが、やがてヴィッキーのほうへ向き直った。

「なあ、ヴィク。本当に飛行訓練を受ける気なら、君の故郷でやったらどうかと思うんだ」

「フェアヴューで？　ここみたいな大きな都会の空港に慣れてしまったら、小さな飛行場は、なんだか妙な感じがするけど」ヴィッキーは、広大な飛行場を指し示した。何マイルにもわたって広がる土地には、いくつもの格納庫《ハンガー》が立ち並び、銀色の機体が巨大な鳥のように鈴なりに停まっている。「アメリカでいちばんすてきな町だとはいっても、フェアヴューには、ちっぽけな草地の飛行場しかないわよ」

「航空産業が、いかに急速に発展しつつあるかを忘れちゃいけないよ」と、ディーンが切り返した。「それに、フェアヴューには、ビル・エイヴリーがいる」

「そんな人、知らないわ」と、ヴィッキーは言った。「誰なの?」ここのところ、あまり故郷には帰れずにいたし、フェアヴューに戻ったときも、ほとんどの時間を〈キャッスル〉という名で呼ばれている自宅で、両親と妹のジニーと過ごしていた。だから、町の人々との付き合いからは遠ざかっていて、ビル・エイヴリーという人物とは面識がなかったのだ。

「ビル・エイヴリーだって?」ジーンのパートナーを務める副操縦士が興味を示した。「テキサスで練習艦隊にいたときに、その名前のやつに会ったぜ。エイヴリーっていうのは、そいつだけだった。あのあと、太平洋戦域での航空戦に派遣されたんじゃなかったかな。ああ、あいつなら、どんな飛行機だって操縦できるさ! それじゃあ、いまは飛行教官《フライト・インストラクター》をやってるのか?」

「そうなんだ」と、ディーンは言った。「自分で空港を経営している。ヴィクが操縦を教わるのに、彼ほどの適任者はいないだろう」

「うーん、そうだなあ」ジム・ボルトンの顔に、徐々に笑みが広がった。「ビルは、ちょっと変わったやつだからな。ヴィッキーにとっちゃ初めて出会うタイプで、面食らうかもしれないぜ」

「ビル・エイヴリーって人、いつ空港をオープンさせたの?」

「面食らうのは、お互いさまなんじゃないか?」ディーンは、副操縦士仲間に向かって答えた。すっかりその話題に気を取られていて、ヴィッキーの質問が耳に入っていないらしい。

「なあ覚えてるか、あいつ、本当にすごかったよな――」

二人の若者は思い出話に夢中になって互いに早口でまくしたて、ヴィッキーもジーンも、とても割って入れる雰囲気ではなかった。

ヴィッキーも、口を挟みたいとは思わなかった――特に、ビル・エイヴリーにまつわる楽しげなおしゃべりが一段落して、ディーンが興味深い話を始めてからは。

欧州戦域で空軍のパイロットをしていたとき、ディーンは、腕に変わった入れ墨《タトゥー》をした若者に出会った。ディーンによれば、タトゥーは荒くれ者がするものと思われ、大多数の軍人から嫌われていて、昔からタトゥーを彫るのが習慣となっていた水兵や、そこらのごろつきのあいだでさえ見られなくなっていたのだという。ともかく、機上射手を務めていた、このダーネル――その名前で合っているかどうか、ディーンはいま一つ自信がなさそうだったが――は、粗暴で風変わりな男だった。仲間とそりが合わず、同乗する乗組員《クルー》からは、ことごとくダーネルをよそへ配置転換してほしいという訴えが出た。そうこうするうち、彼はディーンの士官仲間のクルーに任命されたのだった。

「それで、何度か顔を合わせたんだ。知り合ってみると、そんなに悪いやつでもなかった」と、ディーンは言った。「仕事はできるし、がさつながら冗談を口にすることだってあったしね。だけど、誰もダーネルのことをよくは知らなかった。人との付き合い方がわからないんだな。あんなに秘密主義の男には会ったことがない。いつもピリピリしていて、ひどく無口なんだ。まるで、きつく巻かれた鋼《はがね》のバネのようなやつだった。あいつの本質を理解できる人間は、一人もいなかったな。本人が少しでも打ち解けてくれたなら、きっといろいろなことがわかるのにって、みんな感じてはいたんだけどね」

「いいことが？　それとも悪いこと？」

「さあな。そういえば――ひと騒動起きたことがあったっけ。ダーネルが猛烈に怒りを爆発させるのを目撃したことがある。あれを見たら、こいつは、どんなことだってやりかねないと思ったよ。善悪なんておかまいなしに、自分の思うとおりのことをやるだろうってね。まあ、それ一度きりだったけど」

「軍以外では、なんの仕事をしていたの？」と、ジーンが質問した。

「ダーネルのプライベートについては、誰も知らなかった。ダーネル？　いや、パーネルだったかな？　なんか、そんな感じの名前だ。彼について雄弁に物語っているのは、タトゥーだけだった。ただし、解釈の仕方がわかっていればの話だけどね。僕らの誰も、タトゥーの意味を解読できなかったんだ」

「タトゥーねぇ」ヴィッキーは、その言葉をくり返した。「どんなデザインだったの？」

ディーンは額に皺《しわ》を寄せて、記憶をたぐった。「飛行機の周りに、連隊の象徴のヘビが巻きついていたな。とても風変わりでね。男がタトゥーを入れるとしたら、普通は旗か、かわいい女の子のデザインだったから。あんなのは見たことがなかったよ。短剣とドイツ語の言葉も入ってたな。確か、ゴシック体の文字だったと思う」

「なんて書いてあったんだ？」と、ジム・ボルトンが尋ねた。

ディーンの目が、腕時計に吸い寄せられた。「おい、あと、きっかり三分半したら、ハンガーに向かわなくちゃいけないぞ……ああ、タトゥーの言葉か！　僕には読めそうもない字だったんじゃなかったかな。誰かに教えてもらったかもしれないけど、忘れたよ」

「じれったいわね！」ジーン・コックスが声を上げた。「それで、話は終わりじゃないんでしょう？そのあと、なにがあったのよ？」

ディーンによると、ダーネルは失踪したのだった——突然、跡形もなく姿を消したのだ。平穏なある日、ふいと基地から出ていって、そのまま消息を絶ったというのだった。無許可離隊ということで、当然、当局は捜索に乗り出したが、ディーンの知るかぎり、発見されることはなかったらしい。

「どうも、解せない話だな」と、ジムはつぶやいた。

「まあ、なんらかの不測の事態が起きたことは間違いない」と、ディーンが答えた。「なにがあったのかは、わからないけどな」

ジーン・コックスと同じような失望を、ヴィッキーも感じていた。そして、このタトゥーの話は、彼女の頭に強く刻まれたのだった。また、ビル・エイヴリーについてもっと知りたいという興味も湧いた。自分の故郷の町に住む、優れた技能を持つ人材……。

ＤＣ－３型機でシカゴに戻る午後のフライトは、きわめて順調だった。空はまばゆいまでに晴れわたり、真っ青な湖のようだった。ヴィッキーは、教師に引率されてデトロイトの工場見学から帰る高校生たちの世話を焼いた。それ以外にも、二人のビジネスマンに熱いコーヒーを出し、「初飛行」だと意気込む男性に地図を見せて、飛行ルート、風速、時速などを説明してやり、病弱な年配の女性にはアスピリンと雑誌を手渡して、気持ちが落ちつくよう話し相手になった。経由地の空港では、普通のスーツ姿に房《ふさ》付きのトルコ帽をかぶった、一人のエジプト人が乗り込んできた。再び離陸すると、ヴィッキーは、そのエジプト人紳士が流暢《りゅうちょう》な英語を話すことに気がついた。ミシシッピ川とナイル川がいかに似通っているかを、誰かに話したくて仕方ないらしい。「二つの川とも、綿の栽培に適しているんですよ。ただし、どちらも氾濫《はんらん》が多い！　それに、ナイル川もひどく濁っていましてね」

外交家、接待役、救急係、輸送機関の職員の役割をすべてこなすのが、ヴィッキーの仕事だ。彼女は、たとえ眠りながらでも自分の任務をきちんとこなせるくらいの自信があった。

コットが浮かぶ夏のミシガン湖の上空を飛び、たそがれどきにシカゴ入りした。笑顔で乗客を送り出し、忘れ物がないか、空っぽになった機内を点検し、乗客係に渡す搭乗者名簿を整理する——そうした業務のあいだじゅう、ヴィッキーは、どこか上の空だった。

空港でディーンと早めの夕食をゆったりと食べている最中も、彼女はくよくよと考え込んでいた。そんなヴィッキーに、ディーンはずばり核心を突いてきた。

「乗務の合間に操縦を習えばいいさ。三カ月もあれば、なんとかなる。夏のあいだに、規定の三十六時間の飛行をこなせるんじゃないか？」

「あなたが言うと、やけに簡単に聞こえるわね」

「短期間、集中しなくちゃならないけど、そんなにたいへんじゃないし、これまでに経験したことがないくらい、やりがいがあるはずだよ。会社に頼んでシカゴに配置してもらえば、実家に近くなる。シカゴからだと、ミネアポリス、セントルイス、デトロイトへの短距離フライトがあるし、それならフェアヴューに二、三日滞在する余裕が出るはずだ」

「ニューヨークへのフライトには乗らないってこと？　それじゃあ、ニューヨークのアパートにいる仲間たちに会えないじゃない」

「たまには会えるさ。本気で自家用機パイロット免許を取りたいんなら、ぜひビル・エイヴリーに教わるべきだと思う。彼は腕利きのパイロットで、いいやつだし——なにしろ、とても頑張っているからね。ビルに、手紙で君のことを知らせておくよ。ジム・ボルトンからも頼んでもらおう」

「どうしても、私にやらせたいのね！」

「なあ、ヴィク、まだこれ以上ぼーっとしつづけるつもりかい？　よく考えてみるんだね」

言われたとおり、翌日、ヴィッキーはシカゴで一日中じっくり考えた。空の上での仕事を得るために、これまで懸命に努力してきたし、いまの仕事を心から楽しんでいる。それは、まぎれもなく彼女の世界だった。だが、自分一人で操縦するとなると、並々ならぬ勇気が要求されるにちがいない。

その日、彼女は、ジーン・コックスとランチを食べた。そこで、ジーンが加わっている全米女性パイロット協会という、アメリカのさまざまな都市に支部のある全国的な組織のことを聞かされた。十六歳以上の女性のうち、パイロット免許を持っている人、操縦を学びたいと思っている人、航空機産業のいろいろな分野に興味のある人らが加盟していて、互いに親睦を深め、飛行にかかる費用を負担し合っているのだという。基礎を学べる学校も運営しているし、航空業に関する情報誌を発行し、主に女子高生を対象とした賞や奨学制度も設けている。航空をテーマにした会合を開いては、楽しい時を過ごしているのだそうだ。バックシート・パイロットと呼ばれる、彼女たちの夫や兄弟、ボーイフレンドたちが、活動のサポートをしてくれているらしい。

「あなたにぴったりでしょ、ヴィッキー」と、ジーンは言った。

「もし、本当にそうなったらね」ヴィッキーは、自分でも驚くほど興味を引かれていた。

その日、彼女は一日オフだった。ちょうどタイミングよく、チーフ・スチュワーデスのルース・ベンソンが会合のためにシカゴに来ており、美しく、頭の切れそうな目をしたその若い女性は、ヴィッキーの計画を歓迎してくれた。

「わが〈フェデラル航空〉の従業員が飛行士になるなんて、いい宣伝になるわ。あなたの計画は──」

「計画というんじゃないんです──まだ、いまのところは。全然はっきりしたわけじゃなくて」ヴィッキーは口ごもった。「新たな思いつきっていうか」

ルース・ベンソンは笑った。「言わなくたって、わかってるわ！　私も経験したもの。あなたの二倍はビクついてたもんよ」

ヴィッキーは、目を見張った。「自家用機パイロット免許を持っていらっしゃるんですか、ベンソンさん？」

「ええ。セスナ一二〇も、半分所有しているわ。あとの半分は、フィアンセの持ち分なの。彼は、それが理由で自分と結婚するんだろうって言うのよ。でも、ここだけの話、誓ってそんなんじゃないわ」

ヴィッキーは目を見開いたまま、すっかりピンク色に顔を上気させていた。ルース・ベンソンがデスク越しに腕を伸ばし、軽くハグして言った。

「お姉さまの目はごまかせないわよ！　その夢見心地のうらやましそうな顔を見れば、なにを考えてるかなんて、お見通しだわ。あなたをシカゴからの短距離便に配置してあげる──ディーン・フレッチャーが、あなたのためにひと肌脱いで、手配してくれたのよ。さあ、早くご家族に電話して、いますぐ帰るって言いなさい」

「あ、はい。ありがとうございます。本当にありがとう！」

ヴィッキーは、勇気がしぼんでしまわないうちに、手近な公衆電話ボックスへ駆け込んだ。深呼吸をし、長距離電話のオペレーターにつないでもらっているあいだ、自分自身に言い聞かせるようにつぶやいた。

「こうなったら、一か八かやるしかないわ！」

# 第二章　第一歩

暖かく穏やかな午後の中ごろ、ヴィッキーは自宅に到着した。そこに居合わせた家族は、陽ざしの降りそそぐ芝生の上でまどろんでいた、スパニエル犬のフレックルズだけだった。フレックルズは片目を開けてヴィッキーをちらっと見ると、すぐにまた昼寝に戻ってしまった。けれども、タクシーの運転手が大きな音をたてながら、スーツケース、帽子箱、おみやげの箱などの荷物を車から下ろしはじめると、家の脇を回り込んで、母親が急いで姿を現した。

「あら、まあ！　早かったのね。それにしても――」ミセス・バーは一瞬、言葉を切って娘を見つめた。「こんな大荷物を持ってきたってことは、しばらく家にいるつもりなのね。よかったわ」ハグをしたヴィッキーに、母はさらに言った。「あなたが、自分から仕事を休むはずがないわね。まさか、クビになったわけじゃないんでしょう？　じゃあ、どうしたの？」

「すごい推理力ね」ヴィッキーは、くすりと笑った。

「なにかあるのね」母は、笑いながら頭を離した。

「ええ、実はそうなの。ママには、私の味方になってもらいたいの」

「いつだって、味方じゃなくて？」ミセス・バーは家の入り口の網戸を開けて手で支え、運転手に荷物を運び入れてもらった。ヴィッキーは、妹のジニーの所在を尋ねた。

「ジニーったら、かわいそうなのよ」ミセス・バーは、きれいな巻き毛頭を左右に振った。「あの子、期末テストに備えて高校で必死に勉強しているの。学年末の六月だからって、若い子たちが学校に缶詰めにならなきゃいけないなんて、気の毒な話よね。ねえ、私のバラを見て！　とってもきれいでしょう？」

二人は、芝生を突っ切ってバラの茂みまで歩いた。二列に植えられたバラの木々が、道路まで長く連なって生えている。花の重みで、枝が芝生に向かって垂れ下がっていた。

ヴィッキーがタクシー代を払ってチップを渡そうとすると、運転手は、チップの代わりに黄色いバラが一本欲しいと言った。そのバラをフロントガラスに固定して、タクシーは〈キャッスル〉の長いU字型の私道を走り去っていった。

ヴィッキーは、甘い香りを深く吸い込み、周囲の静けさに耳を澄ました。列車の汽笛が、はるか遠くの大草原に響くのが聞こえる。「帰ってきたんだわ」と、彼女は思った。

母はヴィッキーの計画について追求することはせず、それが彼女にはありがたかった。家族全員そろったところで発表するほうが、話が早い。妹のジニーと共用の青い部屋で荷物をほどきながら、自分の一大決心のことをどう切りだせば、心配する家族から反対されずに済むだろうかと、あれこれ考えた。母親は、きっと自分の操縦する飛行機に最初に乗ると言ってくれるだろうという自信があった。だが、父親は少々古風な考えの持ち主で、なにかとヴィッキーの計画を阻もうとする悪い癖がある。

「作戦が必要だわ。なんとしてもパパを説得しなくちゃ。でも、どうすれば？」

自宅から三〇マイルの場所にある州立大学で経済を教えているバー教授は、ヴィッキーが大学を辞めたときも、スチュワーデスになりたいと言いだしたときも反対した。メキシコへの乗務を命じられたときなどは、強硬に反対し、もう少しでメキシコへ行けないところだった。十人以上もの人の力を借りて、ようやく説き伏せることができたのだ。自家用機パイロットになるというのは、これまでの中でいちばん「古風」からほど遠い行動だ。

「自分の父親じゃなかったら、正真正銘《プレイン》（plain）の厄介者って呼んでるとこよ。っていうより、飛行機《プレイン》（plane）の厄介者かしら。あら、ダジャレができちゃったわ」

たぶん、重大発表をするのは、今夜の夕食後がいいだろう。父が空腹でご機嫌斜めかもしれないときに話すのは、リスクが高すぎる。

一時間後、ジニーが帰宅した。自分たちの部屋に、いつになくたくさんの荷物があるのを見て喜びの声を上げ、日焼けした腕でヴィッキーに抱きついた。

「いつもみたいに明日帰るんじゃないのね！　釣りに行ったり、私の髪をセットしてもらったりする時間があるってことよね。ジャクソン農場までドライブして、フライドチキンのディナーを食べたり――」

「ええ、もちろんよ。全部できるわ。だから落ち着いて」ヴィッキーは愛情のこもった笑顔を妹に向けた。

ジニーは姉譲りの、淡いブロンドと、はっきりした顔立ちをしていた。あと二、三インチ背が伸びて、二、三ポンド体重が減りさえすれば、いかにも現実主義者っぽい印象が薄れて、優美な姉とそっくりになるはずだ。

「レモネードよ」と、母が二人を呼んだ。「テラスにいるわ。レモネードとクッキーをいただきましょう」

ジニーは、まじまじとヴィッキーを見つめた。「どうして?」

「ええ、ママ、ありがとう。すぐ行くわ」と、ヴィッキーは大きな声で返事をした。「ええと――どうしてって、なんのこと、ジニー?」

「はぐらかすのは、やめてくれる? 私は午後中、顕微鏡でちっちゃなアメーバを追いかけてて疲れてるんだから」

「うーん」ヴィッキーのブルーの瞳がきらめいた。探りを入れるジニーの目は、すべてわかっているというように、真っすぐに見返してくる。やはり、ジニーに隠し事をするのは無理なようだ。二人は、チームなのだ。「私をおだてて、しゃべらせてごらんなさい」と、ヴィッキーは言った。

「ママを待たせてるのよ」と、ジニーは取り合おうとしない。

「なら、おだててくれなくたっていいわ」ヴィッキーは、ジニーの腕に自分の腕を絡め、一緒に階段を下りはじめた。「その代わり、内緒にしてよね。私ね――その――飛行機の操縦を習おうと思ってるの」声に出して言ったとたん、顔が火照るのを感じた。

「じゃあ、私も!」と、ジニーがきっぱりと宣言した。

「なんですって?」ジニーのこの反応は、ヴィッキーには予想外だった。爆弾発言が二つに増える? そんなことになれば、バー家は吹っ飛んでしまうかもしれない。「あのね、十六歳以上じゃないとだめなのよ。もちろん、あなたが本気ならだけど――」

「本気よ。年齢が若すぎることくらい、わかってるわ。でも、地上での学科の勉強ならできると思うの」ジニーの声には熱がこもっていた。「それにね、いろいろな面で、できるかぎりヴィクの手伝いをするわ。きっと役に立つはずよ」

「ありがとう」ヴィッキーは、妹の小さいけれどしっかりした手をぎゅっと握った。「だけど、まさか、あなたも操縦を習いたかったなんて――」

「やりたくて仕方なかったの。私の夢よ」

「私たち、お互いに助け合えるかもしれないわね」と、ヴィッキーは言った。

テラスに腰を落ち着けると、すぐに彼女は母に打ち明けた。最初はびっくりし、いくつか懸念材料を挙げたものの、ベティ・バーの心は賛成に傾いていった。「私だって、できることなら操縦を習ってみたいわ。実を言うとね、ヴィッキー、あなたが自分で操縦するって言いだすんじゃないかと思っていたの――遅かれ早かれ、いつかはね」絶対に危険なまねはしないことを約束させたあとで、母はそう言って娘に微笑みかけた。

ヴィッキーは、たまらなくうれしかった。それでも、ビル・エイヴリーについて訊いてみるのは早いと感じていた。まだ、だめだ。

「これで、あとはパパと渡り合えばいいだけね」と、ヴィッキーは言った。

「だけって言った?」ジニーが目を丸くした。

「しっかり頭に思い描きなさい！　自分が飛行機を操縦する姿を――ヴィッキー、免許を取らなかったら、この私が許さないわよ」と、母は言った。

ジニーの助けを借りながら、ミセス・バーは、共通の知人のこと、岩石庭園《ロックガーデン》のこと、お隣のウォーカーズ家の猫とフレックルズとの仲良し関係のことなど、最近のニュースをヴィッキーに話して聞かせた。道路とは反対方向に面した敷石のテラスからは、小鳥の水浴び場があり果樹の立ち並ぶ広い裏庭の芝生と、こんもりと樹木の茂った丘の斜面が見晴らせ、眼下に湖も望めた。この夏は、バー家の桟橋沖で泳いだり、船外モーター付きのボートに乗ったりする時間も取れそうだ。母がコンテストの賞品でボートを獲得したので、〈キャッスル〉の裏手に、父が桟橋とボート小屋をつくったのだった。

丘のてっぺんに位置するこの場所での暮らしが、ヴィッキーは大好きだった。人並みの資産しか持たないバー家がこの土地を譲り受けたときには、すっかり荒れ果てた状態だった。家族四人が力を合わせて懸命に修繕し、庭づくりをして、〈キャッスル〉を現在のような美しい家に仕上げたのだ。梁《はり》や塔、傾斜した赤い瓦《かわら》屋根、開き窓のある家は、まさにミニチュアの城《キャッスル》のように見えた。

夕食の少し前にルイス・バーが車で戻ってきたとき、ヴィッキーは、自分にしろ、ほかの誰にしろ、この人にイライラするなんてどうかしているのではないか、と首をかしげる思いに駆られた。背が高く、ブロンドの髪をしたハンサムなルイスは、ヴィッキーを見て心からの笑みを浮かべた。

「お帰り！　私たちがどんなにおまえの帰りを待っていたか、わかるかい、ヴィクトリア？　よく顔を見せておくれ」父は片手を伸ばしてヴィッキーの肩口をつかみ、誇らしげな笑顔でのぞき込んだ。

「うん、実に元気そうだ」そう言う彼自身は、少々疲れて見えた――しかも空腹のようだ。

「ヴィッキーは、夏のあいだじゅう、たくさん家にいられるのよ！」と、ジニーが大声で言った。

「短距離便に乗るんですって」

父は、もう一方の腕でジニーを抱き寄せた。「その言葉を待ってたんだ！　この夏、なにがしたい？　なんでも仰せのとおりにするよ。今年は、みんなで思い出に残る夏にしようじゃないか」

ヴィッキーは、うなずきはしたけれど、なにも言わなかった。

彼女の父には、お祝いパーティーを企画する才能があった。四つのグラスにトマトジュースを注ぐと、一段床の下がった細長いリビングで、あっという間にカクテルパーティーを演出してみせた。三人の女性陣のために音楽とダンスと花を用意し、みんなを大いに笑わせた。外のテラスでゆったりと夕食を楽しんだあとは、庭に移動してコーヒーを飲み、そのかたわらで、フレックルズはホタルを追いかけまわした。ルイス・バーは、くつろいでいた。七月に夏期講習が始まるまで、大学での仕事はぐっと減るのだ。話題は、大学のことからフェアヴューの町のことに移り、ヴィッキーはそれとなく飛行の話へと近づけていった。

「聞いた話では」と、彼女は切りだした。「ビル・エイヴリーっていう、評判のいい若者がいるらしいわね」

「ああ、ビル・エイヴリーね！」家族の反応は好意的だった。「彼は、誰からも好かれているわ」

「あの人、変わってるの」ジニーが思わず口走って、すぐにしまったという顔をした。「変な意味じゃないのよ。腕のいい飛行士だし、フライト・インストラクターとしてだって――」

「コーヒーのお代わりをちょうだい！」母にカップを差し出しながら、ヴィッキーはジニーをにらんだ。いまはタイミングが悪い。バー教授の許可をもらうには、もっと褒めなければならないのだ。ほの暗い青い明かりの中なので、教授はその様子には気づいていなかった。

ベティ・バーが、やんわりと言った。「ビルは、若いから少し軽率なところがあるのよ。ちょっと、そこつ者なのね。でも、フェアヴューに初めて航空貨物事業を導入したことで、町では尊敬されてるわ。あなたもそう思うでしょう、ルイス？」

ルイス・バーは、そう思うと答えた。そしてヴィッキーの質問に対して、いろいろと教えてくれた。ビル・エイヴリーは、以前は空軍のパイロットをしており、人から「飛行ばか」と呼ばれることもあるほどで、乏しい資金でたいへんな苦労をして自分の飛行場を始めたのだという。

ビルのいちばんの顧客は、友人のドワイト・ミューラーという、川沿いに数多くある農場の一つに妻と二人で暮らす人物だった。ドワイトとバーバラの夫婦は、温室でランの花を栽培していて、彼らの生産する花は、すべてシカゴの花屋に出荷される。その枯れやすいランを、ビルが週二回シカゴへ空輸しているのだ。この貨物がビルのビジネスの主力であり、ただ一つの確実な収入源となっているのだった。周辺の数マイル圏内に住む大勢の人々——傷みやすい作物を出荷する農夫、急患を搬送する医師、急ぎの用事を抱えた人など——が、ビル・エイヴリーの小さな飛行場を頼りにしていた。が、それでもなお、財政的には苦しい状況らしい。

「ディーン・フレッチャーがね」ヴィッキーは、おそるおそる口を開いた。「フライト・インストラクターとしても、おすすめだって言ってたわ」

父親が、さっと顔を向けた。「『おすすめ』っていうのは、どういう意味だ？」

「ただそれだけの意味よ、パパ」ヴィッキーは、ごくりと唾《つば》をのんだ。「大きな航空会社のパイロットが、ビルを高く買ってるってこと」

「私は、おまえが飛行機に一人で乗るなどという危険を冒すようなことはしないと信用している。だいたい、おまえのパイロットの友達は、みんな空を飛ぶことに夢中で狭い世界に生きているから、ほかのことが目に入らないんだ。だから——」

「パパ！」ヴィッキーは、抗議の声を上げた。

「——航空機で遊ぶことを、人にもすすめたがるんだよ。だが、おまえはだいじょうぶだと思ってるからな、ヴィッキー」そう言って、椅子にゆったりもたれかかった。「おまえの良識を信じている」

ヴィッキーは、心の中で三つ数えて大きく深呼吸をした。「信用してくれてうれしいわ、パパ。これまでスチュワーデスとして何度も乗務してきたおかげで、飛行に際してしていいことといけないことは、ちゃんとわかってるのよ――どうやったら危険を避けられるか――」

「危険を避けるには、空を飛ばないことだ」さも、いいことを言ったというような、満足げな口調だった。

「パパの言うとおりね」ヴィッキーは、おとなしく従った。

暗がりで、母がむせるのが聞こえた。「私だったら、なにか別のものを考えるわ。たとえば、スピードの出る自分用の小型ジープとか――」

父が、とがめるように言った。「君は、家でじっとおとなしくしていられないのかい？」

「それで、レース編みでもしろって言うの？　まっぴら、ごめんよ」

そこでいったんその話題から離れ、ベティ・バーは、ヴィッキーに驚きのニュースを告げた。現在、フェアヴューの町外れに、別の飛行場が建設中だというのだ。ビル・エイヴリーのものよりはるかに規模が大きく、まったく相手にならないとのことだった。

「新空港のおかげで、フェアヴューの地名が地図にのるかもな」と、バー教授は言った。「交通センターやビジネスセンターができるかもしれないからね。そうなれば、ここも発展都市だぞ」

バー教授はヴィッキーに、新空港の〈コーリー・フィールド〉について、さらに詳しい情報を教えてくれた。アンドリュー・コーリーは、大型の新空港を設立するため、最近、妻とともにシカゴからこの町へやって来た。申し分ない身元保証人と取引上の信用照会先を持っていたのに加え、数人の熟練した空港職員も引きつれていたコーリー氏に、ガイ・イングリッシュの父、イングリッシュ判事をはじめとする多数の大物財界人が関心を寄せ、〈コーリー・フィールド〉への投資に踏み切った。コーリーはオーナーの一人ということになってはいるが、積極的に計画を推進する中心人物で、プロジェクトの発案者だった。バー教授は、当然、アンドリュー・コーリーが社長だと考えていた。この飛行場の最大の売りは、アメリカの大手航空会社の一つが、大陸を横断する便を、混雑したシカゴの空港に代わってフェアヴュー経由にすることに同意したと、フェアヴューに来たと同時にコーリーが発表したことだった。

「まあ!」と、ヴィッキーが声を上げた。「そのコーリーって人、たいした手腕の持ち主みたいね」

確かにそうだった。過去にいくつもの事業で成功した経歴を持ち、バー教授によれば、この新たなプロジェクトに並々ならぬ意欲を燃やしているらしい。彼も妻のジャネットも、魅力的かつ知的で、裕福だった――この町でも豪華な建物として知られる邸宅を購入し、大勢の人をもてなしていた。誰もが、彼らのもとに群がった。コーリー夫妻がカントリークラブ――二人は三カ月間のゲスト会員になっていた――で主催するパーティーの招待状は、引っ張りだこだった。「ローマ人のごとき贅沢ざんまいぶりさ」と、ルイス・バーは言った。

「アンドリュー・コーリーは、ちょっと大物すぎると思うわ」と、ミセス・バーが言った。「この小さな町には、なんだか不似合いな金持ちの有力者のような気がするの。もちろん、私の個人的意見だけど。彼が、フェアヴューに新たなビジネスチャンスをもたらしてくれそうだっていうのもわからないではないし」

「ビルが気の毒ね」とつぶやいてから、ヴィッキーは思い直した。「でも、全国規模の航空会社が乗り入れる空港に負けないくらい、不定期運航の小さな飛行場の需要もあるんじゃない?」

「ああ、そのとおりだよ。だから『気の毒なビル・エイヴリー』なんて言う必要はないんだ。大きな飛行場とはまったく別の種類の事業を展開しているんだからね。両者は、ちがうところで生きているのさ。事実、アンドリュー・コーリーは、自分の大きな飛行場では、小さなローカル便事業に手を出すのはやめようと考えているようだ。まだ、完成したわけじゃなく、ようやく操業を始めたばかりだがね」

「どこにあるの？　見てみたいわ」

「町の北側よ」と、ジニーが勢い込んで言った。「うちみたいに、っていうか、もっと町外れなの。それなら、飛行機が住宅街から十分に離れた場所を飛べるでしょ」

「で、ビルの飛行場はどこなの？」

「同じよ。北側。理由も同じ。ねえ、パパ」ジニーが問いかけた。「だとすると、大型空港とビルの飛行場って隣接してるんじゃない？　滑走路が隣り合ってるって意味じゃないわよ、もちろん――民間航空管理局《CAA》の規定では、二つの滑走路は六マイル以上離れていなければならない、って決められてるんですものね。だけど、ビルはコーリーの土地ぎりぎりまで所有してるってことなんじゃないの、パパ？」

「ああ、そうだ。それにしても、おまえはなぜ、そんなに空港や飛行のことに詳しいんだ？　そんなのは、一家に一人で十分じゃないか？」

「じゃあ、一度に両方の飛行場が見られるわけね」ヴィッキーは、慌てて割って入った。「著名人のコーリーの顔は、どこへ行けば拝《おが》めるの？」

　土曜日にカントリークラブで開かれるガイ・イングリッシュのパーティーに出席すれば、コーリー氏に会えるだろうと、ジニーは言った。「でも、ガイが招待してくれるわけないわよね。だって、ヴイクはどこかほかの場所にいると思ってるんでしょう？　ハワイとか、それか――」

　そのときミセス・バーが、いやだ、蚊に食われているわ、と声を上げ、続きは家の中に入ってからにしましょうと提案した。そこでいよいよ話を切りだそうとヴィッキーは心に決めたのだが、バー教授は新聞を広げて読みはじめてしまった。早く話題を戻さなくてはならない。しかも、巧みに。だって、ディーンの手紙によれば――電話が鳴り、ジニーが立ち上がって受話器を取った。

「ヴィッキー！　あなたにですって」ジニーは、父のほうをちらっと見た。「ビル・エイヴリーからよ」

「あら、そう」ヴィッキーは、震えそうな膝で電話に向かって歩きながら、できるだけさりげなく言った。「きっと、私がいつからフライト・レッスンを受けるのか知りたいんだわ」

「ヴィクトリア！」父の大きな声が飛んだ。

「まあまあ、ルイス」と、母がなだめた。

「ヴィクトリア！　ちゃんと話をするのが先だろう！」

「もしもし、エイヴリーさん」ヴィッキーは受話器に飛びついた。……「ええ、そうです、ヴィッキー・バーです。もう少し大きな声で話してくださいます？」

　背後が静まり返った。両親と妹が、自分の一言一句に耳を澄ましているのがわかる。電話の向こうの男らしい声は、快活で感じがよかった。ぶつぶつ文句を言う父のせいで聞き取れなかった部分もあったが、ビル・エイヴリーがこう言ったのは、はっきり聞こえた。

「会うのを楽しみにしてますよ、ヴィッキー。じゃなくて、ミス・バー。いや、やっぱりヴィッキーだ。ディーンが、君のことを手紙でずいぶん褒めていてね」

「鵜のみにしちゃ、だめですよ」と、ヴィッキーは笑いながら言った。

ジニーが、声をひそめて訊いた。「なにを、鵜のみにするの？」

受話器から、ビル・エイヴリーの大きな声が響いた。「一回目のフライト・レッスンは、いつがいい？」

「ヴィクトリア！」父がいきなり、怒った顔を電話のすぐそばに突き出した。

「明日」ヴィッキーは、しっかりした声でビル・エイヴリーに告げた。「明日の朝、最初のレッスンを受けます。十時ではどうかしら？」

「十時きっかりだね。ありがとう、ミス・バー――ヴィッキー。きっと、自分で操縦するのが楽しくて仕方なくなると思うよ。じゃあ、明日」ビル・エイヴリーの声が、あまりにもうきうきと楽しみにしているように聞こえたので、電話を切るヴィッキーの顔に、自然と笑みが浮かんだ。なんて感じのいい人なのかしら……。そして、早口でまくしたてる父のほうに向き直った。

「ヴィクトリア、おまえはまだ、この件について話し合ってもいないじゃないか。こんな危険なことは、絶対に許さん」

「車の運転より危険じゃないわ。事故の件数は、ずっと少ないもの」

「ばかな！　空中では、なんの支えもないんだぞ！」

「適切なスピードで当たりさえすれば、空気って堅いのよ」それは周知の事実で、もちろん父も承知していた。

「ヴィクトリア、私は認めんからな！」

「ママは賛成してくれたわ。なにより、私自身が決めたの。私、もう大人なのよ、パパ。ねえ、お願いだから許して。操縦を習うんだっていう決心は変わらないわ。パパにも、ぜひ、それを応援してほしいの」

父は、あぜんとしたようだった。やがて、その顔が和らいだ。ポケットに両手を入れて考え込んでいる。「そうだな、私は少々、自分の考えに固執していたかもしれん——少なくとも飛行に関してはね。私だって、ただの頑固人間にはなりたくない。おまえは本当に——」ヴィッキーの顔をのぞき込んで言った。「——飛びたいんだな?」

「本当よ。真剣なの。どうしてもやりたいの」

なんとか理解しようと努力する父の彫りの深い額に、皺が寄った。「英国空軍の標語にあるやつか。『パー・アーデュア・アド・アストラ《Per ardua ad astra》』、試練を克服して満天の星へ……達成感、己に打ち勝つ心。そういうことか?」

「それよ。それ以上だわ。自分で操縦するのって、胸躍ることよ。美しい詩と、責任と、冒険がごちゃ混ぜになったみたいな感じ。正直に言うけどね、パパ、これは私がいま、なによりもいちばんやりたいことなの」ヴィッキーは、懸命に父に訴えかけた。

父はその言葉に耳を傾け、うなずき、考えている。

「だって、翼はいつだって希望とあこがれの象徴だったじゃない。ねえパパ、私、心の底から望んでるの!」

ふいに、父がにっこり笑った。「もちろん、おまえがこの話題を出した時点で、おまえと母さん——飛行に関しては、いつも私と意見が食い違うんだ——に、言い負かされるだろうってことはわかってたさ」父は軽くかがんで、ヴィッキーの銀色めいた光を放つブロンドの髪にキスをした。「だが、一つ教えてほしいことがある」

「なあに、パパ?」ヴィッキーは、真面目な顔で尋ねた。

「どうすれば、そんなふうにいつも自分のしたいことを貫き通せるんだい?」

「父親が力を貸しているからじゃないかしら」と、ヴィッキーに代わって、母が訳知り顔に答えた。

現実主義者のジニーは、姉に勝利の余韻に浸る猶予《ゆうよ》を与えてはくれなかった。ビル・エイヴリーとの飛行訓練の予約のことを思い出させ、大事な日のためにしっかり寝ておいたほうがいいと勧めたのだった。

「眠れるといいけど!」二階へ上がりながら、ヴィッキーは、はしゃいだ声で言った。こんなにうれしい気持ちになったのは、初めてではないだろうか、と思った。

# 第三章　うわさのビル

　翌朝は、よく晴れた気持ちのいい天気で、絶好の飛行日和だった。自然の草に覆われた広い飛行場の縁に沿って、さまざまなタイプの小型飛行機が並んでいる。だが、この朝エイヴリー空港の上空で動いていたものといえば、格納庫《ハンガー》のてっぺんのポールでそよ風にはためいている、長い道化師帽のような吹き流しだけだった。ビル・エイヴリーのハンガーには、整備士《メカニック》も見当たらない。普通なら出迎えてくれるだろうと思う職員の姿もなく、オフィスとなっている粗末な小屋の前を通ってみても、人っ子一人いない。平日のこの小さな飛行場は、見るからに閑散としていた。おそらく、一週間働いた人々が休暇に出かける週末には、てんやわんやとなるのだろう。

　ヴィッキーは、もの珍しげに周囲を見まわした。広い敷地以外、印象的なものはなにもない。草を平らにならして、境界線を示す目印を並べた二つの滑走路、間に合わせのハンガー、オフィスの小屋——それくらいしかなかった。まあ、それだけあれば十分で、きっと安全なのだろう。そうでなければ、CAAの許可が下りるはずがない。

「だれ？」

　突然の声に、ヴィッキーは跳び上がった。五歳くらいの小さな裸足の男の子が、ぴったりと寄りそうようにして、彼女の肘の下に立っている。真面目くさった目を大きく見開いてヴィッキーを見つめてから、口を開けたまま、しばらく考えている様子だった。

「ぼく、フレディ」

「こんにちは、フレディ。私はヴィッキーよ。みんなは、どこにいるの？」

「ぼくは、ここ」と、子供は答えた。「ママはおうち。とげとげのあるスパゲッティみたいなものをつくってるの。チューインガム、もってる？」

ヴィッキーはシャツのポケットから一つ取りだし、チェック柄のスラックスのポケットの中にも、もう一つ見つけた。チューインガムをあげると、フレディは顔が真っ二つになりそうなほど口を横に広げてにんまりし、すぐに二つとも口に放り込んだ。

「エイヴリーさんは、どこ？」と、ヴィッキーは尋ねた。

小さな口いっぱいにガムを頬張っているフレディは、しゃべることができず、肩をすくめて指で髪をかき上げると、走り去ってしまった。

脇道で大きな音がし、土埃《つちぼこり》がもうもうと巻きあがった。小さな黄色いオープンカーが、狭い誘導路を時速六〇マイルの猛スピードで疾走してきて、滑走路の直前でキーッとタイヤを鳴らして止まったのだ。運転手は、両脚をくるりと回して低い車のドアをまたいで跳び降りると、しみで汚れたズボンで両手を拭き、ヴィッキーに向かってにこやかに笑いかけた。

「やあ！　君がヴィッキーかい？　時間ぴったりだね。いや、素直に認めなくちゃな。僕が遅刻したんだ。フレディから伝言は聞いた？」

「フレディには会ったわ」と答えてから、ひと言つけたした。「五歳の子供にビジネスの伝言をするなんて、すばらしい経営手法ね」

「遅れてごめん」ビル・エイヴリーは、ついて来るようヴィッキーに頭で合図して、滑走路と平行して走っている草の生えた道のほうへ大股で歩いた。「このみすぼらしい古ぼけた空港――ここには、僕しか経営する人間がいないんだ。友人のドワイト・ミューラーが手伝ってはくれるけど、自分の農場があって、いつも来られるわけじゃない。彼がいてくれるときに、僕は町まで車を走らせて用事を済ませるんだよ。君に会うんで、ぱりっとしたシャツに着替えて、いっちょうらのネクタイをしようと思ってたんだけど――」

「だいじょうぶ、すてきよ」と、ヴィッキーは心にもないことを言った。ビルは、これまで会った誰よりも汚くだらしない格好をした――そして誰よりもハンサムな――若者だった。たぶん、今朝ちゃんとひげを剃《そ》ってシャワーを浴びたのだろうが、そのあとで油や泥をさんざんいじりまわしたようだ。

「君が、よくいる口うるさい女じゃなくてよかったよ。ほら、ひどく几帳面できちっとしてる――ああいう人たちが周りにいると、たまらないよね。今朝は、急いじゃいないんだろう？　レッスンを始める前に、まずは君の本拠地飛行場《ホーム・フィールド》を知ってもらいたいんだ。こっちへ来て、君が操縦するかわいい小型機を見てごらん」

「私が？　このカブを操縦するの？　いつ？」

「今朝さ。数分後にね。そりゃあもちろん、僕が一緒に飛ぶけど、君が操縦かんを握るんだよ」ビル・エイヴリーは、小型機の黄色い翼をぽんぽんとたたいた。「いかしてるだろう？　鼻が上向きなんだ」

　モーター一機を積んだ軽飛行機は、ヴィッキーには、バッタとたいしてちがわない大きさに思えた。この体格のいい青年が寄りかかりでもしたら、ひっくり返ってしまいそうだ。ヴィッキーが小さな短いプロペラを見ていると、ビル・エイヴリーは彼女のほうに視線を向け、特に足をじっと見つめて、くしゃくしゃの茶色い頭をかいた。

「私の足が、どうかした？　それとも靴？」ヴィッキーは顔をしかめて、自分のローヒールの普段履きの靴を見下ろした。偶然にも飛行機と同じ黄色い色をしたコットン製のその靴は、バックベルトがついて足先の部分が開いた、蝶結びの飾りのあるものだった。

ビル・エイヴリーは、言葉に詰まった。ひと言も出てこない。無鉄砲そうな雰囲気に似合わず、ひどくはにかんだ顔をしている。そして、縦長のえくぼを作って困ったように笑ったが、それでも言葉は出てこなかった。

「靴がいけないのかしら？」ヴィッキーが助け船を出した。

「その靴は、操縦には向いてないな。ものすごく汚れちゃうよ」

「蝶結びの飾りが気に入らないんでしょう」と、ヴィッキーは言った。さっき聞いた口うるさい女の人の話に、彼女はカチンときていたのだった。

「しゃれた飾りは、別にいいんだよ」と、ビル・エイヴリーは気のない返事をした。「ただ、その開いたつま先と、突き出たかかとがね――フットペダルかブレーキに引っかかってしまいそうだ――機内を見てみなよ。ほらね？」

ヴィッキーは、計器をのぞき込んだ。「なるほど。この飛行機を私が動かすのね？」

ビル・エイヴリーは、ヴィッキーを見下ろして微笑んだ。「ちょっと不安だろ――怖いよね。ごく自然なことだよ。健全な本能ってやつが、警告を発するんだ。でも、心配は要らない。僕がちゃんと面倒を見るから」

「たとえ私が訓練でしくじっても？」ヴィッキーの目がきらめいた。

「しくじったら、僕は君を落第させなくちゃならない」と、ビルは厳しい口調で言った。

彼の説明によれば、特別な訓練と長時間の飛行経験を積んだのちにフライト・インストラクターのライセンスを与えてくれたCAAに対して、自分は責任を負っているというのだった。CAAは、どんな種類の免許についても、志願者全員をテストする。数週間後、ヴィッキーが自家用機パイロット免許の申し込みをすれば、彼女もその対象となるのだ。

「いいかい、ヴィッキー。白紙の君の申し込み用紙は、いま僕のオフィスに置いてある。十分な飛行訓練を積んで、ソロ飛行ができる段階になったら、その用紙に記入して郵送する。すると、ワシントンD・CのCAAが、君をチェックするってわけさ。さあ、心配なんて忘れよう。いまに、小鳥みたいに優雅に美しく、簡単に飛べるようになるよ」ビルは口笛を吹き、その言葉を裏づけるかのように、両腕をパタパタさせた。「鳥のように飛ぶ飛行家さ、ね？」

ヴィッキーの緊張が、少し和らいできた。インストラクターがビル・エイヴリーなら、操縦を学ぶのは楽しくなりそうだ。

小さな黄色い飛行機のかたわらで、明るい陽ざしに包まれて、二人は向かい合った。

「草の生えた滑走路に気づいたかい？　アスファルトや芝生より、初心者にはいいんだよ」いくぶん言い訳ぎみに、ビルが言った。「万が一、着地が完璧じゃなかったとしても、草地なら、さほどバウンドしないからね」

「私、それでも絶対バウンドするわ」と、ヴィッキーは予言した。「すてきな飛行場ね」実際はちがったが、ビルの目が、褒めてほしいと訴えていた。

「悪くないだろう？　もっとよくなるはずなんだ。もう少し手を加えれば――あちこちを、ほんの少しいじればね」

ハンガーやオフィス小屋のみすぼらしさも、ぼうぼうに伸びた草も、道路から入るところにあるエントランスのくたびれ具合も、ビル・エイヴリーの目には映らないのだろうか？　それとも、とてものんきな人で、まったく気にならないとか？　ヴィッキーは、少し優しい気持ちになって、こう言った。

「一人でやるには、たいへんな仕事量ね」

「だから、やれずにそのままになってることがたくさんあるんだよね。別にかまわないさ。僕には、ちょうどいいんだ」と、ビルは快活に言って、古代の彫刻のような高い鼻をこすった。「高級さはないけど、僕にぴったりで居心地がいいんだよ」

ヴィッキーは、今度は、オフィスの入り口の階段の上に工具や郵便物が散らかっているのに気がついた。この様子だと、内部は、いったいどんな状態なのだろう？　とりあえず、必要最低限のことは、きちんとしているようだった。四機の飛行機を、少しずつそろえたらしい。練習機として、目の前のこのカブとパイパーカブ、彼自身が陸軍航空隊《AAF》に入りたてのころに飛行訓練で使ったタイプだという、大事に使い込んだ感じのするオープンコックピットの練習機ＰＢ－19、シートが八つあって、荷物か乗客かによってそのうちの四席が取り外せるようになっている、古いツインモーターのＤＣ－３。ＰＢ－19とＤＣ－３は、政府から、余ったのを買い取ったものだった。軍を辞めたときには――その時点で熟知していたのは操縦についてだけで、ビジネスや経営に関する知識はまったくなかった――おいしい仕事の大半は、すでに人に取られてしまっていたのだという。飛ぶことが大好きなビルは、まだ十分飛べそうな状態の飛行機を手に入れ、持ち前の機械いじりの腕前で、きちんと整備したのだそうだ。

「どれも、唸《うな》るように風を切って飛ぶんだぜ。ほかの航空輸送会社より迅速に配送できるんだ」

現在、大型機は、隣接するコーリー氏の大きな飛行場で、三千時間の飛行を超えた機にＣＡＡが課している整備点検を受けている最中だった。

「あっちには、設備の整ったハンガーと、航空機整備士《A&E》の資格を持ったメカニックがそろってるからね」と、ビルは、ちょっともの欲しげに言った。

小さな民間飛行場に向きそうな場所はほかにもあるのに、なぜフェアヴューを選んだのかというヴィッキーの問いに、実際、手ごろな土地を探して、いくつかの州を車で回ってみたのだと答えた。そして、ＡＡＦ時代の仲間だったドワイト・ミューラーを訪ねてやって来たときに、ここが目に留まった。ビルの先見の明は人には理解されず、おかげで、比較的安い金額と抵当で、この広大な土地（町から九マイル外れた安全な場所にある）を購入することができたのだった。〈フェアヴュー建築貸付組合〉でローンを組めるよう、友人のドワイトが抵当の部分で援助してくれた。「僕は、土地貧乏なんだよ」ビルには、運転資金がほとんどないのだった。外部からの助けといえば、時々手伝ってくれるドワイトだけ。目の前のこの若者は、自分一人の力で、小さなビジネスをやりくりしているのだ。

「僕が初めてここへ来たときには、たとえタダでくれると言われても、誰も欲しがらない状況だったんだ」ビルの手が、ぼんやりと飛行機の翼をなでた。「農業にふさわしい土地でもない。この辺りに住みたいという人もいないし、工場を建てるには町から遠すぎる。見捨てられた、ただの草地だったのさ」そして、周囲に停められた飛行機を指して言った。「僕が『空港』って言ったときには、みんながばかにしたよ。わずかな人を除いてはね。たとえばイングリッシュ判事とか」

「私の友達のガイ・イングリッシュのお父さま？」

「彼らを知ってるのかい？　立派な人たちだろう？　イングリッシュ判事は、僕がこの土地を抵当に入れるのに力を貸してくれたうえに、自腹でいくらかお金を工面してくれたんだ。この場所の可能性を信じてくれているんだろうね。なるべく早く金を稼いで、返済したいと思ってる。判事は急がなくていいって言ってくれるんだけど、申し訳ないからね。あの親子はよく日曜に、僕がたった一人でどうしてるか、わざわざ車で見に来てくれたもんさ」ビルは、クスクス笑った。「最初はここにテントを張って寝ていたから、嵐のあとには、僕が流されてないか、みんなが心配してチェックしに来たんだよ。でも、僕はアウトドアが大好きだからね。ただ、何週間も缶詰だけの食事をしなくちゃいけなかったのには、まいったな」

「あなたって、かなりガッツがあるのね」と、ヴィッキーはつぶやいたが、それ以上言うのはやめておいた。ビル・エイヴリーの顔が、恥ずかしそうに耳まで真っ赤になったからだ。

「ここは、本当にただの荒れ地だったんだ。牛二頭に見つめられながら、南北の滑走路と北西から南東へ延びる滑走路を、レンタルしたトラクターをガタガタいわせながら切り開いているところを見せたかったな。トラクターの震動で、腎臓がぐらぐらになっちゃったよ」ビルは陽気に言った。「ハンガーを建てたときも、まだ揺れてる感じがしてた」

　ヴィッキーは小さく口笛を吹いた。どうやら、彼がその広い背中と、二本の手と、飛行のノウハウだけを頼りに、ゼロからこのビジネスを始めたというのは、冗談ではないようだ。

「あの大きなハンガーを、自分で建てたの？」

「ドワイトが手伝ってくれたよ。この土地に生えていた木を二人で切り倒して、製材所に持ち込んで木材にしてもらった。一カ月で骨組みが完成したから、僕が梁からロープをつるして屋根を固定したんだ。金がない分、いろいろと自分で工夫してなんとかしなくちゃならないからね」

ヴィッキーは、これまでより尊敬のこもったまなざしで、あらためてハンガーを見た。大きな納屋のようなシンプルな構造で、一面は壁がなく屋外に面してオープンになっており、床は地面がむき出しだった。中には、数機の小型機が収まっている。このハンガーは、ビルの決断を記念する象徴的建物なのだ。ビル・エイヴリーのような独立心の強い人間の手助けがしたいと、彼女は思った。ずいぶんみすぼらしい場所だと批評めいた感想を抱いていた自分が、少し恥ずかしくなった。ここはまだ、完成していないだけなのに……。

ビルには、ヴィッキーが純粋に興味を持ったのがわかったらしかった。「とても励ましてくれるんだね」と、彼は言った。

「私、なにも言ってないわよ」事実、さっきの真っ赤になった顔を思い出し、あえて口にはしないつもりだったのだ。

「言わなくたってわかるさ。どうやってるかはわからないけど、君は間違いなく励ましてくれてる。僕にも、そんなことができるといいな」

ビルは人なつこい子犬のように、空港についてもっと説明したくてうずうずしていた。ヴィッキーが「具体的には、どういう――」と言いかけただけで、待ってましたとばかりに話しはじめた。彼は商用飛行の不定期便を運航しており、人も運ぶが、主な依頼は貨物だった。「定期便と、やることは同じだよ。あっちは郵便を運べるけど、僕は運べないってだけでね。不定期便は、いつでも自由に飛べるんだ。大手航空会社の定期便のように、離着陸の時間に縛られたりはしない」また、飛行場に一時的に降り立つ飛行機にガソリンを売り、修理も施していた。「できるだけ多くの飛行機に寄ってもらいたくて、着陸料をほんの少ししか取っていないんだ。そういう人たちのためのレストランもあるといいと思ってるんだけど。せめて、サンドイッチとミルクくらい口にできるカウンターでもあればな」（ヴィッキーは、あとでジニーのヒントになるかもしれないと思い、その言葉を頭の中にしまっておいた。）ビルは、彼の飛行場に自家用飛行機を停留させているオーナーたちから、月々わずかばかりの停留料をもらうとともに、燃料や油を売ったり、ちょっとした修理をしたりすることで利益を得ていた。ＣＡＡの伝票にサインしてもらうため、Ａ＆Ｅの資格を持つメカニックに金銭を払って、自分のやる修理をチェックしに来てもらっているのだった。それに、何人かに操縦を教えてもいた――バー家の隣人であるフェアチャイルド夫人、タクシー運転手、そしてヴィッキーと同じ高校に通っていた女の子などだ。「いま乗り込んだ男の人がいるだろう？　彼も、僕が教えたんだ。あの人、自分のセスナを持ってるんだぜ」時には、ビルが所有する飛行機を貸し出すこともあった。天気がいいと、十分間のサンデー・フライトや、フェアヴュー上空をめぐる三十分のツアーにやって来る人もいた。「リンカーン・ハイウェイを通る路線バスを使えば、ここへは楽に来られるからね」ときおり、自分の土地の浸食具合や、作物の成長の度合いを確かめたいという農夫を乗せて飛ぶこともあった。それでも財政が厳しくなったときには、スタント飛行もやってみせた。

「できるだけ派手に飛んでみせるのさ！　といってもね、ヴィッキー、そういうのを全部一度にやるわけじゃない。少しずつ、どれもやってるわけで。季節によって、いろいろだ。空港のマネージメントや、帳簿つけやなんかにも、ある程度時間を取られるしね。飛行機を売る販売代理店も持ってるんだけど、まだ一機も売れていない。金を稼ぐには、あらゆる角度から試さなくちゃいけないいんだ。くそっ、だけどなかなかうまくいかなくて、イライラしちまうことがある。ドワイトの助けと、彼のランの花の運搬がなかったら、なにもかも失っちまうかも——」

ビル・エイヴリーは、ふいに口をつぐんだ。ダークブルーの瞳が、ヴィッキーの顔を探るように見つめている。「なんだって僕は、君にこんな話をしているんだろう？」

「私も、空を飛んでいるからじゃないかしら」

「は！　それは、僕が操縦を教えてからの話だろ」

「私だって、航空業務に携わっているのよ」と、ヴィッキーは口をとがらせた。「私がスチュワーデスをしているってこと、ディーン・フレッチャーの手紙に書いてなかった？」

「ああ、それは本当の航空業務とは呼ばないよ。添え物みたいなもんさ。食事を出したり、乗客の手を握ったり——」

ひどく傷ついて、一瞬、ヴィッキーは言葉を失った。彼女が行っている乗客のための仕事と、世間の人に航空業を印象づける付随的な役割は、この青年が考えているよりもっと重要な意味のあることだ。昨夜、パイロットは狭い了見の持ち主だと、父が揶揄《やゆ》したのを思い出した。父の言うとおりかもしれない。ビルが理解しているのは、トルクと補助翼と吸気圧だけなのだ。ヴィッキーは、思ったまままそれを口にし、彼に好意を持ちはじめていた自分を後悔した。

ビルは、ヒューと口笛を吹いた。「そんな専門用語、どこで覚えたんだい？」いたずらっぽく笑いかける。「機体が揺れたときには乗客の手を握って、いつもきれいに着飾って、豪華な機内をきちんと整頓する仕事だろ」

「この飛行場は、もう少し整頓されたほうがよさそうに見えるけど」と、ヴィッキーはぴしゃりと言った。「秩序と効率は、仕事には大切なことだわ」

ビルは唸った。「姉さんみたいなことを言うね。僕は、よっぽどだらしないんだな」

すかさずヴィッキーは、言いすぎたと謝り、二人とも大人げなかったみたいね、と指摘した。互いにぎこちない笑みを交わしたのち、ヴィッキーはビルに、そろそろレッスンを始めようと提案した。

「いいだろう。じゃあ訊くけど、飛行機は、どうやって飛ぶのかな?」

ヴィッキーが説明するのを、ビル・エイヴリーは目をパチパチさせながら、感じ入った様子で聞いていた。

「驚いたな」と、彼は言った。「それ、君が自分で考えたのかい? 一般的な知識はあるんだね。変な意味じゃなくてさ」

「先生はあなたなんだから、教えてちょうだいよ。飛行機はどうやって飛ぶの?」ヴィッキーは、クスッと笑った。「私たち、漫才コンビみたいね。さあ、先生、飛行機はどうやって空に浮いていられるんですか?」

ビルは、ちょっと格好をつけて言った。「それはね、パイロットが降りたくないからさ。ははっ! じゃあさ、黄色い靴のお嬢さん、これはどうかな? 尾翼とかけて洗濯と解く。その心は?」

ヴィッキーは、草の上でタップダンスのステップを踏んでみせた。「わかりません、先生。どうして、尾翼が洗濯なんですか?」

「それはね、どちらも〈ウォッシュ〉を生み出すからだよ。洗濯物《wash》と気流《wash》さ。ははは っ! なあ、僕らって面白いよな!」二人とも大笑いし、すっかり機嫌を取り戻した。まるで昔からの知り合いのような気分になっていた。

「テレビの出演依頼が来そうだ」と、ビルが言った。「さあ、ご静粛《せいしゅく》に。レッスンは始まってますよ。さて、この翼と補助翼にご注目を。まずは、補助翼を手で揺すってごらん。今度は、あの翼を見て。あれが空気の流れを決定して、方向を決めるんだよ。じゃあ、またこっちの尾翼のほうへ戻って――」

航空理論の説明を始めたビルだったが、はたと気の毒そうにヴィッキーを見やった。「しゃべってばかりじゃ、つまらないよね。話はこれくらいにして、飛ぶことにしよう。実際に感じて学べばいい」

二人は、飛行機に乗り込んでシートベルトを締めた。ビルは、ヴィッキーの前の席に陣取った。自家用セスナのオーナーが近づいてきて、ビルがエンジンをかけると同時にプロペラを回してくれた。ポンポンというううるさいエンジン音の中で、ビルは大声でヴィッキーに予備のペダルの上に軽く足を置くように指示し、バタンとドアを閉めた。上り坂を駆け上がるときの心臓のようにモーターが勢いよく動くのを感じるまで、ヴィッキーは車輪が地面を離れたことにほとんど気がつかなかった。機体は、猛スピードでぐんぐん上昇していった。高度計の針が七〇〇フィートを指し、八〇〇フィートになり、すぐに一〇〇〇フィートに達した。水平飛行に移ったビルは、エンジン音に負けない声で、下を見てごらんとヴィッキーに怒鳴った。

「まるで止まっているみたい！」

「僕らの動きを測る対象物がないからさ。対気速度計を見てみなよ！」

前の席で、ビルは細かな調整をしながら絶えず動いていた。何度も何度も膝のあいだの操縦かんに触れ、素早くスロットルに片手を置いたかと思うと、両足をペダルの上で軽やかに動かし、ときおり左手を天井に伸ばして、小さなクランクを回す――トリムタブを動かして機体の姿勢をコントロールするのだ。

そうしながらも、ビルは肩越しにヴィッキーに向かって大声で説明を続けたが、ヴィッキーの叫び声のほうが、それをかき消した――。

「なんて素晴らしいの！　こんなにすごいなんて、夢にも思わなかったわ！」大型機も、小さいが古いディーンの飛行機も、この軽やかな小型機の足もとにもおよばない。

ビル・エイヴリーは、なおも操縦かんを優しく握り、指先でトリムタブを調節し、方向舵《だ》ペダルを足先で操りながら、肩越しにヴィッキーに微笑みかけた。「操縦してみたいかい、ヴィッキー？」

生徒用の予備の操縦かんが、彼女の膝のあいだにあった。ヴィッキーは足を伸ばして、つま先を方向舵ペダルの上にのせた。ビルが大きくうなずいて言った。「左へ曲がって！」

ビルががなりたてる指示に従って、左のペダルと操縦かんの左側を同時に押す。機体はいったん左に傾いてからカーブを描き、視界から地面が消えて、空が果てしなく広がって見えた。首を伸ばして地上を見下ろしたヴィッキーの目に、ゆがんだ角度でぼんやりと家々が映り、とたんに軽い乗り物酔いに襲われた。慌てて地上から目をそらすと、すぐに気分はよくなった。見下ろしてみて初めて、ヴィッキーは自分たちがいかに高い場所を、誰の助けもなく飛んでいるかを実感したのだった。

彼女の興奮した顔を見て、ビルは笑っていた。「機体を真っすぐにして！　きっと気に入ると思ってたよ！　今度は右に曲がろう！」

言うのは簡単でも、実際にやるのは難しいことを、ヴィッキーは思い知った。右のペダルを踏み、操縦かんをそっと慎重に右側に動かす――が、それでも力が入りすぎだったようだ。機体は、空中に浮く羽根のように、たちまち敏感に反応し、ゆっくりと右に曲がったものの、水平さを保てなかった。地平線を見れば、傾きすぎていることは一目瞭然だ。「修正するんだ！」ビルが肩越しに叫んだ。ヴィッキーは言われたとおりにしようとし、自分ではできているつもりだった。「ちがう！　両翼を見ろ！」ビルはヴィッキーに、まだ機体がかしいでいることを確認させた。約一五度の角度に傾いて飛んでいる。ビルが機体を水平に戻してくれ、明るい陽ざしの中をゆっくりと飛びながら、ヴィッキーは思わず大声を上げていた。

「すてきね！　それに、思ったほど難しくないわ、ね？」

後頭部しか見えなくても、ビルが賛同してくれているのがわかった。着陸したときには、うれしさで息ができないほどだった。

「次回は、本当のレッスンをしよう」彼女が飛行機から降りるのに手を貸しながら、ビルは言った。「今日のは数に入れない――いわば、お披露目《ひろめ》ってとこだ。ヴィッキー、僕はどうしてもドワイトに会わなくちゃならないんだけど、ちょうどあそこに彼の車がある。一緒においでよ」

「私、パイロットになれると思う？」小走りにビルのあとについて行きながら、ヴィッキーは尋ねた。

「もちろんさ！　あれほど操縦が気に入った人なら、誰だって――」ところが、そこでビルの表情がにわかに変わった。おんぼろ車から降りかけている、おとなしそうな若者のほうへ、突然駆けだしたのだ。振り向いてヴィッキーを手招きしたビルの顔には、ひどく不安げな色が浮かんでいた。

なにかがおかしい――。

# 第四章　片づけの必要なビジネス

ビルに紹介されて、ドワイト・ミューラーとヴィッキーは握手を交わした。ドワイトは穏やかで落ち着いた雰囲気を持つ青年で、肌の薄茶色さえ淡い感じがした。ヴィッキーは、ドワイトが栽培してビルが空輸するというランの花を探して、周囲を見まわした。彼の古びたツーリングカーに、段ボール箱と、黄麻布に包まれた植物が整然と積まれていた。

「悪い知らせだ」と、ミューラーがビルに話しかけていた。「ヘイル医師は、バーバラが歩けるようになって、ましてや温室の仕事を手伝えるようになるには、数週間かかるって言うんだ」ミューラーは、丁寧な口ぶりでヴィッキーに説明した。「妻は体調が悪かったんですが、それに加えて骨折してしまったんです。悪いことっていうのは重なるもんですよね」

「それはお気の毒です」と、ヴィッキーは言った。「ラン農場っていうと、夢の場所のようで、トラブルとは無縁に思えるのに」

「美しいところですよ。そのうち妻の具合がよくなったら、ビルに連れてきてもらうといい」ビルのほうに向き直った彼の深刻そうな顔を見て、ヴィッキーは、自分が話の邪魔をしているような気がした。「そういうわけで、僕がなにもかも一人でやってるんだ――冷室のランと温室のカトレアの世話、水やりや植え替え、暖房の調節、出荷作業――そのうえ、バーバラの看病もある。正直言って、とても無理なんだよ、ビル」

ビルは、ハンガーの土の床を蹴った。「ああ、わかるよ。でもなドワイト、君の助けなしに、僕はどうやってやっていけばいいのか」

「本当にすまないと思ってる」

明らかに、これは私的なビジネスの話だった。ヴィッキーに聞く権利はない。

「ちょっと失礼していいかしら?」と、彼女は切りだした。「オフィスへ行って、航空日誌を見てみようと思うんだけど」

「そいつはいい」ビルは、すかさず答えた。「ドアは開いてるから、自由に探してくれ。僕もすぐに行くよ」

ヴィッキーが離れるときにも、二人は真剣に話し合っていた。彼女は風に揺れる丈の高い草をかき分け、並んでいる飛行機の機体を回り込んで、オフィスの小屋に到着した。

ドアを開け、戸口で呆然と立ちすくんでいると、埃《ほこり》のせいでくしゃみが出た。なんとまあ、めちゃくちゃなオフィス兼休憩室だろう! まるでサイクロンに見舞われて、書類や椅子や地図やパラシュートが、そこらじゅうに吹き飛ばされたみたいだ――ビル・エイヴリーという名のサイクロンに。彼女が思うに、なによりの問題は、たくさん窓のあるこの正方形の部屋が、本来なら居心地のよい魅力的な空間になるはずだということだった。部屋を半分に仕切っているカウンターのそばには、籐《とう》椅子とサイドテーブル、冬場のための円筒形の胴体をした石炭ストーブ、電話室、それにメモやCAAの規定が書き込まれた掲示板がある。カウンターの向こうの、いまにも壊れそうな二台の机の上には書類が散らかり、ファイルが開いた状態で乱雑に置かれていた。

ヴィッキーは、放置されたペンキ缶を注意深くまたいだ。「石けんと、水と、ほうき――ここのビジネスにまず必要なのは、それだわ」

掲示板を見ようと歩きだしたところで、またくしゃみが出た。釘《くぎ》に男性用の腕時計が掛かっていて、「これが自分のものだと証明できる方は、ビル・エイヴリーまでご連絡を」というメモが添えてあった。黒のインクで「ちょっと立ち寄ってみました。ドロシー・ジョーンズ――パイロット、ジョージ・ジョーンズ――副操縦士、ベティ・ジョーンズ。五月二十七日にホーム・フィールドに着陸。ライセンス番号、B－A－B－Y」と書かれた、白いミニチュアのシルクのパラシュートを、指でもてあそんだ。朝のフライトに出ている飛行士たちの写真をしげしげと見ていると、ビル・エイヴリーが勢いよくドアを開けて入ってきた。太陽の光が、幅広い帯状になって室内に差し込んだ。ビルは、険しい顔をしていた。

「やあ！　待たせてごめん。座ったら?」そう言うと、むっつりとカウンターの端へ行って、ヴィッキー用の新しい航空日誌を手に取り、二人の名前、飛行場、日付を書き込んだ。「ここに保管しておいて、毎回、君が飛んだ時間を記録するんだ」

ヴィッキーは自分の航空日誌をもっとよく見たかったのだが、ビルはさっさと棚に戻してしまった。そして、籐椅子にどさりと腰を下ろし、片手で顔を覆った。

「まあ、ビル！　どうしたちゃったの?」

「ああ――まったく、まいったよ」タバコに火をつけてひと吹かししたかと思うと、すぐに床に捨てて消した。「聞いてただろう?」

「あんまり。お友達、いい人ね」

「ドワイトは最高だよ。だけど、もう僕を手伝ってくれる時間はないってさ。そりゃあ、そうだよな。かわいそうに、なにもかも、一人でやらなくちゃいけなくなったんだから！　これからは昼も夜もずっと、この飛行場を動かしていくのは僕だけってことだ」

「あなた一人で、飛行場の経営ができるの？」と、ヴィッキーは訊いてみた。

「もちろん、できるさ！」ビルは、怖い顔で彼女をにらんだ。「できないなんて言うやつがいたら、お目にかかりたいね」そして、立ち上がって伸びをしてから、にこやかに笑ってみせた。「これより十倍も苦しい状況だって、うまく乗り切ってきたんだ。今度もだいじょうぶさ」

「はいはい、よくわかったから！　私に当たらないでちょうだい」

「ごめんよ、ヴィッキー。今回のことは、確かに痛手だ。でも、僕が残念なのは、ドワイトにしばらく会えないことなんだ。空軍時代から、ずっと本当に仲のいい友達だったから。ドワイトは、素晴らしいやつさ。あ、まだ、彼のランをシカゴへ運ぶ仕事はあるんだったよな——よかった。当てにできる唯一の定期的な貨物だからね。だけど、やっぱり彼がここにいないのは寂しいよ」

「残念よね」ヴィッキーはつぶやいた。「誰か、ほかに手伝ってくれる人間が必要なんじゃないかしら」

「うーん。一人で貨物を空輸して、飛行場の面倒も見るっていうのは無理だよな。特に夏のあいだは。冬場はほとんどフライトがないから、なんとかなるかもしれないけど。でも、夏はかき入れどきで、僕が飛んでいるときは誰かがここにいなくちゃね。実は、去年の夏は、メカニックを一人雇ったんだ。とりあえず、彼がどこかに引っ越してなければいいんだけど」ビルは、せかせかとオフィス内を歩きながら、あちこち引っかきまわした。ばつが悪そうに、ヴィッキーを見る。「メカニックは、オフィスの中は手伝ってくれなかったからね。ひどい散らかりようだろ？」

「手入れが必要ね」ヴィッキーは、当たり障りのない答えを返した。封の開けられていないビジネス・レターが目に入った。

部屋の隅に積み重なっていたマンガの山がもぞもぞと動き、中からフレディが這《は》い出してきた。

「やあ」と、あくび交じりに言う。「ビルおじさんにいわれたとおり、ぜんぶ二かいよんだよ。だから、おじさんのパイロットのヘルメット、かぶってもいい？」

「滑走路には近づかなかったか？」ビルは、甥《おい》っ子に厳しい調子で訊いた。「ちゃんと道路からも離れていたんだろうな？」

「うん。ハンガーであそんでたら、おじさんがヒコウキでとんでいくのがみえて、で、ここにきたんだもん。ねえ、ヘルメットかぶっていいでしょ？　こんちは、ヴィッキー」

ヴィッキーも、きちんと挨拶を返した。ビル・エイヴリーは幼い男の子をひょいと持ち上げて肩に乗せ、椅子から真っ赤な金属製のヘルメットを取って手渡してやった。ヘルメットは、フレディの小さな頭部を、とびきりの笑みを浮かべた口もとまですっぽりと隠した。かぶったまま昼食を食べに家に帰りたいとフレディが頼むと、ビルは承知した。「僕の甥っ子はどうだい、ヴィッキー？　本物の飛行士なんだぜ。ちゃんと僕の手伝いをしてくれるんだ」

フレディはうれしそうに、ビルの肩の上で体をもじもじさせた。ヴィッキーは、フレディのヘルメット姿を褒めた。冗談を言ったり、子供に目を細めたりしながらも、ビルはまだ落ち込んだ顔をしている。ヴィッキーは、ためらいがちに切りだした。

「フレディが立派に手伝ってくれるのはわかるけど、ひょっとして、ほかにも手伝いの人間が欲しいんじゃなくて？　私でよかったら、ここの片づけを手伝いましょうか」

「そいつは、ありがたい！」ビルの顔がぱっと明るくなった。が、すぐに疑わしそうな目を向けた。

「いや、やっぱりやめておいたほうがよさそうだ」

「どうして？　きれいに整理するのは、きっと楽しいわ」

「それが心配なんだよ。なにもかも几帳面にぴしっと片づけられてしまったら、かえって物が見つからなくなりそうだ。自分のオフィスでリラックスできなくなっちまう。鉛筆を二インチ右に動かすのだって、遠慮してしまうと思うんだ。それに、君、香水をつけてるんじゃない？　空港で香水なんて、ありかい？」

　ヴィッキーは、怒っていいのか笑っていいのか、わからなかった。このパイロットは、なんと凝り固まった、ばかばかしい考えの持ち主だろう！　彼女は笑いながら、すべてを「快適に汚く」保ち、書類を整理する程度にとどめることを約束した。けっしてフリル付きのカーテンは掛けないし、かわいらしいカナリアを連れてきて置いたりもしない、と誓った。

　こちらを見つめる煮えきらない様子からすると、ビルも決めかねているようだった。「そうだなあ」彼が、ようやく口を開いた。「とても親切な申し出だし、君は僕が会ったなかでも、最高にいい人の一人だと思う。ただ、〈ミス・几帳面〉がうろうろして、なんでもかんでも、とんでもなくきれいにすることに、自分が耐えられるか自信がないんだ。姉さんにだって、ここには手を出させないくらいだからね。姉さん――しまった！　フレディを昼食に連れて帰るんだった！　この子を連れていっているあいだにも、ドワイトが帰っちまう」背中の上を滑らせるようにしてフレディを下ろした。

「私が、フレディを送っていくわ」と、ヴィッキーは言った。「あなたの昼食は、どうするの？」

「ほら、きた！　過保護になって、僕をひ弱にする気だ！　女子ってのは、みんなそうなんだ」

ヴィッキーは幼い男の子の手をつかむと、言い放った。「お腹をすかせて、埃でくしゃみをしまくったって、知るもんですか！　行きましょ、フレディ！　私たちは、ビルみたいなスパルタ人じゃないものね？」

「スパルタじんって、なあに？」フレディは、速足で歩きながら訊いた。

背後から、ビルが笑って呼びかけた。「なあ！　明日の朝、また来てくれよな？　君のためにオフィスをほうきで掃いておくからさ」その顔は、なおも寂しげなままだった。

一緒に昼食を食べていくよう誘われ、ヴィッキーは自宅に電話で連絡をして、誘いに応じた。ビルと似たダークブルーの目を持つルース・ストリーターに、好意を抱いたからだった。それに、フレディの言う「とげとげのあるスパゲッティみたいなもの」というのが、どんなものなのか見てみたかった。だが、フレディの言葉に当てはまりそうな料理は、一つも出てこなかった。それは、楽しいランチだった。フレディが、今朝やった自分の「フライト」のことを片言でしゃべり、ルース・ストリーターは、ビルのだらしなさについて、ヴィッキーに同情した。

「ビルは世界一の弟なんだけど、正直言って、あの子自身も、服も、部屋も、きちんとさせようとするのは、とうにあきらめてしまったの」

ルースも小さなバンガローも、こざっぱりしていて魅力的で、どこか控えめな雰囲気を漂わせていた。ミセス・ストリーターとフレディは、一時的にフェアヴューに滞在しているのだった。よれよれの格好で職場に寝泊まりしっぱなしのビルを飛行場から引き離して、この質素なバンガローに住まわせるのに成功するまでのあいだだという。弟を無事に文明世界に連れ戻せたと確信したら、彼女は幼い息子とともにカリフォルニアに引っ越すつもりらしい。向こうには自分たちの両親が暮らしており、そこで、興味を惹く職を得られる予定もあった。どうやら、ミスター・ストリーターはいないようだ。もちろん、ヴィッキーは詮索しなかった。

昼食後、彼女たちは、きれいに体を洗ったフレディを、昼寝のためベッドに入れて毛布でくるんだ。ヴィッキーがそろそろ帰ると言うと、ルース・ストリーターは、もうしばらくおしゃべりしましょうよと、しきりにせがんだ。

「ここには、話し相手になってくれる女友達があまりいないの」一緒にリビングに入りながら、そう話す。「パイロットには、もううんざりだし。夫のジェリーもパイロットだったんだけどね」そして彼女は、あっさりと言った。「空軍での任務中に戦死したのよ」

こういう場合、かけてあげられる言葉などないということを、ヴィッキーは知っていた。彼女は、心をこめてルース・ストリーターの目を見つめた。相手が話をしたがっているのは、明らかだった。ビルの姉は、本棚から大きなアルバムを取り出すと、ソファにヴィッキーと並んで座った。

「写真に興味はある?」

「もちろん」ルースが話したくて仕方がない話題なら、いまのヴィッキーは、どんなものだろうと興味を持っただろう。

「退屈させないわ、ヴィッキー。夫は、そんなにたくさん写真を撮ったわけじゃなかったんだけど、すごく印象的ないいのがあるのよ」

にっこりして、ルースはジェリー・ストリーターの光沢のある大きなスナップ写真を数枚見せた。

フレディは、父親によく似ていた。写真はどれも、戦時中の飛行場で自然に撮られたものだった。飛行機の上で作業をしている地上整備員、笑い合っている二人のパイロット、B－29のエンジンをいじっている三人の若者、V字型のフォーメーションを組んで飛んでいる戦闘機、郵便物が配られるのを疲れた様子で待っている男たち。〈キティホーク・ルーム〉で聞いた、ディーンとジム・ボルトンの戦時中の思い出話が、ヴィッキーの脳裏によみがえった。彼女は、どこで撮影されたのかを尋ねた。

「ほとんどが、ドイツよ」と答えて、ルース・ストリーターは写真が撮られた年を挙げた。ページをめくるごとにジェリー・ストリーターの顔が次々に現れ、ルースは微笑んだ。弟の愛嬌のある陽気な表情に比べ、静かで年上らしい微笑みだった。

「弟さんの写真はないの？」と、ヴィッキーは訊いてみた。

「このアルバムにはないわ。ビルは、太平洋に従軍していたから」

一枚の写真が、ヴィッキーの目に留まった。そこには、下士官兵の一団が、袖をまくり上げたりシャツを脱いだりして、モーターが四機搭載された飛行機を整備している場面が写っていた。際立って不機嫌そうな顔をした一人の若者の前腕に、大きな斑点のようなものがあった――染みか、やけどのようにも見える。腕が上げられているため、はっきりしない。ヴィッキーは食い入るように見つめた。大きくてはっきりと写った写真だったのだが、ルースに、虫眼鏡はないかと尋ねた。

「ええ、テーブルの上に。はい、どうぞ。なにが見たいの、ヴィッキー？」

「この若者の腕にあるマークがなんだか、わかる？」

ビルの姉とヴィッキーは、そのやけどらしきものを代わる代わるのぞき込んだ。虫眼鏡で見ると、タトゥーだということがはっきりしてきた。

「変わってるわ」と、ヴィッキーはつぶやいた。「でも、デザインがわからない」

「あなたのほうが、目がいいのね」ルース・ストリーターが言う。「私には、特に変わったものには見えないもの」

その写真が気になるのは、ディーンから聞かされたタトゥーのある飛行士の話のせいだということは、ルースには言わなかった。

「ルース、この若者が誰か知ってる？　名前は？」

「わからないわ」

「この人について、何か知っていることは？」

「ないわね、悪いけど」ビルと同じダークブルーの瞳が、困惑の色を帯びた。

どうということもない記念の印を刻んだ、別の飛行士の別の写真にすぎないかもしれない。

二人は、大切なアルバムのページをさらにめくった。その不機嫌な若者は、ほかの写真には一枚も写っていなかった。ディーンが口にした名前は、なんだったたっけ？　ダーネルだったかしら？　その人は失踪したと、ディーンは言っていた。ヴィッキーの耳には、しだいにルース・ストリーターの声がぼんやりとしか聞こえなくなっていった。ディーンから聞いた名をしきりに思い出そうとする——脳裏にしつこくささやきかけるこだまを捕らえようと、ヴィッキーは懸命に意識を集中させた。

# 第五章　ヴィッキーの視察

〈キャッスル〉の外で、車のブレーキ音とクラクションが響いた。朝の八時にあんな騒がしい音をたてるのは誰だろうと、ヴィッキーは、櫛《くし》とブラシを手にバルコニーへ出てみた。

「おはよう！」ビル・エイヴリーが、にっこり笑って手を振っていた。「用意はいいかい？」

「ええ、でも――十時の約束じゃなかった？」

「ちょっと別の用事でね。で？　準備ができてるんなら、出発しようよ。さあ、急いで！」

ヴィッキーは、髪のセットもそこそこに階段を駆け下りてダイニングへ行き、朝食の並んだテーブルからロールパンを一個つかみ取った。熱心に朝刊を読んでいた両親が目を上げたときには、ヴィッキーはもう飛び出していた。次の瞬間、ビルの黄色いロードスターは、ロケットのように勢いよく発進した。

無理のないリラックスしたハンドルさばきで、車は滑るように進んだ。今朝のビル・エイヴリーは驚くほど身ぎれいにしていることに、ヴィッキーは気がついた。真新しい白いシャツを身に着け、顔と茶色の髪は洗いたてに見える。自分に敬意を払ってのことか、あるいは少なくとも譲歩してのことだとうれしいのだけれど。ビルが口を開いた。

「僕のＤＣ－３が戻ってくるかどうか、〈コーリー・フィールド〉に見に行くんだ」道路からヴィッキーへちらりと視線を移した彼の目が、ロールパンを捉えた。「向こうで朝食を食べられるよ」

「ひと口、食べる?」ヴィッキーが口もとに差し出してやると、ビルは大きな口を開けてかじった。

「なぜ、私も一緒に連れていくの、ビル?」

「付き添いさ。コーリーさんの飛行場を見てみたいんじゃないかと思ってね」

「あなたの飛行場には、いま誰がいるわけ?」

「無人だよ。すごいだろ? でも時間が早いし、今日は金曜だからね。つまり、仕事は忙しくないってことだ」そう言いながら、ビルは残りのパンも平らげた。「はっきり言って、誰も来やしないよ。これから見に行くところとは大ちがいさ」

車は田舎道をすっ飛ばし、ビルの所有する広大な土地のそばを通り過ぎた。ほどなく、大きなハンガー群がぬっと姿を現した。数台のブルドーザーに乗った男たちが、丘を平らにしているのが見える。

〈コーリー・フィールド〉に入ると、ビルの顔から表情が消えた。

「でかいだろう? しかも、これでもまだ完成してないんだからね」と言いながら、舗装された駐車エリアに車を停めた。

ヴィッキーは、まじまじとビルを見つめた。こんな大きな飛行場が、にわかづくりと言ってもいいようなビルの飛行場の隣にある——だからこそ、彼は自分を連れてきたかったのだろうか? 自らの気持ちを鼓舞するために? だが、本人はあくまで快活で屈託ない様子で、車を降りる彼女に手を貸してくれた。大型のターミナルのある建築半ばの管理事務所、やがてオフィスや店舗が入るスペース、管制塔などを、ヴィッキーに指し示して説明した。建設中の六棟のハンガー、舗装された滑走路、誘導路、設置されるのを待っている木箱何箱分ものライト——まるで、それらがすべて自分のものであるかのように、ビルはうれしそうに語った。

「だけど、ビル――」震えた声で言いかけたものの、先が続かなかった。

ようやくビルは、圧倒されたような彼女の様子に気がつき、頭をのけぞらせて笑った。「いやだなあ、心配要らないよ。競争してるわけじゃないんだ。そもそも、〈コーリー・フィールド〉と、僕の細々とやってる事業とじゃ、まったく競争にならないんだから。ここには、山ほどの金が注ぎ込まれてる。大半がフェアヴューの資金だ。地元農民や、たった一〇ガロンのガソリンとか短距離の貨物輸送しか必要としない個人飛行家を相手にしている僕の仕事を、〈コーリー・フィールド〉が邪魔するわけがないだろう？　全国規模の航空会社が、シカゴの代わりに、ここを経由することになるって知らないのかい？」

ヴィッキーは息をのんだ。「あなたは、とんでもなく手強いライバル空港を、お隣に抱えているのね」

「いいかい、ヴィッキー。鉄道は便利だけど、トラックやバスだって必要とされてるだろ？　ますます増えてるくらいだ。町や地域における飛行場の需要も同じさ。都市計画審議会からも、もしフェアヴューに僕のところみたいな不定期便の飛行場がなかったなら、誰かが始めなくちゃいけないって言われたよ――〈コーリー・フィールド〉だろうとなかろうとね。あのね、二つの飛行場は、まったく異なる仕事をするんだ。ちがう種類の航空交通を扱う。重なり合う点はないんだよ。惹きつけることさえできれば、僕にはたくさんのビジネスチャンスがあるんだ。さあ、これで納得したかい？」

「ええ、まあ、そうね」

「その点については、コーリーさんだって同じ考えなんだぜ。小さな事業を扱う飛行場があると、この地の航空業全体が充実してバランスが取れるからありがたいって、直接言われたんだ。どんなことでも手助けするって、何度も言ってくれたんだよ。僕がいるおかげで、地元のことに煩わされずに済むからってね。すでに、地元農民の貨物の仕事を回してくれてる」

「少しほっとしたわ」ヴィッキーは安堵《あんど》のため息をついた。やっと周囲を見まわす余裕ができ、設備の整ったこの空港を、率直に素晴らしいと思った。

ビルは、モーター四機搭載のDC－4が給油されるのを見守った。「なんて大量のガソリンを食うんだろう！　一度に約二〇〇〇ガロンだぜ。でも僕は、カブに一〇ガロンを売るので十分だね」

怒鳴るように言わなければ聞こえなかった。一機の飛行機が頭上で旋回して、着陸態勢に入ったからだ。つややかに光る自家用機が滑らかかつ素早く着陸し、誘導路を移動して、若い二人の目の前に停まった。自家用機パイロットが操縦する高級な四人乗りのビーチクラフトは、見るからに美しかった――スズメやハクトウワシの中に、一羽のクジャクが舞い下りた感じだ。背が高く恰幅《かっぷく》のよい中年の男性が、帽子を片手に降りてきて、満足げに周囲を見まわした。あとに秘書が続いた。

「まるで、ここの所有者のような笑みね」と、ヴィッキーはつぶやいた。

「そのとおりだよ。あれが、アンドリュー・コーリーさ」と、ビルが答えた。「全部を所有しているわけじゃないけど、株式や決定権は握ってる――ここでの多大な功績がものを言ってね」

「なるほどね」

二人は、コーリー氏がパイロットの肩をたたくのを見た。

「彼は、精力的な人でね」ビルの口調には、尊敬の念がこもっていた。「飛行場が完成したら、大手航空会社の便をここに着陸させる手はずを整えたのが、彼だ。コーリーが、この町を目覚めさせたのさ」

アンドリュー・コーリーは、皇帝のように歩いた。愛想のいいシーザーみたい、とヴィッキーは思った。自信と熱意に満ちあふれていて、人を惹きつける。スチュワーデスとしてのフライトで、一流の重役たちと数多く接してきたヴィッキーは、アンドリュー・コーリーの中に、抜け目のない鋭い眼力、偉そうな態度、強烈な個性といった、実際に偉大な功績を成し遂げた人間特有の雰囲気を見て取った。

アンドリュー・コーリーが、手を上げて歓迎しているビル・エイヴリーに気づいた。ヴィッキーもビルのあとについて行ったが、控えめに背後に立っていた。コーリー氏がヴィッキーに目を留め、ビルが二人を紹介した。

「ああ、バー教授の娘さんか。お父上は、独創的な経済学者ですな」と、よく通る声で言う。「数年前、私が段取りをした通商会議でお目にかかりましたよ。どうだい、ビル、その後の調子は?」

「まあまあです」

「まあまあだって? おい、しっかり頑張らなくちゃだめだぞ。夏は、かき入れどきのはずじゃないか。余分な仕事を、そっちに回すからな」誰かが呼んだ。「コーリーさん、あと十分ほどで、ニューヨークからお電話が入ります!」コーリーの顔から笑みが消え、大柄な顔が一瞬、緩んだ。その顔に、ヴィッキーは責任の重みと、成功と引き換えに彼にのしかかってきた、寄る年波を感じた。だが、コーリーは若いビル・エイヴリーを見ると、再び元気づいて微笑んだ。「ポール・ウィンターに会って、私がグリーンズヴィルの貨物の仕事を、君に代わってもらうと言っていたと告げるといい」

「ありがとうございます、コーリーさん」そしてビルは、友人のドワイト・ミューラーが、しばらく手伝ってくれなくなったことを話した。

「それは残念だが、致命的ではないんだろう？　君なら、うまくやれるよ。しかし、一人きりになったのなら、あれほど広い土地を背負っていないほうが楽だろう」

ビルは、口をきっと結んだ。「それは、なんとも言えませんね」

「いつになったら、私の忠告を聞き入れるんだね？　あんなに広大な土地で、なにをしようっていうんだ？」

まごついた様子ながらも、ビルの表情は頑《かたく》なだった。「いまはわかりませんが、いつか必ず必要になると思います。あの土地をキープしておくのに僕が負担しなきゃならないのは、税金だけですから」

「税金と、貸付金の支払いと、厄介な頭痛の種もじゃないか！」アンドリュー・コーリーは白髪頭を振った。「いいかい、悪いことは言わないから、現在使っていない土地の一部を手放すことだ。私がいくらか買い取ってあげるよ」

「正直、とても心をそそられる申し出です。その件について考えてみたんですが――」

コーリーが遮った。「君が二束三文で買った土地に、私はかなりの金を払うと言っているんだ。起業するにあたってあれだけ心血を注いだ、君の努力に報いるだけのね。最初にここに目をつけて土地を手に入れたのは君だが、われわれの規模の空港には、もっと広い土地が必要だということをわかってもらいたい。この辺に、大規模な駐車場だって欲しいしな。なあ、ビル、君がいくら払ったのか知らんが、その額をそっくり返したうえで、さらに十分な色をつけてあげよう」ヴィッキーは、ビルに対して腹を割って話すアンドリュー・コーリーの態度に好感を持った。「数千ドルあれば、使い道があるんじゃないのか？　設備を整えたり、拡張したりしたくはないかね？　新たに飛行機を二機くらい買ったっていいじゃないか」

ヴィッキーは、目まいを覚えた。数千ドルですって！　思いがけなく、こんな素晴らしい申し出が降って湧くなんて！　アンドリュー・コーリーは、設計図の青写真を手にまとわりついてくる三人の男たちに手を振って、追い払った。「ちょっと待ってくれ。お隣さんと話し中なんだ。どうだ、ビル？　もう二度とは頼まんぞ」

「コーリーさん、本当になんと言ったらいいのか」と、ビルが口を開いた。「確かに、現金があれば使い道はあるでしょうが、小さな飛行場には、いまある設備でほぼ十分とも言えるんです。おわかりでしょう」コーリーの眉がつり上がった。「申し訳ありません。おっしゃるとおりにしたいのは、やまやまですけど。ただ——あの飛行場は、僕の体の一部なんです。誠心誠意、力を尽くしてきて、隅から隅まで知り尽くしています。あの土地を売るくらいなら、むしろ左足を売りたいくらいです」

「なら、いいさ。どうしてもってわけじゃない。もし気が変わったら、知らせてくれ」コーリーは、陽ざしの降りそそぐ澄んだ空気を深く吸い込んだ。「うちの管制塔は、どうだね？　手始めに、管制官を三人用意するつもりだ。フライト・インストラクターとパイロットも探しているんだ。誰か、いい人を知らないか？　君が飛行場を経営していなかったら、うちに来てくれと言いたいところなんだが。君は、生まれついての飛行士だからな。ぜひとも欲しい人材だよ」

ビルの頰に長いえくぼができた。両手をポケットに突っ込む。「ありがとうございます。でも僕は、仕事は要りませんし、土地を売るつもりもありません。すみませんが——」

「すまながることはない。弁解なんてしなくていいさ！」どうやらビルの気骨が気に入ったようで、プロモーターは含み笑いをした。「私が君の立場で、意気込みにあふれ、若くて愚かで、目の前のことしか見ていないとしたら、やはり『いいえ、遠慮します、コーリーさん』と答えるだろう。私はただ、君の助けになりたいと思っただけだ。知ってのとおり、あの土地がどうしても必要なわけではないからね。いいだろう。頑張りたまえ！　ポール・ウィンターに会うのを忘れるなよ」

にこやかに歩きはじめたアンドリュー・コーリーを、青写真を手にした三人、数人の工事関係者や弁護士たち、そして秘書が、すぐさま取り囲んだ。彼の大きな白髪頭は、その中で、ひときわ高く突き出していた。

ヴィッキーは、さっと振り返ってビルを見つめた。彼の日焼けした顔には、あきれたようにも見えるうすら笑いが浮かんでいた。「彼、本当にあなたのことが好きなのね」

ビルは肩をすくめた。「コーリーさんは、立派な人なんだ。それだけのことさ。誰にでも、あんなふうに親切なんだよ」

「ずいぶんと好印象を与える人だわ」と、ヴィッキーは言った。「ねえ――訊いてもいいかしら――どうして、あんな好条件の申し出を断ったの？」

「うーん――その――あれは、まぎれもなく僕の土地なんだ。いつか、必ず使い道を見つけてみせる」もっと高値がついたら売るつもりなのかと、ヴィッキーは訊いてみた。「いや、そういうことじゃないんだ。コーリーさんは、本当に太っ腹な値段を提示してくれた。しかも、今後、いまほどあの土地を必要とはしなくなるにちがいない。といって、いまだって、絶対に必要ってわけじゃないんだ。だって、もうたっぷり土地を所有してるんだからね。コーリーは、できるかぎり規模を広げたいだけのさ――世の中を牛耳りたいんだよ。ヴィッキー、あの申し出を断った僕は、強情っぱりだと思うかい？」

「そうねえ、私にはわからないわ。あなたのオフィスの整理はできても、ビジネスのアドバイスまでは無理よ」

「ちょっと座って、コーヒーでも飲もうか」

レストランは、まだモルタルとペンキが乾いていない状態だったが、サンドイッチのカウンターは開いていた。ヴィッキーはジニーのことを思い出し、エイヴリー空港にも食事のサービスが必要だと提案した。同意したものの、ビルはどこか上の空だった。

「きっと、いまにコーリー氏がコーヒーを飲みに来るわよ」と、ヴィッキーは言った。

「ああ、だろうな」ビルは、カウンターにたたきつけるように硬貨を置いた。「なんて人なんだ！　さあ、急ごう。ホーム・フィールドに誰もいないんだから」

ビルは、ヴィッキーをせき立てて工事途中の鉄骨の建物内を歩き、三番格納庫《ハンガー》へ向かった。そして、自家用セスナにしばし見惚れた。シカゴで作られた飛行機だという。NC（全米航空機《National Craft》の略だ）の文字で始まる全米航空機のライセンス番号が刻まれている箇所を、ヴィッキーに教えてくれた。

巨大なハンガーに入ると、つなぎ服姿のメカニックたちが、脚立に上って輸送機の修繕をしているところだった。自分の貨物輸送機を見つけ、ビルの顔がぱっと明るくなった。ツインモーターの大型機に駆け寄る。

「やあ、スピン！　こいつの調子はどうだい？」

「ミシンみたいに、すいすい走るぜ」抑揚のない声が答えた。

痩せ型の背の低い若者が、機首から降りてきた。髪は真っ黒で、不機嫌な表情をしている。「あんたのDC－3の三千時間点検を念入りにやって、CAAのマクドナルドから、いましがたオーケーをもらったところだ」

メカニックは、黒い頭をぎこちなく傾けた。ツイードのスーツを身に着けた長身でほっそりした男性が、ハンガーの奥で小さな飛行機をチェックしているのが見えた。

「僕が持ち込んだんだとき、この飛行機は完璧な状態だったよ」ビルは、プロペラを触っていた手を止めた。「何が気になるんだい、スピン？」

「あの変わり者のマクドナルドを見てみろよ」CAA調査官は、顔をしかめて小型機の翼の布地を点検していた。ポケットからナイフを取り出し、布地に小さなL形の切り込みを入れる。布が開いてだらりと垂れ下がった。

「この布は、傷んでしまっている」と、CAA調査官が言うのが聞こえた。「このままでは安全とは言えない。翼が元の状態に戻るまで、こいつを飛ばすのは見送る」マクドナルドの声は、近寄りがたいくらいに冷静だった。「古い布を継ぎ合わせても、だめだからな」

ヴィッキーの横で、メカニックが小声でぶつぶつ文句を言った。ビルは笑った。「マックは、自分の仕事をしてるだけさ。変わり者はお互いさまじゃないか。ヴィッキー、僕が知っているA&Eメカニックの中でも、いちばんの腕利きを紹介するよ――スピン・ヴォイトだ。ミス・バーは、スチュワーデスをしてるんだぜ」

ヴィッキーは片手を差し出したが、無口なメカニックは握手を拒んだ。恥ずかしさからなのか、礼儀をわきまえないのか、彼女にはわからなかった。あるいは、自分の手が汚すぎると思ったのかもしれない。長袖のつなぎの作業着は、あちこち油染みで汚れていた。居心地の悪い間を埋めようと、ヴイッキーはＡ＆Ｅの意味を尋ねた。ビルが答えた。「飛行機整備士《エアクラフト＆エンジン》だよ。定期的にＣＡＡの試験を受けなくちゃいけないんだ」瘦せて引き締まった体つきのメカニックは、無知を軽蔑するような視線をこちらに向けたが、ヴィッキーは冷静にやり過ごした。メカニックというのは概して内向的で、個人主義で天才肌の相当に変わった人種だということは、誰もが知っている。

ビルは、このメカニックを文字どおり天才だと思っているようだった。ヴィッキーに背を向け、敬意を感じさせる態度で、スピン・ヴォイトと話し込んでいる。ヴィッキーは嫌な顔一つせず、かたわらで待っていた。この瘦せ型で筋肉質の無表情な若者に、なんとなく見覚えがある気がした。以前、どこで会っただろう？……なんといっても彼女は、大勢の人間に会う仕事に就いている。そのとき、メカニックがビルに向かってぼやいた。

「俺が死ぬまでにお目にかかってみたい、四十七番目。自分が女だから恵まれてるんだという自覚のないスチュワーデスだ」

ビルは、その言葉を愉快がった。「僕は、空軍で女性のフライト・インストラクターから飛行を教わったし、戦闘機をきちんと整備していたのも女性のＡ＆Ｅメカニックたちだったよ。それはそうと、ヴィッキーはフライト・レッスンを受けてるんだ」メカニックは、興味なさげにヴィッキーを見た。

「そろそろ機嫌を直しとくれよ、ひねくれ者さん」と、ビルが言った。

「お目にかかりたい二十三番目。審査対象のメカニックと同程度の経験しかない、ＣＡＡ調査官だ」

「飛行士も審査の対象だけど、僕はＣＡＡに頭にきたりしないな」

「だから、なんだ？　俺だって、パイロット免許くらい持ってるんだからな」

「死ぬ前にお目にかかりたい五十番目」ビルがまねをした。「ひどい関節炎を患っていないメカニック」

　スピン・ヴォイトの顔に、思わず笑みがこぼれた。その笑みは、ヴィッキーにも向けられているように思えたので、勇気を出して訊いてみた。

「A&Eの資格は、どこで取ったの？」

　メカニックは、驚いたように見えた。そして、しぶしぶ答えた。「空軍だ」

「でも、空軍のA&Eメカニックは女性だったって、ビルが――」

「だからどうした？　男のA&Eメカニックだっていただろう、え？」彼は、腹立たしげに言い返した。

　どうやら、そうと気づかずに、痛いところを突いてしまったらしい。「ごめんなさい、スピン。ああ、どこであなたを見たか思い出したわ！」ヴィッキーの頭に、ふいにルース・ストリーターに見せてもらったアルバムがよみがえったのだ。「ドイツにいたことがある？」

「悪いが、あんたの質問は、どれもばかげてる」

　はぐらかそうとする言い方が、ヴィッキーには意外だった。「私はただ、なんとなく、あなたに関することを知っているような気がしたものだから――ちょっと変わったことを」にっこりして、さらに言った。「ほら、生まれつきのアザみたいなものってあるでしょう？　ほくろとか、傷痕とか、それか――」

「俺にはアザもないし、ドイツに行ったことだってない！」怒りを押し殺したように言い放たれて、ヴィッキーは、はねつけるような相手の態度に傷ついた――と同時に、不審に思った。こんな単純な質問に、なぜ、このメカニックはいらだつのだろう？　なにか隠し事でもあるのだろうか？

「ひょっとして、私の友人のディーン・フレッチャーを知ってるんじゃない？　元空軍パイロットの」この男に対する嫌悪感を払いのけようと、無理に微笑んで訊いた。

スピンの怒りは、よそよそしさに変わった。「そんなやつ、聞いたこともない。なんでそんなに質問ばかりするんだ？　まったく、女ってやつは！　だから、飛行場に女なんか必要ないっていうんだ。それに――」

その場の緊張を和らげようと、ビルが口を挟んだ。「君に必要なのはね、ドワイト――じゃない、スピン――十分間の休憩だよ。君のように、イライラするほど精密さを問われる仕事を毎日、一日中していたら、僕だって怒りっぽくもなるさ」

「昨夜は夜中まで働いたんだ」多少わびるような目つきで、スピンがヴィッキーを見た。「別に、そんなに残業代が欲しいわけじゃない。コーリーさんは、気前がいいしな。ただ、〈コーリー・フィールド〉には、ほかに何人も上司がいてな。ひっきりなしに誰かに命令されたり、ほかの上司の指示と正反対のことを言われて、細かく指図されたりするのは、たまらない。俺は一流のメカニックで、そのうえ――」

「なあ、ドワイト――じゃなかった、スピン――」

ビルが名前を言い間違えるのは二度目だと、ヴィッキーは思った。ドワイトが恋しいあまりに、飛行機に関心のあるこの若者を、その代わりのように思っているのにちがいなかった。打ち解けようとしないこのメカニックに対して、ビルのガードは完全に下がっている。

彼らが二人だけで話したそうだったので、ヴィッキーは外に出て、明るい陽ざしの中で箱の上に腰を下ろした。スピンに対して装っていた冷静さは、いまや消え去っていた。どう考えてもごく普通の質問に、あれほどまでに極端な反応をしたのは、どうしてなのだろう――元軍人なら、されても当然の質問だったはずだ。ドイツに行ったことがない？　あのメカニックは、明らかに嘘をついている。ルース・ストリーターのアルバムにあった写真をもう一度見せてもらえば、答えがわかるかもしれない。

数分後、ビルがうれしそうな笑みを浮かべて、彼女のところへやって来た。あの気難し屋のメカニックを相手に、なぜそんなうれしい気分になれるのかヴィッキーには理解できなかったが、ビルはスピンの能力を高く買っているらしかった。アンドリュー・コーリーにしても同じだった。車に戻る道々、ビルが言うには、コーリー氏はあのメカニックを、新しい飛行場をスタートさせるために厳選したスタッフとともに、シカゴから連れてきたのだった。それを手始めに、何人ものメカニックが追加して雇われたのだそうだ。

「スピンに、僕の飛行場で働かないかって頼んでみたんだ」

ヴィッキーは、気分が悪くなりそうだった。だが、これはあくまでビルのビジネスであって、自分のではない。それに、スピン・ヴォイトに関して、実際に自分がなにを知っているというのか？　はっきりしたことは、なに一つわからないのだ。「まあ、誰かが必要なのは、確かですものね」黄色のロードスターに乗り込みながら、彼女は言った。

「スピンは、たいしたやつだよ。多少変人かもしれないし、態度も横柄だけど、僕と同じように、心は飛ぶことに夢中なんだ」

ヴィッキーには、スピン・ヴォイトに心があるとは思えなかった。が、それを口にすれば、ようやく親しくなりかけたビル・エイヴリーを遠ざけてしまうかもしれない。ましてや、ビルはスピンのことで、すっかり気をよくしている。「私が間違っているのかもしれない」と、ヴィッキーは考えた。「そうであることを願うわ」そして、声に出して言った。「あなた、彼のことをドワイトって呼んだわね——」

「そうだった？　このイグニッション、どうしちまったんだ。ちくしょう！　よし、きた」車のエンジンがかかった。「いやあ、ここヒッカム空軍基地でいちばん腕のいいA&Eメカニックが、うちに来てくれそうだぞ。やったぜ！」

ヴィッキーは精いっぱい、期待を抱いたうれしそうな顔をしようとしたが、当惑したようにしか見えないのではないかと不安だった。スピン・ヴォイトは数日中に、エイヴリー空港のスタッフに加わるかどうか返事をくれることになったのだった。

「第一回目のフライト・レッスンの準備はいいかい？」ヴィッキーの左耳に、ビルの元気な声が響いた。

「もちろん！」とたんに彼女は、いつもの自分に戻って答えた。

# 第六章　そこつ者

ヴィッキーは、風にそよぐ草の上に陽ざしを浴びて停まっているカブのかたわらに、ビル・エイヴリーと並んで座り、飛行理論の基礎を教わっていた。空中に浮かぶ飛行機は、気象観測塔、機械工場、信号電波、サーチライト、高い技術を身につけた職員などの総合的な助けによって、地上から支えられているのだという。

「それを忘れちゃだめだ」と、ビルは言った。「パイロットは、つい自信過剰になりやすい。スピン・ヴォイトなら、こう言うだろう――『離陸する前には、自分の飛行機を常に点検しろ。常にだ！　飛行機が順調に動くと確信するまでは、絶対にプロペラを回すな』」

「私は、メカニックじゃないわ」と、タンポポの綿毛を気にしながら、ヴィッキーは言った。

「だいじょうぶ。僕が教えてあげるから。自分で確かめるまで飛び立ってはいけない、わかるかい？　常にチェックするんだ！　必ずね！　じゃあ立って、翼に手を置いてごらん――ここだ」二人は、強い陽ざしに目を細めた。「あの動く箇所が、補助翼だ。飛行機を水平にしたり、角度をつけて飛ばしたりする役目を果たしていて、操縦席の操縦かんに直結している。手で補助翼を動かしてみなよ。もっと強く――嚙みつきゃしないから。もっと！」

ヴィッキーは、補助翼を揺り動かした。彼と、また「口うるさい女」についての議論になるのは嫌だと思った。すっかり真面目で厳しい顔つきになったビルが、これから彼女の「愛機」となる機体の周りをゆっくりと歩き、さまざまな部分に触れさせてくれるあいだ、ヴィッキーはその説明を頭に刻もうと懸命だった。

「尾翼のてっぺんにある、この小さな動く部分が方向舵だ。ほらね？　動かしてごらん」言われたとおりに、手で動かしてみた。ビルのダークブルーの瞳が、鋭い視線で彼女を見ている。「オーケー。操縦席で右の方向舵ペダルを踏むと、機首は右に動く。左のペダルを踏めば、この方向舵が機首を左に向けさせるんだ。了解？」

「ええ、万事了解よ」

次にビルは、小さな尾翼の下側についている、昇降舵と呼ばれる二つの装置を見せた。機体を上昇させるためのものだ。「操縦かんを前に押せば機首が下がり、手前に引けば、機首は上がる」

「そんなに難しくなさそうね」ヴィッキーは、期待をこめて言った。「上下に動くには操縦かんで、左右に動くにはペダル、と」手のひらが、じっとりと汗で濡れている。ビルは、じっと彼女を見つめた。

「落ち着かないとだめだよ。空へ行くには、自分を信用しなくちゃ。泳ぐときには、水が体を浮かせてくれるっていう自信を持ってるだろう？　空気も、ちゃんと浮かせてくれるんだ。空気はね、実体のないものじゃないのさ、ヴィッキー。空気っていうのは気体だ。重量も密度もあるし、機体を支えてくれる力だって持っている物質なんだ」

「ありがとう、ビル」

聞いていたとおり、彼が経験豊富な教官であることが、ヴィッキーにもわかってきた。飛行機が飛ぶ原理は、単純だった。空気を切って前進する翼によって飛べるのだと、ビルは説明した。なぜか？ 翼は、曲線を成している上部に対し、下側はほんの少ししかカーブしていない。「揚力」は、主に上部から得られる。空気は、曲線を描く翼の表面を滑ることで通常より長い通り道を通ることになり、それによって気圧が低くなって、翼が上に持ち上がるのだ。わずかではあるが、翼の下部からも揚力が生まれる。

翼を前進させつづける――すなわち、機体を上空で保つ――には、スピードが必要だ。「速く飛んでいるぶんには安全だが、遅いと危険なんだ」と、ビルは言った。「高く飛ぶのは安全でも、低いと危険だ。地上の法則とは逆なのさ」

ビルは、プラグに火花を点火させるスイッチであるマグネトーをチェックして、素早く進行方向を確認すると、翼のフックからロープを外して停留杭に巻きつけ、近くにいる男性にプロペラ羽根を回してくれるよう大声で頼んだ。そして二人は、練習機に乗り込んだ。ビルが前の席、ヴィッキーは後部の生徒席だ。

「方向舵ペダルに両足を置いて、操縦かんを握れ」と、ビルの指示が飛ぶ。ヴィッキーは、床から突き出ている操縦かんをまたいで座った。やっぱりだ。自分は小柄すぎる。次回は、クッションを持ってきて後ろにあてがわなければ。ビルがプロペラを回す合図を男性に送り、それと同時にスロットルを開いた。「油を温めなくちゃいけないんだ！」うるさいエンジン音に負けない声で怒鳴る。「僕を見て――ブレーキにかかとをのせて、スロットルを少し開けてからスイッチを入れる。ほらね？ シートベルトは締めたかい？」機体が震動を始めた。

「いやだ、まだだわ！ 興奮しすぎて忘れてた！」スチュワーデスとして何百回も乗務し、乗客がシートベルトを締めるのを手伝ってきたというのに、まさか自分のをビルに指摘されようとは。もっとしっかりしなくちゃ、とヴィッキーは意気込みを新たにした。そのときふと、ビルにも指摘しておくことがあったのを思い出した。

「ビル！　この飛行機の点検はした？　ざっと目を通すだけじゃなくて、きちんとした点検はやったの？」

「ええと――うん、やったよ！」ビルが大声で返事をした。「昨夜、ハンガーでね。それに、たったいま、ライン点検をするのを見てただろう？」

「機体の周りを歩いて、タイヤを蹴ってパンクしていないかどうか確認して、尾輪をのぞいているのは見たわ。それから、コントロールケーブルをちょっと引っ張って、外れないのを確かめた。でも、ビル！　ライン点検は、あくまでも目視点検でしょ！　あなた、いつも言ってたじゃない――離陸する前には――」

「はいはい、わかりました！」ビルは、補助翼を適切な位置にセットするため、手を伸ばして天井にあるトリムタブのクランクを回し、計器盤の上にかがみ込んだかと思うと、後部席を振り返ってうなずき、ニッと笑った。さあ、準備万端だ！

空中に舞い上がると、ヴィッキーはつい力が入り、操縦かんを強く動かしすぎて機体が横になってしまい、あやうく泣きだしそうになった。ビル・エイヴリーの後頭部を見ているだけでも、胃がムカムカしてくる。そのつど、ビルは指示を出し、彼女は必死にそれに従って、なんとか機体を立て直した。軽飛行機は、ほんのちょっと触れただけでも、驚くほど敏感に反応した――やがて、小型機というのはもともと、パイロットの力量にかかわらず、正しい動きをするように設計されているのだと、ヴィッキーは気がついた。彼女にも、きちんとできたことがいくつかはあった。

「よし、いいだろう、スチュワーデスさん。のんびりしてくれ！」ようやく、ビルが叫んだ。「くつろいで飛行を楽しむといい」

「私、そんなにひどかった？」

幸い、その言葉はビルの耳には届かなかった。革のシートに背中を預けてフライトを楽しもうとしても、緊張が収まらない。自分の初めての操縦訓練をビル・エイヴリーがどう感じたか、不安だった。が、眼下の景色があまりに美しく、いつしかヴィッキーは、あれこれ考えるのをやめたのだった。

土曜日、母のアドバイスに従い、ヴィッキーは飛行場には行かずに家にいて、ガイ・イングリッシュのパーティーまで少し休むことにした。

バー家にあった古い手押し車をペンキで赤く塗るジニーを手伝い――ジニーは、誰にも理由を教えなかった――サンドイッチを作るのに必要だという食材を、一緒にそろえてやった。妹は、ビルの空港での軽食サービスに関して、名案を考えついていたのだった。ジニーをよく知っていれば、それは実に彼女らしい、現実的なビジネスプランだった。「明日まで待って。そうしたら、私が日曜商戦で成果を上げてみせるから」としか、ジニーは言おうとしなかった。「パーティーに行ってらっしゃい、ヴィク。これ以上は秘密よ」

ガイ・イングリッシュのパーティーは、その六月の晩を、記憶に残る特別なものにした。湖の上にせり出すいくつものベランダがあり、ゴルフ場に囲まれたカントリークラブには、若者たちと音楽があふれていた。明るいライトに照らされたダンスフロアでは、女の子たちの白やパステルカラーのドレスが、ダンス相手の伸ばした腕に咲く大輪の花のように揺らめいている。ヴィッキーと踊っているガイは、彼女の頭越しに、自分の父親に優しい笑みを向けた。まるで痩せこけた情け深い幽霊のような判事は、小さめな部屋の一つから、じっとこちらを見つめていた。ちらっとアンドリュー・コーリーの姿も見えたような気がした。今夜は、ガイの誕生パーティーだったのだが、彼の寛大さのおかげで、半分はヴィッキーの帰省パーティーとなっていた。

旧友たちとの再会は、素晴らしかった。オーケストラが休憩時間に入ると、彼らは一斉に寄り集まった——フェアヴュー高校の卒業学年で最優秀クラスにいたころに、いつもそうしていたように。ディッキー・ブラウンと妹のリンは、ヴィッキーのフライト・レッスンのことを聞かせてくれと、しきりにせがんだ。トッツィー・ミラーは、ため息をついた。「ええ、話してみてよ。それで、私をアイスクリームとブラウニーの誘惑から遠ざけてくれるんならね」彼女はダイエット中で、機嫌が悪いのだった。クレイマー兄弟が、相変わらず遠慮のない言い方で、ぽっちゃりして愉快なトッツィーのほうが好きだと言った。

「怖くないの、ヴィッキー?」と、リンが訊いた。

「君のお父さんがね」ガイ・イングリッシュが、控えめに言葉を挟んだ。「町じゅうの人に自慢しているんだよ。『私の娘は、飛行機の操縦をするんだ』ってさ。知ってたかい?」

「数学と機械の知識は、どのくらい必要なんだ?」と、ディッキー・ブラウンは尋ねた。「僕の記憶じゃ、君は数学ときたら——おっと、しまった!」

「操縦するって、どんな感じなの、ヴィク?」

ビル・エイヴリーとあの小さな練習機によって体験させられた、スリリングで身のすくむ三十分間のことを、どうやったらうまく言葉にできるだろう？　どうにか頭の中で整理して話しだしたとき、イングリッシュ判事が輪に加わって、耳を傾けているのが目に入った。

判事を見ると、ヴィッキーはいつも、リンカーン大統領を思い出した。まだ幼いころ、ほっそりとして厳格そうな、それでいて思いやりのあるこの人が、エイブラハム・リンカーン本人だと思っていたこともある。そういう畏敬の念を抱くようになったのは、イングリッシュ家の家族が、リンカーンがフロントポーチで演説をしたこともある、広大な木造家屋に住んでいたせいもある。判事を前にすると、人々の心や口に自然と真実が宿って、いつの間にかそれが明らかになるのだった。

「そう、そのとおり」イングリッシュ判事は、ヴィッキーの話にうなずきながら言った。「確かに、空を飛ぶのは、君が言うとおり素晴らしい。ビル・エイヴリーのおかげで、私も飛行の道徳的原理を多少感じることができた。飛行家は、地球全体を大局的に見る視野を持っているんだ。戦争や平和は、飛行士に委ねられているところが大きいからね――」判事は、そこでいったん言葉を切って、微笑んだ。「そうだ、ヴィッキー、私も近いうちにエイヴリー空港に出かけることにしよう。明日か、少なくとも、そう遠くない日曜にね」

日曜日、ビルの空港は、大混雑と言ってもいい状態だった。たとえレッスンができないとしても、せめてフライト訓練だけでもしたいと思って早めに行ったのだが、ビルのレンタル飛行機は、ねたましいほど、一日中予約でいっぱいだった。埃っぽいオフィスでは、航空日誌を書く人、スケジュール表に予約を入れる人、うわさ話に興じる人など、大勢がごった返していた。カウンターの向こうにいるビルは、とてもヴィッキーの相手をする時間などなさそうだった。彼がハンガーに行っているあいだ、ヴィッキーは支払いを受け取る役目を買って出た。フレディが熱を出して寝込んでしまったため、姉のルースは手伝いに来られないのだった。自家用機は、誘導滑走していたり、離陸を待っていたり、上空に飛び立ってしまったりと、すべて出払っていた。ほかの飛行場からやって来て着陸する機もあった。今日は、信号灯を手にした男性がビルの飛行場の真ん中に立って離着陸の合図を送っており、それ以外の人間は誰一人、滑走路に足を踏み入れることを許されていなかった。

昼ごろには混雑の波も一段落し、ヴィッキーはひと息つくことにした。外に出て、オフィス小屋のそばで立ち話しながら飛行機を眺めて自分たちの番を待っている、陽気で愛想のいいグループの輪に加わった。

「彼、やるな」誰かが空中で見事な「木の葉落とし」を披露したのを見て、周囲でつぶやきが漏れた。「おい、見ろよ。フロントガラスを新調した、ディ・ペルナのエアロンカがいるぞ」「おまえ、ちょっとウォリーとスタント飛行をしに行って、あいつの飛行機をビビらせてやったらどうだ?」ヴィッキーは、まるでパイロット仲間の一員になったような気がした。

両親とジニーが車でやって来たのが見えて、彼女はしぶしぶその場を離れた。三人は注意深く、車から赤い手押し車とピクニック用バスケットを降ろした。ギンガムチェックの綿のワンピースを着たジニーは、ふっくらとして、なんだかそれだけで食欲をそそる感じがする。

「まあ、ジニー!」車で走り去る両親に手を振りながら、ヴィッキーは妹に駆け寄った。「なにを持ってきたの? やけに、おいしそうじゃない!」

ジニーは、赤い手押し車にドライアイスを詰め、コーラやミルクの瓶を突き刺していたのだった。ピクニック用バスケットの中には、パラフィン紙に包んだサンドイッチの盛り合わせが入っている。遅ればせながら、大きな魔法瓶に目が留まった。「ホットコーヒーよ」と、ジニーは胸を張った。「紙コップと、ほら、ちゃんとクリームとお砂糖だってあるんだから」ジニーの服の大きなポケットが、レジの引き出し代わりというわけだ。

「ジニー、あなたお金持ちになるわよ！　あなたがいなかったら、ここにいる人みんな、餓死しちゃいそうだもの！」

ヴィッキーは、たまらずサンドイッチを買って、最初の客となった。そして、飛行機を見上げている飛行士たちの前をさもおいしそうに食べながら歩いてジニーの商品を宣伝すると約束し、その言葉どおりに実行したあと、しばらくハンガーでビルを手伝った。午後遅く、セスナを所有する男性が、妻との小飛行にヴィッキーを誘ってくれた――小さな飛行場ならではの、おおらかな習慣だ。

暑く長い日曜の午後も終わりかけたころ、ヴィッキーは妹を捜し出した。ジニーの自信も、赤と白のチェックのワンピースも、すっかりしおれてしまっていた。バスケットは、まだサンドイッチでいっぱいだし、手押し車にも山ほど飲み物が残っている。しょんぼりした様子のジニーが、やけになってヴィッキーにチョコレートミルクを手渡した。「ほら、飲んでいいわ」

「まあ、ジニー！　何が起こったの？　っていうより、起こらなかったってことなのかしら？」

「飛行士って、どうかしてるわ！」ジニーが感情を爆発させた。「聞いてよ。あの人たち、食べることを完全に忘れちゃってるのよ」サンドイッチはほとんど売れず、メンフィスからカナダへ向かう途中に立ち寄ったパイロットが、いくつか買っただけだったらしい。それと、今日手伝ってくれた友人たちのためにと、ビルがコーラを一ダース買ってくれたそうだ。ヴィッキーは、操縦するときは満腹でないほうがいいのだというようなことを、気の毒そうにつぶやいた。「ふん！」ジニーが鼻で笑った。「あの人たち、飛ぶことにしか目がないのよ。だからだわ――見てよ、あれ！」

ジニーがつっけんどんに指差した先に、ヴィッキーは目をやった。数時間前、見晴らしの利く場所――オフィスの真ん前――に自分が一緒に立って飛行機を眺めていた、その同じ面々が、まだそこに立っていた。飛行士たちのフライトを終えたあとで、いつの間にか戻ってきて、また眺めているのだった。自分たちの目は、幸せそうにキラキラと輝いていた。

その晩のバー一家の夕食は、ジニーのサンドイッチとミルクだった。家族全員、機嫌よくおいしそうに食べ、スパニエル犬でさえが喜んでいるように見えた。

食べるのは忘れる――離陸前に飛行機をしっかり点検することもおろそかにする――そのうえビルは、信じられないほどオフィスのことにかまわない不注意者だ！　月曜の朝、ヴィッキーは、それをつくづく思い知らされた。

使い古されたビルのデスクやファイルの中から、信じられないようなものをいくつも掘り出したのだ。雨模様のこの朝、「さあ、友達の手伝いをするわよ」と、ヴィッキーは意気込んでいた。それに、午後にでも天気が回復し、フライト・レッスンを受けられるのではという期待も抱いていた。だが、いまや彼女は埃まみれで、怒りは頂点に達し、「ビル！」と声を張り上げて叫んでいた。

戸口に、腹立たしそうにビルが現れた。「今度は、なんだい？」

「あなたのタイプライターの状態を見てみなさいよ！」ヴィッキーは指先を濡らして、厚く積もった埃の上から「まったくもう！」という字を打ってみせた。

「それ、壊れてるんだよ」ビルは、ヴィッキーの指摘を軽く受け流した。「修理する価値はないんだ」

「直そうと思ったことさえないくせに」

「もう三回も修理してもらったさ。寿命なんだよ。こっちにくれ。このおんぼろを捨てなくちゃって、ずっと思ってたんだ」ヴィッキーの汚れた鼻先からタイプライターをひったくるように取ったビルに、彼女はさらに食ってかかった。

「返事をしていない、この手紙の山はなんなのよ！」

「ドワイトが、いくつかは返事を書いたよ。どっちにしたって、タイプライターもないのに、どうやって返事を書けって言うんだい？」

「私のを貸すわ。古いものだけど、私がちょくちょく様子を見て埃を払うから。で、ここにある支払っていない請求書は、どういうことなの？」

「払ったさ。小切手帳を調べてみてくれよ」ビルはそっとヴィッキーの髪の毛を引っ張って、話題をすり替えた。「お日さまが出てきたよ。飛びに行くかい？　この大仕事のお礼に、タダでレッスンしなくちゃいけなそうだね」

「こんなに床を散らかしたままにしておけって言うの？」

二人はそろって、散らかり放題の床を半ば呆然と見つめた。ヴィッキーは余分に用意しておいたハンカチで顔と手を拭い、作業に戻った。「まったく、君の偉そうな態度ときたら――」と切りだしたビルだったが、ヴィッキーがきっとにらむと、さすがに恥ずかしそうな顔をし、そそくさとドアを出てハンガーに行ってしまった。

石けん水できれいになったオフィスと、窓辺の植木箱に咲いているゼラニウムの花が、がらくたの山を少しは気のまぎれるものにしてくれた。その山の中から、ヴィッキーは、衝撃的な一枚の紙切れを発掘した。ビジネスに関する手ほどきを受けたことのない彼女でも、自分の汚れた手が握っているのが、ある意味、ダイナマイトに等しいものであることはすぐにわかった。そこには、もし、ウィリアム・エイヴリーが今日の午後三時までに土地購入の貸付金の利息分を支払わなかった場合には、空港が差し押さえられると書かれていた。書類の送り主は、〈フェアヴュー建築貸付組合〉となっている。

ヴィッキーは急に脱力感に襲われた。とっさに手近なものに座ったら、床だった。ビルったら、こんな大事な通知を、埋もれさせたまま忘れていたなんて！　もう一度、書類に目を通した。いちばん下に、赤字で「最後通達」とある。ビルが今日の午後に支払えなければ、空港は取り上げられてしまうのだ。

はっとわれに返り、オフィスを飛び出して、早口でしゃべりたてながらハンガーへ走った。ビルの持つドライバーのそばで、通知を振りかざした。

「み、み、見て！　か、か、貸付金！」

「僕は、このエンジンを調整するので忙しいんだよ。とにかく、いまは休戦だ」

「三時よ――今日の――でないと――さ、さ、差し押さえですって！」

「君が吃音症だとは知らなかったな」と、どこか高慢な態度で言う。

ヴィッキーは、落ち着きを取り戻した。「私は、めったにつっかえたりしないわ」と、きっぱりと言った。「ストレスにさらされたときだけよ。あなたの空港が明日差し押さえられるってことを、知らせなきゃと思ったの」

「な、なんだって？　なんで、それを早く言わないんだ！」

「言ったわよ！」

「それ、よこしてみろよ！」ビルは、ヴィッキーの手から書類をひったくり、食い入るように見入った。

それでもまだ、ヴィッキーは、小切手を書くよう、しつこくビルをせかさなければならなかった。ああ、わかったよ、と、ビルはのんきな声を出した。銀行には預金があるんだ。たいしたことじゃないから、忘れていただけだよ、と。

「本物のそこつ者ね」ヴィッキーは、小声でつぶやいた。

「あのさ、〈ミス・几帳面〉さん」ビルは小切手をひらひらさせて、インクを乾かした。「いや、つまりその、ありがとう。で、次は、どうするんだい？」

「次は、私が小切手を持っていくわ――自分で――ダウンタウンの建築貸付組合までね。家まで送って」

「なんだよ、それ！　スチュワーデスは、人に命令したりしないもんだぜ」

ビルは、自宅まで送ってくれた。ヴィッキーは、最高新記録の早さでシャワーを浴び、大慌てできれいな服に着替えると、ダウンタウンへ行くバスを捕まえに走った。

昨日のしょんぼりムードから抜け出せていないジニーが、後ろから声をかけた。「なにか問題でもあるの？」

「どっさりね！」

建築貸付組合のオフィスに着くと、秘書から、ヴィッキーが会わなければならない相手はマーサー氏だと教えられた。いま、昼食に出ているという。ヴィッキーは、壁に掛かった時計の針が二時から二時半に動くのをじりじりして見守りながら、待ちつづけた。支払いのタイムリミットが、刻一刻と近づいてくる。

　ようやくマーサー氏が入ってきた。どこか冷淡で手強そうな感じの人物だ。その後ろから、イングリッシュ判事も姿を現したのを見て、ヴィッキーは驚いた。彼らは一緒にランチへ行っていたのだが、申し込みのあった〈コーリー・フィールド〉への貸付に関する話し合いが終わらなかったのだ。秘書が、ヴィッキーのために話に割り込んでくれた。

「はじめまして、ミス・バー」マーサー氏のグレーの目は、レントゲンのようになんでも見透かしてしまいそうだった。「こちらへお入りください、どうぞ――」と、自分専用のオフィスを指す。

「私も、一緒に入ってかまわんかね?」イングリッシュ判事が、ヴィッキーに微笑みかけた。「ヴィッキーもビルも、息子と私の友人だし、まさか私に、とんでもない隠し事などしとらんだろうしね」

　マーサー氏に事のいきさつを話してビルの小切手を渡すあいだ、判事が隣に座ってくれていたので、ヴィッキーは心強かった。マーサー氏は、領収の署名をした。それなのに、冷たい不満げな表情は少しも変わらない。ビルと飛行場は、これでもうだいじょうぶなのではないのか?　判事が咳《せき》払いをした。

「では、これで建築貸付組合は、エイヴリー空港を買いたいという申し入れは受けないのだね?」

「申し入れって、なんの話ですか?」ヴィッキーは、思わず大きな声を出した。「誰かが飛行場を買おうとしているなんて、ビル本人は知りませんよ!　マーサーさん、きちんと説明していただけますか?」

　ビルは、いったいほかになにを、あの机に埋もれさせて忘れていたのだろう?　ヴィッキーはブルーの目をいっぱいに見開いて、静まり返った部屋の中に座ったまま身を固くした。

「実はですね、ミス・バー、シカゴ企業の代理を務める町いちばんの不動産会社が、エイヴリー空港を売ってほしいとわれわれに申し入れてきたんですよ。それが破格の値で、条件もよく、しかも相当に熱心でしてね」

「でも――でも、たったいま私が、支払い金額をお持ちしたじゃありませんか！」ヴィッキーが、あえぐように言った。

「ええ。もし今日、銀行の営業時間が終わる午後三時までに小切手をお持ちくださらなかったら、われわれは明日の朝いちばんにエイヴリー空港を売却していたでしょう」

「では、これでだいじょうぶなんですね？　そうですよね、マーサーさん？」

「あなたのおっしゃっているのが」融資担当者は、冷ややかに言った。「これで、即、われわれがこの非常に好条件の申し出を断るかということでしたら、答えは『ノー』です。建築貸付組合は、投資者のために利益を生み出す目的で存在しています。リスクを承知で預金を投資してくださっている方々に対して、責任があるのです。支払いに関して言えばですね、本当なら、われわれに、ビル・エイヴリーに期限の延長を与える義務はなかったんですよ。つまり、ミス・バー、抜け道もないではないんです――つまり、厳密に言えば、法的に合意した期限までに支払いはなされなかったということになります」

ヴィッキーは、必死にイングリッシュ判事に救いを求める視線を送った。おそらく、ビルに期限の延長を与えるよう提案したのは、彼だったのだろうと思ったのだ。判事は、ヴィッキーと同じくらい困惑した顔で見つめ返した。

「厳密さを追求するとすれば、もちろん、マーサー氏の言うとおりだ。しかしながら、われわれはみな、ビルのことをとても大事に思っている。ビジネスには、人間的な一面もあるからね。なあ、ジョン」と、マーサー氏のほうを向いた。「申し入れをしてきたシカゴの会社というのは、何者なんだね？」

「〈ランド&スカイ有限会社〉という企業です。私自身が〈フェアヴュー不動産〉へ足を運んで、この件についてウォルターと話しました。判事、言っておきますが、私だって、進んでエイヴリーをビジネスから外したいと思っているわけではありません。ウォルターだって、そうです。しかし、ウォルターも私も、ほかの人たちの代理人として事業利益を上げる立場にある以上、個人的な感情にとらわれるわけにはいかないのです」

ヴィッキーは、おずおずと尋ねた。「そもそも、その〈ランド&スカイ社〉というのは、どういう会社なんでしょう？」

マーサー氏は、近寄りがたいほど几帳面にデスクの上に書類を重ねながら、話しはじめた。「〈フェアヴュー不動産〉は、この顧客のために内々に動いているとしか話してくれません。どうもウォルター自身、このシカゴの会社に関しては、経営の格付けがしっかりしていて、彼らのオファーが誠意あるものだという以外は、詳しいことを聞かされていないのではないかという印象を持ちました」そこまで言うと、書類の端をきっちりそろえた。「要するに彼らは——エイヴリーの抵当の土地を買い上げたがっているんですよ。これで、お話しできることはすべてです、ミス・バー」

面談は終わった。ヴィッキーは立ち上がり、マーサー氏に礼を述べた。ドアへ向かう彼女に、判事が寄り添った。

「心配するな、ヴィッキー」と、判事は言った。「私が、ビルのために力になるから」

「いつになったら、結果がはっきりするんでしょうか？」

イングリッシュ判事は、かぶりを振った。「努力してみる。確かな約束はできんが、とにかくやってみるよ」

ビルの空港に戻り、気は進まなかったが、彼が予想もしていなかったこの事実を報告した。その悪い知らせにビルは落ち込み、一人になりたそうに思えたので、ヴィッキーはバスで自宅へ帰った。バスに揺られているあいだも、途方に暮れたまま……。

帰宅すると、二つのメッセージが彼女を待っていた。たったいま、ビルから電話があったそうで、母が急いでメモを取ってくれていた。「さっき、失礼な態度を取ったなら申し訳なかった。いろいろと本当にありがとう」もう一つのほうは、電報だった。ヴィッキーは、黄色い封筒を破り開けた。「ただちにセントルイスに連絡あれ。今夜、チャーミオン・ウィルソンの代わりにニューヨーク便に乗務されたし」離陸時間が記されており、「ルース・ベンソン」と署名されていた。

セントルイスからニューヨークへ飛ぶですって！　シカゴの〈ランド&スカイ社〉について調べる間もないなんて！　それもこれも、自分が望んでパートタイムのシフトに替えてもらったためだ。上司のルース・ベンソンは、ヴィッキーがフライト・レッスンを受けられるように、融通の利くスケジュールを認めてくれたのだった。それでもやはり、いまのタイミングでの任務は、後ろ髪を引かれる思いがした。

ヴィッキーが宿泊用の荷造りをするのを、母とジニーが車で待ってくれていた。ちょうど荷造りが終わりかけたころ、イングリッシュ判事から電話がかかってきた。

「ヴィッキーか？　捕まえられてよかった。たったいま、〈フェアヴュー不動産〉のウォルター・ダヴィットと話したんだが、彼は、〈ランド&スカイ社〉の正体をよく知らんそうなのだ」

「でも、判事！〈ランド&スカイ社〉のために、誰かがダヴィット氏と連絡を取ったはずですよね。それは、誰だったんでしょう？〈ランド&スカイ社〉の役員ではなかったんですか？」

「それが、ちがうのだよ、ヴィッキー。ダヴィット氏に会いにフェアヴューを訪れた人物がいたんだが、どうやら、代理人かなにかのようでね。ジェラルド・フッドという男らしい」

ヴィッキーは、その名前を頭に刻み込んだ。「判事、一連の秘密主義というか――回りくどさのようなものって、奇妙だとは思われませんか？」

「いや――そうでもなかろう。取引というものは、代理人によってお膳立てされることが珍しくないからね。そうやって、すべてが整ってから、社長が登場するのだ」

「そうですか」ヴィッキーは、まだ納得がいかなかった。「ともかく、お手数をおかけして申し訳ありませんでした」

それから、急いで母と妹が待つ車に乗り込み、セントルイス発ニューヨーク行きの便に搭乗するため、セントルイスへと向かった。

それは、ひどく退屈な任務だった。夜間飛行だったこともあり、彼女の関心事は、乗客たちの眠った暗い機内で、どうやって起きているかということだけだった。

ニューヨークのアパートに着いたものの、スチュワーデス仲間は一人も家にいなかった。みんなフライトに出払っていたのだ。ヴィッキーは、空っぽのベッドを、わびしく見つめた。小柄で丸々とした大家のミセス・ダフが、ヴィッキーを慰めようとマフィンを焼いてくれたのだが、一人で食べても、ちっとも楽しくなかった。ディーンも、新聞記者のピート・カーモディも不在だった。ニューヨークは夏の観光客でにぎわい、通常の住民の姿が見えなくなる時期に入っているのだった。ヴィッキーは寂しかった。その後も、繁忙期の臨時任務で、ニューヨーク―ワシントン間のフライトに何度か乗務したが、六月の素晴らしい天気に恵まれた日に出くわすたびに、フェアヴューに帰ってビルの二人乗りの飛行機に乗りたい思いが込み上げてきて仕方がなかった。それも、〈ランド&スカイ社〉がビルを追い出していなければの話だが。気の毒なビル！

やっとフェアヴューに帰れて真っ先にしたのは、ビル・エイヴリーに電話することだった。フレディが電話に出て、ビルは飛行中だと答えた。ヴィッキーは少し迷ったのち、イングリッシュ判事に電話をかけた。

「電話をくれてよかった」と、判事がほっとする言葉を言ってくれた。「いい知らせがあってね。今週、建築貸付組合をどうにか説得して、エイヴリー飛行場を買いたいという申し入れのことを白紙に戻してもらえたんだよ。ただ――ビルに、くれぐれも気をつけたほうがいいと伝えてくれないか？」

# 第七章　ランの花とトラブル

スピン・ヴォイトがビルの仕事の依頼を受けたときから、エイヴリー空港に敵対感情が生まれた。ヴィッキーは、そのメカニックが工具を携えて現れたまさにその朝、ビルの飛行場に戻ってきた。二人とも、再会を喜んではいなかった。

ビルは、スピンを見て大喜びした。オフィスから飛び出してきて「やあ、スピン！　よく来てくれた！」と叫び、ヴィッキーには笑みを向けただけで、そばを通り過ぎてしまった。でも、ヴィッキーは気にしなかった。友達のドワイトがいなくなって、ビルがどれだけ心細い思いをしていたか知っていたからだ。新たな若者が手伝いに来てくれるのは、喜ばしいことだ。

ただ、遠慮がちに、こうつぶやいた。「自慢のA&Eメカニックを横取りされて、コーリーさんはどう思っているのかしら」

「俺は、お偉いさんのコーリーにゃ、なんの義理もない。どうしても立ち上げを手伝ってくれって言うから、手を貸してやっただけだ」スピンは、もっぱらビルに向かって話した。「だが、そのうちに上に何人も監督がやって来て、見張られたり指図されたりに、もううんざりでね。あんたは、好きなようにさせてくれるって言っただろ。それが、俺にはなによりだ。たとえ給料が下がったって、そこが大事なのさ。まあ、どっちにしても、いまじゃコーリーのとこには、メカニックが大勢いるからな」

　ビルが、話に招き入れるようにヴィッキーのほうを向いた。「コーリーさんは、スピンを失ってもいいと思ってはいないだろうけど、僕に腹を立ててもいないと思う。昨日、ちょっと顔を合わせたとき、スピンを引き抜いた件に触れて、おまえのところには、いったい、うちに足りないなにがあるっていうんだろうな、なんて冗談めかして言ってたからね」

　スピンは、ぶしつけな目つきで、ヴィッキーを頭のてっぺんから足の先までじろじろ見た。「こいつは、ここで働いてんのか？」

「まあ、そんなとこかな。ヴィッキーは、僕の手伝いをしてくれてるんだ」

「ああ、そうか、あんたの彼女ってわけだな？」

　ビルが赤くなり、ヴィッキーも顔が熱くなるのを感じた。「僕らは、ただの友達だよ。それに、ヴィクは僕のフライト・レッスンの生徒でもある。昔のパイロット仲間のディーン・フレッチャーが、彼女を僕のところによこしたのさ」ビルはヴィッキーに微笑みかけた。口には出さなくても、彼女が戻ってきたのを喜んでいる顔だった。

「ほう、飛行場で誰かの役に少しでも立つご婦人ってのがいるんなら、ぜひ顔を拝んでみたいもんだ」

「ヴィッキーは、ご婦人っていうタイプの女性とはちがうんだ」とは言いながらも、ビルはスピン・ヴォイトと、いかにも我慢しているのだと言わんばかりの目配せを交わした。

　ヴィッキーは、思わず湧き上がってきたプライドを、息と一緒にのみ込んだ。「私、この飛行場でちゃんと役に立ってるわ。そうでしょう、ビル？」

「え？　ああ、そうだね。オフィスの埃を払ってくれたもんな。なあ、ドワイト――じゃなくて、スピン――明日、星型エンジンを見てくれないかな？　せかすわけじゃないし、口出しするつもりもないんだけど――」

オフィスの埃を払ったですって！　メイドの仕事をはるかに超える活躍をしたじゃないの！　やっぱり、ビル・エイヴリーってあんまり好きじゃないわ、とヴィッキーは思いはじめた。見てよ、気難し屋のメカニックに、あんなにぺこぺこしちゃって！

スピンは、黙りこくってハンガーに向かい、無愛想な態度で中に入っていった。幼いフレディが称賛した様子でくっついて行ったが、それでも、子供なりに用心深く距離を保っていた。ヴィッキーはビルに、こっそり――そして、やや皮肉をこめて――メカニックというのは、みんなあんなに気難しいものなのかと訊いてみた。

「言っただろう。彼は天才肌なんだよ。あのさ、レッスンを今日じゃなくて明日にしてもかまわないかな？　スピンに、ここを案内しなくちゃならないからさ。君は、学科の勉強をしてもいいし、CAAのマニュアルに目を通す手もあるしね」

ヴィッキーは、口ではそれでいいと言ったものの、本心ではなかった。

翌日は、いくらか幸先のいい出だしとなった。飛行場に車を乗りつけた人物を見て、ヴィッキーは喜んだ。それは、CAAの調査官、マルコム・マクドナルドだった。ヴィッキーの手伝いのもと、ビルは、ドワイト・ミューラーのランの花が入った箱を貨物機に積み込んでいるところだった。長身で細身の調査官は、静かにクーペを降りると、貨物機と積み込み途中の箱の山を点検した。

「エイヴリー、このDC－3は、〈コーリー・フィールド〉で点検してもらったものか？」

「ええ、そうです」

マクドナルドは、微かにそっけない笑みを浮かべた。「自分で点検するのを忘れてはだめだぞ、ビル。助手の人が、君より注意深いといいがな」

「あ――はい。こちらは、ミス・バー、ヴィッキー・バーです。数週間後には、あなたから自家用機免許試験を受けることになります」

マクドナルドは、ヴィッキーにうなずいてみせた。彼の厳格な生真面目さが、ヴィッキーには心強く感じられた。人付き合いはよくないが、友人になれそうな人――揺るぎない信念があって清廉潔白な、判事のように信頼のおける人物に思える。ビルにいくつか専門的な質問をする以外は、ほかの大半の飛行士同様、けっして無駄口をたたこうとしない。ヴィッキーは、情報に通じたこの人が、〈ランド&スカイ社〉についてどう思っているのか知りたくなった。

「聞いたことのない名前ですね。何者なんですか?」

「町の誰も知らないようなんです」

マクドナルドの日焼けした額に皺が寄った。「そうですね、シカゴの人名簿か、〈ダン&ブラッドストリート社〉の企業格付けレポートを見れば、容易に調べられるでしょう。あるいは、コーリー氏に訊けば、わかるかもしれない。彼は、財界に顔が広いですからね」特に心配する様子はなく、超然とした態度だった。

ビルが肩をすくめたのを見て、ヴィッキーはその話題をあきらめた。そうだ、シカゴに行ったときに、自分で調べてみよう。もう一つ、CAA調査官に訊いてみたいことがあった。ビルに訊くのは気が進まなかった――なにしろ彼は、ヴィッキーが自分の有能さをひけらかしているだけのように思っているらしいのでーーが、マクドナルドなら、聡明で偏りのない答えをくれるかもしれないと考えたのだ。

「私ーーあのーーランの花を、別の方法で積み込んだらと思うんですけど、どうでしょう?」ビルがむっとしたような目で見たが、ヴィッキーは目を合わせずに、知らん顔を通した。彼女はこれまで、冷たい水と硝酸カリウムで育てたランなど扱ったことがなかった。昨日の午後遅くに、ティッシュペーパーでくるんだこれらの花をトラックで運んできたドワイト・ミューラーから、都会の市場へ空輸する準備段階と実際の空輸中にどういう世話が必要なのかを、初めて教わったのだった。驚いたことに、花の空輸には、なんとたくさんのケアが必要なことか! 十分な空気、涼しい環境、暗さ……。ヴィッキーは、こういう繊細で優美な生物の面倒を見るのが大好きだった。ビルは、どうもぞんざいすぎる。出荷のために、ドワイトは花のいくつかを段ボール箱の中に結びつけていたが、ヴィッキーは、小さな箱に丁寧に入れ直す方法を思いついた。

「そうすれば」彼女は、CAA調査官への質問を続けた。「スペースが余分にできて、収益荷重を増やせるんじゃありません? 座席を二つ戻して、ビルがシカゴまで乗客を一人か二人乗せて飛ぶことも可能になるんじゃないでしょうか?」役に立ちたいという気持ちが先に立って、無神経で大きな態度に見えていないといいけど、と思った。

「ミス・バーの言うとおりだと思うな。試しにやってみたらどうだ?」

「ええと、予定より遅れてるんで、もう、すぐにでも飛ばないと」

「貨物の梱包《こんぽう》作業は、最後まで手を抜かずにきちんとやるべきだろう」と、マクドナルドが意見した。ビルはちらっとヴィッキーのほうに目をやり、顔を赤らめた。

「あのね、ビル――あくまで、もしもこの案がうまくいった場合の話なんだけど――知らせておかなきゃいけないことがあるの。今朝、オフィスに電話があって、農家の人とその奥さんから、今週中にシカゴへの往復ができる日はないかって訊かれたの。家畜に餌をやる時間に間に合うように帰宅したいんですって」そして、聞こえよがしに付け加えた。「あなたから返事をするって言っておいたわ」

ビルは、ヴィッキーから、開いたドアの中に見える機内のランへと視線を移し、頬をさすった。「きれいに着飾ったスチュワーデスにしては、やるじゃないか。君みたいな〈ミス・口やかまし屋〉さんに、もっと前に出会ってればよかったかもな」

マクドナルドが笑った。「彼女が仕事を手伝ってくれて、君はラッキーだよ。ミス・バー、あなたは、この飛行場の改善に心から関心を寄せているようですね。ここは、十分な可能性を秘めているんですよ――オーナーが、楽しみで飛ぶのをやめさえすればですがね」

そして、ようやく三人は笑い合った。ビル自身も、自分に関するその冗談に笑った。マクドナルドは、〈コーリー・フィールド〉のような贅沢な施設がないということは、高額な諸経費がかからないということだから、料金を下げられるのではないかという点を指摘して、ビルを励ました。「そうすれば、エイヴリー空港に、たくさんの客を呼べるかもしれないよ」そして、ビルの――というか、スピンの――ハンガーを調べに立ち去った。調査官として、どうやらスピンとも話があるらしかった。

彼を訪ねてくる客は、きわめて珍しい。

スピンは、フレディを除けば、いつも一人だった。ヴィッキーのプランに沿ってランの花を詰め替えるあいだ、スピンの真っ黒い髪と針金のように細く筋肉質な体つきをした姿が、ハンガー内の飛行機の周囲を動きまわっているのが見えた。フレディは、まるでスーパーマンを見るような目で、彼のあとをくっついて歩いていた。A&Eメカニックは、幼い男の子に感じよく接しており、それが、唯一ヴィッキーが彼に関して認めた長所だった。ただしスピンは、ビルが近くにいるときにはいつも、ずいぶん態度に気をつけているふうだった。

ビルは、数日間連続して広い飛行場内の離れた場所にいて、コーリー氏から回してもらった航空測量の仕事のために、彼がこよなく愛する旧式のPB‐19で飛ぶので忙しくしていた。ヴィッキーは、ビルを探しまわっては、その仕事から引き離さなければならなかった。

「フライト・レッスンの時間でしょ？　どうして忘れちゃうの？」

彼女の操縦技術は、ゆっくりとだが進歩していた。勤務が入らなかった二週間、毎日必ず三十分のレッスンを受け、やらなかったのは、スピンがやって来た日と、混んで忙しかった土曜日一日だけだった。集中的なレッスンだったが、それだけの価値はあった。一日中雨の降った日が一度もなかったのも、幸運だったといえる。混雑する日曜日でも、混む前に行きさえすれば、ビルは喜んで教えてくれた。それどころか、離着陸に重点を置いて、ヴィッキーにどんどん実践させてくれていた。マニュアルでは初心者に推奨していない練習なのだが、離陸は、操縦の中でも最も危険をはらむ瞬間だ。上昇する機体がまだ十分な速度と高度を得ていない離陸時は、前進することもできず、戻って着陸するパワーもない、危険な状況を生みやすい。ビルはヴィッキーに、その点を十分頭に入れるよう注意した。

離陸はスムーズにできたのだが、着陸は、そうはいかなかった。滑空して高度を下げ、滑走路の数ヤード上空に浮かぶと、操縦かんを握ってペダルに足を置いたまま、緊張で動けなくなった。どうしても、機体を着陸させることができない――地面が、あまりにも早く近づいてきて、スピードを合わせられないのだ。ビルが操縦かんを引くのがわかり、穏やかな声が聞こえた。「力が入りすぎだ。もう一度上昇して場周経路《トラフィックパターン》を周回してから、着陸態勢に入ってみよう」だが、今度もヴィッキーは着陸できなかった。「そのうちに、できるようになるさ」自分で着陸させたあとで、ビルが太鼓判を押した。「あるとき突然、こんなふうにいとも簡単にね」と言って、指をパチンと鳴らしてみせた。

ただ単に自分を励まそうとしているのではなく、本当に彼の言うとおりであることを、ヴィッキーは心から願った。「ひたすら練習あるのみ」ビルは毎回、三十分から三十五分間のフライト・レッスンの時間を彼女の航空日誌に書き込みながら、そう言った。「おい、見ろよ！　君が今度シカゴに行くまでに、十二回のレッスンを記録することになるぜ——つまり、合計六時間だ」ソロ飛行に必要なフライト経験は、最低八時間だった。本人が好むと好まざるにかかわらず、八時間から十時間くらい飛べば、一人で操縦するだけの技量が身につくはずということだ。ヴィッキーは、ソロ飛行がしたくてうずうずしていて、そのことを考えるだけで、心地よい緊張感に包まれるのだった。

だが、バー教授の前では「ソロ飛行」という言葉には一切触れなかった。父はいまだに、彼女のフライト・レッスンに関して、完全に認めてくれたわけではなかったからだ。ヴィッキーは、常にインストラクターと一緒に飛んでいて、分別があるなら、ずっとそうするだろうと思い込んでいるのだった。

フライト・レッスンを始めてから、バー一家は、ほとんどヴィッキーの姿を見ていなかった。「うちには、本当に娘がいるのかね」と、父親は不満を漏らした。「しかも、今度はジニーまでいないじゃないか！」どうしても飛行場に出入りしたいジニーは、ヴィッキーがビルのオフィスを片づけてランの花を積み込むのを、週二回手伝いに行っていたのだ。母は娘に、せめて夜は家にいたほうが賢明なのではないかとアドバイスした。その言葉に従い、ヴィッキーは、ガイ・イングリッシュと、ときにディッキー・ブラウンと出かける以外は、暑い夜の大半を〈キャッスル〉で過ごすようになった。

ある晩、ビルが姿を見せた。「娘が命を委ねている向こう見ずな若者に会いたい」という、父の要求に応えてのことだった。ヴィッキーは祈るような気持ちで、スポーツシャツにスラックスをはき、航空兵の帽子を手にしたビルを家の中に招き入れ、厳然とした父と、笑みを浮かべた母に紹介した。バー家のリビングにいるビルは、粗野な感じはするが魅力的で、体が大きくて椅子が窮屈そうに見えた。しきりに質問をぶつけてくるバー教授に愛想よく答えながらも、彼はベティ・バーににこやかに微笑みかけていた。どうやら、ヴィッキーの母とビルは、ひと目でお互いが気に入ったようだ。それに対して、ルイス・バーはのほうは、しつこくビルを質問攻めにした――「インストラクターとしての資格を得るまでに、二〇〇時間の飛行と試験をクリアしました。ええ、芝生の飛行場というのは、安全なのはもちろんのこと、着陸しやすいんです。しかも、安上がりで経済的ですからね」経営学が、二人の距離を少し縮めてくれた。「実は、ガソリンや石油を売るのと引き換えに、石油会社から融資をしてもらっているんです」

「ふーむ。どうやら君は、ただの向こう見ずではなさそうだ」と、ルイス・バーはしぶしぶながら言った。「向こう見ずにはちがいないがね」

あとで、ヴィッキーとジニーに暗くなった庭を案内されたとき、ビルは額の汗を拭った。「ふう！ヴィッキー、嵐の雲から逃れようとしてきりもみ降下したときよりも、しんどい試練だったよ。僕の答えに、お父さんが満足してくれたならいいけど。あのさ、僕、デスクワークを夜やるんだ。スピンにも、十時までには戻るって言ってきたから」

翌日、飛行場に行くと、相変わらずスピンは、黙ってハンガーに引きこもっていた。ヴィッキーは、できるだけスピンを避けた。向こうが、自分にひどく敵意を抱いているからだ。余計なトラブルを招きたくはなかった。

「スピンって、そんなに悪い人じゃないわよ」ヴィッキーにクッションを二つ渡しながら、ジニーは言った。カブに乗るときに、下に敷いて座るのと、背中にあてがうためのものだった。「あの人、フレディとよく遊んであげてるもの」幼い男の子とジニーは、いまでは大の仲良しになっていた。

確かに、ジニーの言うとおりだった。ハンガーのほうへ歩いていくと、フレディがスピンのつばの長いコットン製キャップの一つをかぶって、彼の工具箱を引っかきまわしているのが見えた。フレディを見守るスピンの顔は、冷ややかだが楽しげだった。

「おはよう、スピン」ヴィッキーは声をかけた。「ビルが、カブをフライトラインへ誘導してくれないかって言ってるんだけど、お願いできる?」

スピンは、不機嫌そうな目をヴィッキーに向けた。「自分でやりゃあいいじゃないか。近頃じゃ、あんた、すっかりパイロット気取りなんだろ?」

「まだ、パイロットじゃないわ」売り言葉を買う気はなかった。「ねえ、あの吹き流しは、どっちに向かってはためいているのかしら?」

「なんせいよりの、みなみ」甲高い声でフレディが言った。それを聞いて、カブを外に引っぱり出すスピンの目が光った。「なんだ、ぼくとジニーのほうが、ヴィッキーよりヒコウキのことをよくしってるんだね」と、幼い男の子が漏らした。

その言葉で、ヴィッキーはあることを思いついた。ジニーくらい飛行のことを思っている人間は、なにか報われてもいいはずだ。フードサービスは失敗したし、オフィスの片づけは、そろそろ終わる――妹は、飛行場での自分の本当の居場所を求めているにちがいない。ジニーに――そしてクッキーに――飛行に関わることで、できることはなんだろう？

ジニーと、少し小柄だが同じくらい興奮した顔のクッキー・フェアチャイルドが、カブの操縦席に入り込んでいるのが見え、ヴィッキーはいかめしい顔をつくろうとした。

「ソロ飛行でもするつもり？」

ジニーは、仕方なく操縦席から這い出してきた。「本当にソロ飛行ができるといいのに」

「ふーん。あなたはどうなの、クッキー？」ジニーのファッジ作りの相棒で、学校への行き帰りを一緒に歩く同級生の少女は、飛行機から跳び降りながら、ただニヤッと笑ってみせた。「あなたたち、本物の仕事をしたくはない？　自転車であちこち走って、あまり傾斜のきつくない倉庫や納屋の平屋根を見つけるの、やってみない？　それで、もし所有者の許可が得られたら、二人でペンキと刷毛《はけ》と文字のステンシル――CAAに言えばもらえるわ――を持っていって、エイヴリー空港を指し示す、飛行機用の標識を描くの。本物のCAAの仕事よ。これなら、年齢は関係ないわ」

「私たちが、CAAの仕事をするの？」クッキーが、ぼそっと言った。

「ビルは、お金をくれる？」と、ジニーは知りたがった。

ヴィッキーは、ビルをなだめすかして了解を取ったら、ささやかな給料小切手を二人分もらえるようにしてみると約束した。

ちょうどそこへ、今日のレッスンを始めようと、ビルがヴィッキーの航空日誌と上級者用のマニュアルを手に出てきた。彼は、パイロット志望の元気いっぱいの二人が田舎の屋根に標識を描くというアイデアに、大賛成だった。「コンパスを持参して、ちゃんと矢印を正しい方向に描いてくれよ。〈エイヴリー空港〉って書くスペースがなかったら、〈A・A〉でもいいからな。屋根に標識を描かせてくれた農夫や倉庫のオーナーには、お礼を払うことにしよう。四方向全部をカバーするのを忘れるなよ。いいかい、これは、飛行場にとって本当に役に立つことなんだからね」

「私たちにも、お給料をくれない？」と、ジニーがねだった。

「もちろんだよ。たいした額はあげられないけどさ。それとも、ご両親が同意してくれたら、タダで飛行機に乗せてやろうか」

「やったー！」ジニーとクッキーは、もぎれそうなほど手を握り合い、勢い余って草の上に倒れ込みそうになった。「ベティ・クレイマーも、標識描きを手伝っていい？　それと、ジョアン・チェスリーも。なんたって、大仕事なんだもの」

「あと二人も、熱心な志願者がいるの？」ヴィッキーが、なにか考えるふうにつぶやいた。彼女の頭には、別のアイデアが浮かんでいたのだ。

「そうよ。ねえ、ビル、こんなのはどう？」ジニーが、ビルの腕にぶら下がった。「私なら、標識にこう書き添えるわ――『停留無料』って。こんなに広い土地があるんですもの、やっていけるわよ――自家用機パイロットが次から次にやって来て、みんながガソリンを買ったら、すごいでしょ！」

「きっと、サンドイッチも買ってくれるわ」と、クッキーはきっぱりと言った。

ビルは、頭を抱えるふりをした。「僕は、女性たちに牛耳られちまってるな」と唸る。「誰もかれも、ビジネスの才能のある女の子ばっかりだ！　ジニー、まったく君の言うとおりだよ。停留無料って言葉は、あっという間に知れわたるぜ――今日ここにいるパイロットが知ったら、明日には、テキサスのサンアントンまでニュースがひとっ飛びさ。停留料ってのは、飛行士全員が不満を持ってる、いちばんの悩みだからね。こりゃあ、大勢の客を呼び込めそうな、新しい戦略だな」

# 第八章　暗号文

完成間近だというのに〈コーリー・フィールド〉はガラガラだ、というのが、空から見たヴィッキーの印象だった。今日のレッスンは、〈コーリー・フィールド〉の上空を飛んで、隣町のグリーンズヴィルにある小さな飛行場へ行くルートだった。初めての空港に着陸して、そこから離陸するという経験を積むためだ。全国を横断するパイロットなら、どうしてもしなければならないことなのだった。

小型機を操縦するのに、まだかなりの緊張を強いられはするものの、いまではビルの手助けなしに自分だけで操縦していた。前部座席のビルは、操縦かんに手を置いてさえいない。それでも、スチュワーデスのくせに、飛行機を操るのにこんなにも心の葛藤があるなんて、と思うと自分でも可笑しくなるくらいだった。手足は思うように動くのに、心臓はドキドキしっぱなしなのだ——ヴィッキーの心の中に、教官の気を引きたいという思いがあったからかもしれない。実は、一度もビルのお墨付きをもらっていないのだった。まだ、と言ったほうがいいだろうか。右の翼が急に下がった。「落ち着いて」と、自分に言い聞かせる。

「落ち着け」ビルが肩越しに怒鳴った。「操縦かんを放して——飛行機に任せるんだ。さあ、手を放して！　ゆったり座って——下を見てごらん」

ヴィッキーは、内心、不安を抱きながらも、その言葉に従った。一五〇〇フィート上空を飛ぶ飛行機の窓から見下ろすと、眼下の農地はさまざまな緑色をした長方形を成し、さしずめパッチワークのキルトのようだった。ふんわりとした薄緑のアルファルファ、茶色い土に何本ものグリーンのストライプを描くトウモロコシ畑、六月初旬の黄金色の麦畑に目をやる。こんもりとした濃い緑は、木立だ。川がきらきらと光りながら曲がりくねって流れている。緊張が、自然とほぐれていった。

「ほら、なんてことないだろう？」ビルが振り向いて、にっこり笑った。「焦らずに、ゆっくりやろうぜ。僕らはいま、どこにいる？」

ヴィッキーは目印になるものを探したが、自分たちがどこにいるのか、さっぱりわからない。空の上で、完全に迷子になってしまったのだった。

「だいじょうぶ。そのうち航空地図、僕らはチャートって呼ぶんだけど、その読み方を教えてあげるから。さあ、ヴィッキー、操縦かんを握るんだ。グリーンズヴィル空港は、右手にある。着陸態勢に入るぞ。トラフィックパターンを探せ。見つかったかい？　そうだ——いいぞ——」

トラフィックパターンは、ややヴィッキーがてこずっているものの一つだった。はためいている吹き流しを見つけて風向きを特定し、滑走路の目印の役割を果たしている、まぶしいくらい真っ白に塗られた丸かごが並ぶ位置を確認した。そこを起点に、草で覆われたちっぽけな飛行場の上に、長方形を思い描いた。この長方形の航路は、飛行機にとっての「一方通行路」だ。八〇〇フィートの高さで長方形の中に小型機を進入させ、長辺に沿って飛んで、長方形の短辺にあたる最初のクロスウィンド・レグで左に曲がる。さらに左に曲がって、もう一方の長辺の三分の二まで来たところで、スムーズな滑空に入り、最後のターンをして、エンジンをアイドリングさせた状態で着陸態勢に入った。

ところが、あいにくの向かい風だった。横風を受けての着陸は、まだヴィッキーには難しい。スロットルを開けて再び上昇し、旋回してから少し高度を下げる。今度は、いい感じだ！　ずいぶんガタつきながら着陸したため、ビルの頭が大きく左右に揺れた。だが、とにもかくにも、彼女は自分の力で着陸し、生い茂った草の中を、停留位置まで誘導滑走させたのだった。

「ライト兄弟も真っ青だな」と、ビルは首をさすりながら言った。「さあ、降りて挨拶《あいさつ》しに行こうぜ」

グリーンズヴィル空港のオーナーは、ジョージ・ブラウンという、風焼けでカサカサの顔をした、ずんぐりした人だった。革のジャケットを羽織り、空高くで宙返りをして背面で飛んでいる飛行機を、ほかの数人とともに立ったまま見守っていた。

「あれは、ジョニー・バークだ」オーナーは、ビルに挨拶を返して言った。「空軍の戦闘機パイロットのエースの一人でね。昨日、帰郷して、ここへやって来たんだ。あの腕前を見てみろよ！」

ヴィッキーも見上げようとしたら、頭が誰かに軽くぶつかってしまった。アンドリュー・コーリーだった。すみません、と小声で言ったのだが、相手は空軍のエースを見るのに夢中で、彼女の声はもちろん、姿も目に入っていない様子だった。よかった、とヴィッキーは思った。そのすぐあとで、彼がビルと握手を交わすのを見て、ヴィッキーはほっとした。

「調子はどうだね？　例の航空測量の仕事は、うまくいっているそうじゃないか。私のような大きな空港を経営するより、君の小規模な飛行場のほうが楽しいんじゃないかと思うことがあるよ——隅々まで、目が行き届くだろう？」ビルが、いくつか質問をした。「いや、〈トランス・アメリカ航空〉は、まだしばらくＤＣ－４型機を私の飛行場には着陸させない。こちらの準備が十分に整っていないんだ。ああ、確かに〈トランス・アメリカ〉との契約は、目玉と言っていいね」

コーリー氏は、ちらりとヴィッキーに視線を向けて軽くうなずくと、ほかの人たちと話をしに歩み去っていった。自家用機とパイロットが、彼を待っているのが見えた。

ヴィッキーたちは、グリーンズヴィル空港のオーナー、ジョージ・ブラウンと少し話をした。ブラウンは、いかにも純朴そうな人で、声高にコーリーを褒めちぎった。コーリーが、いましがた彼の頼みを聞いてくれたばかりらしい。おかげで、このベテラン飛行士をすっかり味方に取り込んだようだ、とヴィッキーは思った。どうやらコーリーが、ことのほか気前がよく、公共心に富んだ人物であることは、認めざるを得ないようだ。

数分後、ヴィッキーは再び離陸し、滑走路を離れると、風に乗って急上昇した。五〇〇フィートに到達したところで、そっと声に出して計算し、左に九〇度曲がった。トラフィックパターンのクロスウィンド・レグで、ゆっくりとスムーズに水平飛行に入る。そして、四五度左に曲がり、長方形の長辺にあたるダウンウィンド・レグの端でトラフィックパターンを離れた。やった！　今回は、絶妙のタイミングでできた！　少しも難しくなんかない。彼女は、操縦のコツを確実につかんできていた。

それから数日後の朝、ヴィッキーは、レッスンよりももっと深刻な心配事があることに気づいた。ジニーが、ヴィッキーの航空日誌を持って、ひどく困惑した顔でハンガーから出てきたのだ。通常、航空日誌は、オフィス兼待合室の中にある書棚に保管されることになっている。日誌には大切な飛行時間が記録されているため、所有者とその教官以外、触れてはいけないことは、当然、誰もが承知していた。節度ある人間なら、そもそも触れようなどと考えるはずもなかった。

「私の航空日誌が、どうしてハンガーにあるわけ?」ヴィッキーは、半ば取り乱して訊いた。「私、日誌には十分注意を払ってるのよ。絶対にハンガーに置き忘れたりしていないわ」

「フレディが、いじってたから、私が――」

「ああ、フレディね！　だったら、いいわ」

「ううん、よくないのよ、ヴィク」ジニーは、いまにも泣きだしそうな顔をしている。

「どうしたっていうの。なにをそんなに心配しているの？　フレディみたいな小さな子に、たいしたことはできない――」

「これを見て！」

日誌を受け取って開いたヴィッキーの手が、震えはじめた。彼女が最初に受けた六時間のレッスンが記録された一ページ目に、フレディが鉛筆で書いた、ふぞろいの大きな文字が並んでいたのだ。

フレッド　フレディ　F・S　ママ　ビル　NO SMOKING
NO SMOKING　フレディ・ストリーター　ABCDEEEFG

「フレディは、Eの文字がお気に入りのようね」ヴィッキーは、苦々しげに言った。「それに、『禁煙』の看板を写すのが好きみたい。この指の跡を見てよ――油だわ！」

「次の二ページも見て」と、消え入るような声で言う妹の顔に、恐怖の色が浮かんでいるのが見て取れた。ヴィッキーは、今週のレッスン内容と飛行時間が記されているページをめくった。汚れたそのページには、次のような文字があった。

フレディ　ママ　スピン　スピン　スピン　NO SMOK　スピン

　飛行機らしき絵も、いくつか描かれていた。「次のページもよ」と、ジニーが促した。まだ飛行記録の記入されていない空白のページに、つたないが、はっきりと、こう書かれていたのだ。

YENOM　EROME　SUDLU　OCGNI　YRTPE　EKLLI
WYAWE　HTNIS　ILRIG　NOOSE　CNAHC　ONCXX

「これ、なに？」ヴィッキーは、驚いて言った。

「フレディが写したみたいなの」と、ジニーがつぶやいた。

「ええ、たぶんそうでしょうけど――でも――それにしても――きっと、間違って写したのね」

「どうかしら。でも、すぐにわかるわ。私、元の文を持ってるの。ちょっと、オフィスの裏に回ってよ――人から見えないところに」二人は、小屋を回り込んだ。ジニーは、くしゃくしゃに丸めた紙をヴィッキーに手渡した。「ほら。これを見つけたの」

　ヴィッキーは、紙の皺を伸ばした。それは、よくある罫線入りのノートの一ページで、そこにタイプで打たれた文字は、フレディが写したのとそっくり同じ、意味不明の言葉だった。じっくり見比べてみると、フレディが一カ所だけ写し間違えていることがわかった。最後の言葉は、〈ONXXX〉だったのだ。紙の裏側には、数字と数学記号が書かれている――風、速度、風の応力を計算したもののようだ。特に変わった点は見られなかった。フレディがつけた小さな汚れ以外は、指紋もない。紙の端は破れ、焦げた部分もあった。

「これを見つけたのはね」と、ジニーが説明した。「スピンがなにかを燃やした、金網のゴミ箱の近くなの。きっと、これだけ飛んだんだと思う。スピンが点検のためにプロペラを回したときに、金網の隙間から吹き飛んだのよ。あれって、すごい風が起きるでしょ」

「ジニー、これ、なにかのメッセージだと思う？」

「なんだか、暗号文みたいに見えるわよね」

「技術コードってことはないかしら――航空学の専門用語とか――数学の略記かも？　スピンが風や速度を計算していたのかもしれないわね――」

「じゃあ、スピンが書いたと思うわけね」

「今朝、ほかに誰かいた？　ビルと私は、出かけてたし――」

ジニーは、しきりに思い出そうとした。「ドワイト・ミューラーが、トラックにランの花を積んでやって来たわ。でも、ドワイトは、スピンのことをあまりよく思ってないじゃない？　だから、ハンガーに近づきもしなかった。ええと、郵便配達の人がいたわね。男の人が、フライト・レッスンのためにカブを予約しに来たし、ルース・ストリーターも、少しのあいだ来てたっけ」

「正直言って、その人たちがこれを書いたとは思えないわ――これがメモなのか方程式なのか、なんだかさっぱりわからないけど」ヴィッキーは慎重に言った。「でも、スピンの仕業だとすると、こんなおかしなものでも納得できる気がする」

ビルに見せたほうがいいだろうか？　もし、見せたら、どうなるだろう？　ビルは、ばか正直にスピンに話してしまいそうだ――そうなったら、メモをヴィッキーが持っていることがわかってしまい、スピンはそれを快く思わないにちがいない。「詮索好きな女」とかなんとか難癖をつけて、ビルにもそう思わせようとするだろう。ヴィッキーは、上の空で紙を折りたたみ、スラックスのポケットの奥に押し込んだ。このメモが特別な意味のないものだと判明した場合、自分が極度に疑い深く、ことさらスピンに対して悪意を抱いている人間だと思われてしまう。ここはやはり、黙っておくのが賢明だ。それにつけても、ビルと自分のあいだに、ほんのわずかでもスピンが割り込んできたりしなければ、どんなによかっただろうと思わずにはいられなかった。

それとも、スピンになにか言うべきだろうか？　彼は、フレディが航空日誌で遊んでいるところを目撃したにちがいないのだ。子供からそれを取り上げて、代わりに、お絵描き用の要らない紙を渡すことだってできたはずではないか。とはいえ、絶対にフレディを見たという確証はない……。

ヴィッキーは、そっとフレディを脇へ連れ出して、ほかの人の航空日誌にお絵描きするのは、いけないことだと話して聞かせた。

「でも、スピンが『ほら、おえかきちょうだぞ』って、くれたんだもん」フレディは、きょとんとして言った。「おまえ――っていうか、ぼくが――じぶんのなまえをかけるかっていうから、ぼくのもスピンのも、かけるとこをみせてあげたの。それにね」幼い子供は、胸を張った。「『NO　SMOKING』っていうかんばんだってうつせたんだ。みてくれた？」

「とっても上手に書けてたわね」

「まねしたんだよ」と、フレディは言い直した。「もっともっとながいやつだって、まねしたもん。ごぜんちゅうずっとかかって、エンピツをさんぼんもつかっちゃった」

「スピンは、あなたが長いのをまねしているところを見てたの？」

「ううん、みてないとおもう。ぼく、おっきなゴミばこのうしろのゆかにすわってて、スピンはハシゴのうえのほうで、おしごとをしてたから。『ねえ、おりてきて、これみてよ！』っておねがいしたのに、『うるさい』っていわれたの。ひどいでしょ？　だからね、じょうずにまねできたやつは、みせてあげなかったんだ」

「そう、それはひどいわよね」スピンは、子供を利用して、彼女の航空日誌を奪うという陰険な悪ふざけをやったのだ。「フレディ、いいこと。今度、文字や絵が描きたくなったら、ビルのデスクの上に白い紙がたくさん置いてあるから、それを使ってね。さあ、航空日誌のことは忘れて、もう、この話は終わりにしましょう。誰にも言っちゃだめよ」

「オーケー、ヴィッキー。あくしゅする？」

「もちろんよ」彼女は、フレディの汚れた小さな手を握り、安心させるためにチューンガムをあげた。

しばらく時間がたったころ、スピンがオフィスに入ってきた。いつものように、こざっぱりした青い長袖のつなぎ服に身を包み、冷淡で素っ気ない態度だった。ヴィッキーが航空日誌を消しゴムで懸命にこすっているのを見て、笑った。「われらがスチュワーデスさんが、自分の航空日誌を持ってるぜ！　ほう、フレディに、ずいぶんといたずらされたようだな！」

ヴィッキーは、唇をぎゅっと結んだ。スピンと争うのは、絶対にやめておこうと決めていた。挑発したければ、好きなだけすればいい。ここで腹を立てたら、相手の思うツボだ。「私は、そう簡単に怖気《おじけ》づいたりしないわよ、ミスター・スピン」ヴィッキーは、消しゴムを動かしながら、心の中で言った。ようやく、なんとか日誌をきれいにし終わり、棚に戻した。これでスピンも、まさかもう日誌に手を出そうとは思わないだろう。

ほどなくビルが駆け込んできて、ヴィッキーに、部品業者に手紙を書いて、いくつかの工具と飛行機の部品を注文するよう頼んだ。「これがリストだ」と言って、紙をポンと投げてよこした。「スピンが緊急に必要だって言ってるから、急いでもらうよう念を押しといてくれ。じゃあ、よろしく」
ヴィッキーは、リストをしげしげと見た。暗号文の紙の裏にあったのと同じ記号がいくつか書かれている。紙自体、同じ罫線の入ったノートの切れ端だった。こうなると、あの奇妙な暗号を書いたのは、やはりスピンに間違いなさそうだ。そういえば、メモはタイプで印字されていたが、ハンガーはもちろん、飛行場のどこにも、自分がビルに貸したもの以外、タイプライターを見た覚えがなかった。このリストは、明らかに彼女のタイプで打たれたものではないし、ビルのおんぼろのポータブルは廃棄されたはずだ。

スピンは、どこかに自分のタイプを持っているのだろうか？　彼が、ダウンタウンの下宿屋に部屋を借りていることは知っていたが、どう見ても、タイプライターを持っているどころか、人から借りることさえしそうな人間には思えなかった。だとすると、スピンではない誰かが、暗号を打ったという可能性も出てくる。誰かがスピンに送りつけたのだとしたら？　そんなことをするのは誰だろう？　ただのいたずら？　あるいは、もっとありそうなのは、飛行場を訪れる大勢の客の一人が、たまたま何日も前に持ち込んだものが、ようやく今日になってゴミ箱にたどり着いたのかもしれないということだ。それをスピンが、必要なものをメモするために拾ったとも考えられる。メモとリストが同じ紙なのだって、大勢の人間が同じ安いノートを使っているとすれば、不思議ではない。「そういえば、私だって使ってるわ」

ビルがオフィスを出ていくと、ヴィッキーはポケットからしわくちゃになった紙を取り出して、解読を試みた。

YENOM EROME SUDLU OCGNI YRTPE EKLLI
WYAWE HTNIS ILRIG NOOSE CNAHC ONXXX。

何度も読み直し、逆さからも読んでみた。すると突然、最初の〈yenom〉が〈money〉に見えたではないか――これで解読できるかもしれない。ところが、逆さに書かれた言葉は、ほかには見当たらなかった。横ではなく、縦に読んでもみたが、無駄だった。もっとじっくり分析しなくては。きっと、なにかヒントか法則があるにちがいない！

ジニーが呼んでいた。ヴィッキーは、銀色がかったブロンドの頭を振って、丸めた紙をスラックスのポケットの奥に押し込み、暗号文のことを頭の中から追い払った――ひとまず、これは後まわしだ。

# 第九章　タトゥー

「準備よし！　出発進行！　一番滑走路から離陸！」ビルが高らかに宣言した。ビルに押し上げられて、ヴィッキーは貨物機によじ登った。「おい、スピン、プロペラを回してくれないか？　よかったな、ヴィク、素晴らしい朝じゃないか！　天気に関しては、君はツイてるよな」

ジニー、クッキー、ジョアン・チェルシーの三人の娘が一列に並んで、自分たちも乗りたいとばかりに、もの欲しそうに見つめている。今日の収益荷重は軽めなので、ビルがシカゴへの往復飛行にヴィッキーを招待したのだった。

「なにが『ツイてる』よ」と、陽ざしを浴びて輝き、風にたなびく髪に、シルクのバンダナを巻きながらヴィッキーは鼻で笑った。「いったい、誰がランの積み込み方法を改良したと思ってるの？　先週、農家の夫婦のフライトを手配したのは誰だったかしら？　そのおかげで、今日、私が乗るスペースができたんじゃない。ウィリアム！　この飛行機の点検はしたの？」

「がみがみ言うのは、やめてくれませんかね、お嬢さん？　君じゃなかったら、頭にきてるとこだぜ。たったいま、マグネトーをチェックして、ライン点検をしたよ。見てなかったのかい？　わが愛しの年代物ＤＣ－３は、昨夜、完全点検したばかりなんだ」

ビルは、顔をしかめてみせた。彼が大型機に乗り込むと同時に、スピンがプロペラを回した。スピンが少し下がると、ビルは左エンジン、続いて右エンジンをスタートさせ、機体が震動を始めた。スピンと三人の少女は、プロペラの風に髪と服をあおられながら、注意深く滑走路から離れた。ビルは、オイルが温まってモーターが十分なパワーを得るまで、大きな音をたてて緊張を高める機体を動かさずに待った。それから、飛行場を縦断する長い道を誘導滑走させ、向きを変えて同じ道を戻った。車輪が地面を離れたことに、ヴィッキーは気がつかないほどだった。

「おお、なんとーうーつくしーい朝だー」と、ビルが歌をくちずさんだ。操縦席には、明るい陽ざしがあふれている。

「どうして、あんなに長い距離を誘導滑走したの？」と、ビルの耳元に向かってヴィッキーは尋ねた。

「別に。そんな気分だったからさ。まったく、細かいことにうるさいんだから――ちょっとゆっくり座って楽しんだらどうだい？　君のために、座席を一つ確保してあるんだからね」

この飛行機は、ちゃんと飛んでいない。ヴィッキーは、奇妙な震動――機体が奏でているメインのリズムにわずかに逆らうような音を感じた。ビルも感じているのかもしれないが、気にしていないようだ。

「僕のDC－3に乗るのは初めてだろう、ヴィッキー？」唸りを上げる二つのエンジン音に負けまいと、大声でビルが言った。「このおんぼろ機を、どれだけ短時間でチューンアップしてもらえたか、わからないだろうね」

だが、いまやヴィッキーの耳には、左側のモーターのどこかから聞こえる甲高い金属的な音が、はっきり届いていた。あたかも、飛行機が生きていて、痛みに苦しんでいるかのような音だ。

「ビル、あの音が聞こえる？」

「ああ、このスージーはね、離陸して上昇するときには、いつも不満をこぼすんだ。怠け者なのさ。車や人間と同じで、飛行機もそれぞれに性格ってやつがあるんだ。以前乗っていたセスナは、気が早って仕方のないたちでね。下手すると、パイロットを放っといて、勝手に滑り落ちていきそうだったよ。でも、スージーは——」

「聞いて！」ヴィッキーは心底、怖くなって、ビルの腕を強くたたいた。「あのカタカタいう妙な音が聞こえないの？」

ビルの頬にできていた長いえくぼが消えた。一、二分無言で操縦すると、険しい目で、ダッシュボードの計器をチェックした。甲高い音に、ヒューヒューという音が交じりだし、大きく重い機体全体が激しく震えはじめた。ヴィッキーは、あまりの不安に気分が悪くなった。

「引き返そう」ビルの唇が、きつく結ばれていた。無事に引き返せるよう、ヴィッキーは祈る気持ちだった。ビルが大声で言った。「僕はいま、いらだってる——けど、恐れてはいない。わかるかい？」彼女を安心させるための言葉でしかないのは、明らかだった。ビルは、悲鳴を上げる機体を急旋回させた。遠くにエイヴリー空港が見えてきた。

ヴィッキーは、押し黙って座っていた。空の上で本物の恐怖に襲われたのは、これが初めてだ。ヒューヒューという音も不自然な機体の震えも、なんでもないのだと自分に言い聞かせようとした——機械の故障は、常に想定される事態ではある。けれど、このリスクは、回避できたはずではないか！ビルが、飛行機の点検を自分でやればよかったのだ。スピンに任せっきりになどしないで。

苦労して、ビルは機体をどうにか自分の飛行場のトラフィックパターンまで誘導し、スロットルを切って滑空を試みた。いまでは誘導に関して十分に知識を身につけたヴィッキーには、この着陸を成功させるため、ビルがこれまでの経験で培ったありったけの技術を駆使して取り組んでいることがわかっていた。下降するにつれて、機体の震動は激しくなってくる。車輪が着地し、しばらく走ったところで、ようやく止まった。両手と顔の汗を拭ってから、その場に座り込むようにしているビルの姿を、ヴィッキーはぼんやりと感じながら背もたれに寄りかかって、まだ激しく鼓動している胸で深呼吸をした。

スピンが駆け寄ってきた。そのすぐあとから、ジニーも二人の友人と一緒に走ってきた。ヴィッキーは、無事を知らせるためにジニーに手を振り、スピンの様子を注視した。メカニックの顔は真っ青で、ひどく動揺していた。

それから三十分かけて、スピンとビルはDC－3を点検した。ヴィッキーは、若者二人のそばにぴったりとくっついていた。ぶつぶつつぶやいたり、質問したりする以外、二人はほとんど口を開かなかった。「ここか?……ちがうな。……コイルか?……いや」メカニックは、危うく事故を起こしかけた原因について、しきりに首をひねった。ばつが悪そうにヴィッキーを振り返り、憤然とした彼女の顔にちらりと目をやった。

「こんな間違い、俺がやったんじゃないぜ、お嬢さん」と、スピンは言った。これほど礼儀正しい態度を示す彼を、初めて見た。「俺は、ミスはしない」

「じゃあ、僕だって言うのか?」ビルのダークブルーの瞳が、一瞬、ぎらりと光った。

「そうじゃない。おい、オイル溜めは見たか?」

二人は、オイル溜めをのぞき込んで中を引っかきまわし、スピンが小さなくず鉄をいくつかすくい出した。彼はヒューと口笛を吹いて、あきれたように、くず鉄をビルに差し出した。「こりゃあ、〈コーリー・フィールド〉で起きたにちがいないぜ。この飛行機の三千時間点検をやったやつらは、一流じゃねえな。あそこのメカニックの誰かが、こいつを取り除くのを忘れたんだ」

ヴィッキーは言った。「でもビル、オーバーホールが終わってから、あなた何回かこの機で無事に飛んでるわよね」

スピンは、彼女をにらみつけた。「物事ってのは、必ずしも、すぐさま悪さをしてトラブルを発生させるとはかぎらないんだ。別の場所にあった金属片が、震動でオイル溜めに集まったんだろうぜ。誓って言うが、昨夜、ハンガーでは、この機はなんの問題もなく動いたんだ。あんたもその目で見ただろう」

「ああ、見た。だが、あくまでも地上でエンジンをかけただけだったからな。まあ、いずれにしても」――ビルは、ため息をついた――「毎回、きちんと徹底した点検をしなきゃならないってことだ。それにしても、わからないな。誰かが不注意だったわけだけど。僕だったのかもな」ヴィッキーに向かって、恥ずかしそうに笑顔をつくった。「僕は、自信過剰なところがあるからね」

「その金属片を見せてもらっていい？」ヴィッキーは、くず鉄を二、三個手に取り、そっとポケットにねじ込んだ。

いまだ動揺が収まらない様子のスピンにDC－3の残りの点検を任せ、二人はその場をあとにした。トラブルの原因を、スピンがやけに早く突き止めたのではないかとヴィッキーが尋ねると、ビルはいらだった。スピンの影響で、ビルはヴィッキーに対して反感をあらわにするようになっており、従来の温厚さが薄れてしまっているのだった。

「確かにスピンは、金属片を素早く見つけたさ！　それは、彼が仕事のできる人間だっていう証拠だ。

君は、スピンについて嫌みを言ってるのか？　いいかい、ヴィッキー、今度のことは、正真正銘、誰かのいいかげんな仕事によるミスだし、それは、絶対にスピンのはずがない。たぶん、あのくず鉄をオイル溜めに入れてしまったのは、僕なんじゃないかな」

「いいえ、あなたにできたはずがないの。それに、スピンはどこを見たらいいかちゃんと知ってたじゃない――」

「ヴィッキー、よくわからないことに口出しはやめてくれないか？　公平になってくれよ。飛行機の仕組みについて話せるほど、君に知識はないはずだ」

それで話は終わりだった。それからオフィスまでの道のりを、二人とも無言で歩いた。たぶん、ビルの言うとおりだ。事故というのは、確かに不注意によって起こることがある。ビルが、飛び立つ前にきちんと点検さえしていれば――五分かそこらしかかからないことだ――飛行機の奇妙な音と振動は、地上で察知できただろう。ビルの怠慢を棚に上げて、スピンを責めることはできない。

「くそっ」彼女の頭の上で、ビルがつぶやいた。「これで、ドワイトのランを空輸するのに、余計なコストと時間がかかることになっちまった」

ビルは、仕方なくドワイトに電話し、事故になりかかった件のことを話した。一時間もたたないうちに、ドワイト・ミューラーが血相を変えて、車を飛ばしてやって来た。ヴィッキーはオフィスにいたのだが、道路で話すドワイトとビルの声が、否が応でも耳に入った。二人はしだいに声を荒らげ、ほとんど口論に近くなった。怒りに駆られていても、ドワイトの話し方は冷静でしっかりしていた。彼が言うのが聞こえた。

「僕の積み荷をもっときちんと扱ってくれないなら、よそとビジネスをすることになる。ランは傷みやすい花だから、出荷が遅れたり粗末に扱われたりすると、こっちも金銭的にやっていけないんだ」

「だって、保険に入ってるんだろ。まあ、いいさ。これからは、気をつけるよ」

「保険は、市場への出荷が遅れたという僕の評判までは回復してくれない——しかも、そのためにしおれてしまったとあっちゃな」

ドワイトに、ビルがどんなに彼を恋しがっているかを伝えられたら、とヴィッキーは思った。二人の友情がこじれるのも、ビルのビジネスが危機に直面するのも、見るに忍びなかった。ドワイトが、ビルの唯一の生命線ともいえる貨物の仕事をよそへ頼むと言いだしたら、きっと本当にそうなってしまうだろう。もちろん、ビルの落ち度なのだが、それでもやはり——。

ヴィッキーは苦笑した。「結局、汚れた顔をしていようと自信過剰だろうと、私はビルの味方なんだわ。彼は、もともとは気のいい人ですもの——たった一人で抱えるには、やることがありすぎるだけなのよ！」

危うく事故になるところだったその出来事は、もう一つの思いがけない結果をもたらした。これがなかったら、ヴィッキーが真相にたどり着くことはなかったかもしれない。

スピンは初めて、いつもの人を寄せつけない冷淡な態度をかなぐり捨て、袖をまくり上げて、午後中DC－3の点検にかかりきりになっていた。まるでDC－3の不具合が、彼個人に打撃を与えたかのようだった——仕事に対するプライドや、自分の評判にかかわる事態だと感じたのかもしれなかった。そこで、ヴィッキーは思いきって話しかけてみた。

スピンは、はっとした顔をして、彼女をじろじろ見た。「あんたは、だいじょうぶなんだよな？今朝、あんな目に遭ったが、平気なんだな？」

「ええ、私はだいじょうぶよ。気にしないで、スピン。ディーン・フレッチャーみたいな用心深いパイロットと飛んだときでさえ、戻らなきゃいけなかったことがあるんですもの」

「ディーン・フレッチャーね！　そうだった。フレッチャーがあんたをここによこしたって、エイヴリーが言ってたっけな」メカニックは、まくっていた作業着の袖を急いで下ろした。が、少し遅かった。彼の右前腕部にある染みのようなものと、とっさに顔に浮かんだ警戒感とも取れる表情を、ヴィッキーは見逃さなかった。「だいじょうぶなんなら、もう出てったらどうだ?」

ヴィッキーは、息をのむことも話すこともできないくらい、興奮していた。「ねえ、そんなにすげなくしないでよ、スピン」と、猫なで声を出して言った。「あなたのタトゥーを見せて」

「タトゥーって、なんだ！」スピンは怒鳴った。「俺にはタトゥーなんかないぞ！」

ヴィッキーは、うろたえた――ディーンから聞いた恐ろしい話が、断片的に脳裏によみがえる――が、努めて明るくからかうような口調を保ち、人なつこい笑顔までつくってみせた。「あら、だって、たったいま見えたわ。いいじゃない、スピン。見せてよ」

「あんた、どうかしてる！　なにも見ちゃいない！」

ヴィッキーは、からかったりなだめたりして、なおもねだった。ビルが言うように、スピンはただ単に気難し屋なのかもしれないが、彼女も簡単にあきらめるつもりはなかった。「フレディ！」と呼ぶと、くしゃくしゃの格好をした小さな人影が、目をこすり、あくびをしながら、DC－3の操縦席から這い出てきた。

「スピンのタトゥーを見たいわよね?」できるだけ冗談に聞こえる口調を崩さないよう努めた。

「タトゥーって、なあに?」と、子供が訊くので、簡単に説明してやった。スピンは不安げに、外に

ヴィッキーは、タトゥーにまつわるスピンのセンチメンタルな話をひと言も信じてはいなかった。

面した、ハンガーの壁のないほうへ行こうとした。「ああ、うでにある、あのへんてこな、ふるいもようのことか。それなら、ぼく、なんかいもみたよ」

「わかったよ、俺の負けだ」スピンは、怒りを抑えて言った。右の袖をまくりながら、彼もまた、冗談めいた口調を装った。「なんで、あんたら女は、そんなに好奇心旺盛なんだろうな？ タトゥーを見たことがないのか？ ほら、〈ミス・おせっかい〉さん、よく見るがいいさ。こんなの、珍しくもなんともないぜ」

スピンは、彼女に思い込ませようとしているのだ――「珍しくもなんともない」と。そんなことはない！ 彼の肉体に針を刺し、焼いて着色されているのは、よくある他愛のないタトゥーではなかった。月並みなデザイン――自由の女神、きれいな女の子、旗、イニシャルなど――なら、ヴィッキーも見たことがあるが、こんなのは初めてだった。飛行機と、ぼんやりした単語のようなものを貫く血のように赤い短剣が、ヘビに囲まれているデザインだ。

やけに濃い黒字――おそらくゴシック体だ――で刻まれた言葉は、半分消し去られていて判読不能だった。秘密がばれそうな言葉か名前を消すために、除去手術を受けたようにも見えた。長さから見て、ドイツの都市名か、日付ではないかと思われた。隠そうとした情報のすべてを消すことはできなかったということだ。

ヴィッキーは、それとなく言った。「あら、ドイツのレタリングね」

「俺は、ドイツに行ったことなんてない！ 前にも言ったよな」

「私の勘違いみたい」削られて不完全な、あの腕のタトゥー！ どうやったら、解読できるだろう？ ディーンなら、なにかわかるだろうか？

「満足したか？」スピンは、無理やり笑顔をつくった。「ほらな、なんてことないだろう」

「ありがとう、スピン。とても興味深いわ」

「ああ。もう、いいな？　死ぬ前にお目にかかりたい一番目――好奇心を持たない女。これでもう、ここから消えてくれるんだろうな？」

「いますぐにね。そうだ、ところで、あの消えかかってた言葉はなんなの？」

「昔の彼女の名前だよ」メカニックの冷たい目が揺らいだ。「俺は――その――結婚するつもりだったんだが、女が逃げちまって、別の男と結婚したんだ。だから、電気針でそいつの名前を削り取ってもらったのさ」

ヴィッキーは、ざわざわと恐ろしい気持ちになった。彼のセンチメンタルな話など、ひと言も信じてはいなかった。スピンは、感傷的な人間ではまったくない。けれど、消すことのできないタトゥーを部分的に読めないようにしたのは事実だ。しかも、自分に質問する間を与えずに釈明するとは、スピンはなかなか頭が切れる。猫のように俊敏だ。急にヴィッキーは、彼と、その目にあらわれた、得体の知れない表情から逃げ出したくなった。そこには、なにやら暗く醜いものが感じられた――それも、きわめて邪悪なもの――。

「さよなら、スピン、フレディ」反射的にそう言って、屋外のほっとする陽ざしの中へ走り出た。歩み去るあいだ、彼女は一度も振り返らなかった。

その足で、ルース・ストリーターのバンガローに向かった。ルースに、息子をあのメカニックから遠ざけておくよう忠告しておく必要があった。それに、アルバムに貼ってあったタトゥーのある飛行士の写真を、もう一度見たかったのだ。ヴィッキーは、不安を抱えながら、リンカーン・ハイウェイをほとんど走るようにしてバンガローへ急いだ。

幸い、ルースは家にいた。フレディをメカニックに近づけないほうがいいと話すヴィッキーの言葉に、ルースは真剣な顔で耳を傾けていた。とはいえ、はっきりとした理由は言えなかった。

「ヴィッキー、私も、フレディを飛行場に近づけないようにいろいろとやってみたんだけど、無理なのよ。ちょっと目を離した隙に、すぐに走っていってしまうし、飛行機が大好きなの。それにビルは、滑走路に近づくなって口を酸っぱくして教えてるから、だいじょうぶだって言い張るし。まだ幼いとはいっても、回っているプロペラから離れていなくちゃいけないってことは、ちゃんと理解してるのよ——走っている車に近づいちゃいけないっていうのと同じでね」ともあれ、ルースによれば、彼女たち母子は、いよいよサンフランシスコに引っ越すことになったのだという。全米女性パイロット協会の会員仲間の紹介で、管制塔での興味深い仕事を得ることができそうなのだった。フレディは、向こうで学校に通いはじめるのだそうだ。

「でもね、どこに行こうと、フレディを飛行場と飛行機から引き離すことはできないでしょうね。実際、私にその権利はないと思うし」

「じゃなくてね、ルース、私が言ってるのは、スピンのことなの——」

「スピンが、どうかしたの？　弟からは、いいことしか聞いてないわ。フレディにとてもよくしてくれているって——遊んでくれるし、気をつけて面倒も見てくれるんですって」

どうやら、これ以上粘っても無駄なようだ。まあ、言えるだけのことは言ったのだから、仕方ない。ヴィッキーは話題を変え、もう一度アルバムを見せてくれないかと頼んだ。ルースは快く承知して棚に取りに行ったが、そこにアルバムはなかった。

「ああ、そうだ、思い出した」と、ルースは言った。「ビルが、スピンに貸したんだったわ。ビルとドワイトがアルバムの話をしているのを聞いて、どうしても写真が見たくなったんですって」

ヴィッキーは、耳をそばだてた。なぜ、自分は空港で、アルバムをまったく見かけなかったのだろう？「それって、返してもらうんでしょう、ルース？」

「ヴィッキー、まったく、あなたって心配症なのね。もちろん、アルバムは返してもらうわ！ いつでも見に来てちょうだい。いったい、なにが気になってるの？」

ヴィッキーは言いよどんだ。「ドイツで撮った写真の一枚に写ってた、腕にタトゥーのあるAAFの兵士を覚えてるかしら？ 実は、スピンにもタトゥーがあって、写真の青年と同一人物かどうか確かめたかったの。思い出せる？」

ルースは、目を閉じて集中した。「アルバムの写真は、ほとんど頭に入ってるわ。写真に写ってた人は、明るい薄茶色の髪をしていたような気がする。スピンの髪は黒よね。もちろん、写真の写り方で、髪の色はちがってしまうかもしれないけど。顔のほうは、よく覚えてないわ。でも、引き伸ばしたスナップ写真じゃ、本当にスピンに似ているかどうかなんてわからないんじゃない？ あなた自身のスナップ写真が、実際の自分に見えたことがある？ 私のなんか、いつだって、どこかの間抜けなおばさんみたいよ」ルースは、笑って肩をすくめた。ヴィッキーも、しぶしぶ、スナップ写真で誰かを特定するのは難しいと同意せざるを得なかった。「それにね、ヴィッキー、たとえ腕のタトゥーがスピンのと似ていたとして、それがなんだって言うの？ ただの偶然かもしれないでしょ」

「スピンのタトゥーは――」ヴィッキーは口ごもった。「短剣とヘビのタトゥーって、見たことある？」

「いいえ、でも、自分の体を傷つけてまでそんなものを彫ろうって人は、だいたいが神秘的な図案を選びたがるんじゃないかしら」ルースは、他人事のような笑みを浮かべた。「タトゥーなんて、そんなに気にするほどのものじゃないと思うわ」

「あの写真は、スピンがドイツにいたことを証明するかもしれないの、ダーネルみたいに――」と言いかけて、ヴィッキーは口をつぐんだ。先日、ルースはダーネルのことを知らないと言っていたし、自分もディーン・フレッチャーから聞いたことを話さなかった。今日発見した穏やかならぬ事実を告げて、わざわざルースを巻き込む必要があるだろうか？　知らせないでおいたほうが、彼女の身が危険にさらされずに済む。

　ドアの呼び鈴が鳴った。うわさをすれば影だ。玄関に、スピンがフレディの手を握って立っていたのだ。ルースの肩越しに、スピンとヴィッキーの目が合った。ルースは、家に入るようスピンを誘った。

「息子さんを送ってきたんですよ。腹が痛いって言うもんでね」

「スピンは、すこし、いてくれるんだよね？　ねえ、おねがい、いっしょにいてよ、ね？」

　ヴィッキーは慌てて、おいとました。アルバムと、スピンがしきりにそれを見たがったことについては、日を改めて話せばいい――とにかく、本人の前でできる話ではない。一日でする体験としては、もう十分だ。

　認めたくはないが、彼女がなによりも恐れているのは、スピン・ヴォイトのことだった。緊急着陸の件は、冷静に受け流すことができた。だが、スピン・ヴォイトは自分を嫌っていて、敵意をあらわにしていると言っても過言ではないほどだ。今夜、仕事でシカゴに戻るのを、ヴィッキーはほっとした思いで待ち望んでいた。いろいろなことを整理する時間が欲しかった。ディーン・フレッチャーとも話しておきたいし、とにかく一度、都会で頭を冷やして、次の手を考える必要があった。

# 第十章　〈ランド&スカイ社〉の正体

シカゴ！　ということは、ビルの土地を買いたがっている〈ランド&スカイ〉という謎の会社のことを調べるチャンスがあるかもしれない。ヴィッキーは、金曜の夜から月曜まで、辛抱強く〈フェデラル航空〉の仕事をした。そのかいあって、シカゴで二日間の休日をもらえた。

火曜の朝早くホテルの部屋で目覚めたヴィッキーは、手早く着替えて、角のドラッグストアに朝食を食べに出かけた。まず気になっているのは、〈ランド&スカイ社〉の秘密めいたオファーを携えてフェアヴューを訪れた、ジェラルド・フッドという人物の居場所を突き止めることだった。何冊もの電話帳――市内、郊外、職業別紳士録など――を当たってみたが、ジェラルド・フッドという名前は一つものっていなかった。G・フッドという名さえ見つからなかった。

「素晴らしい出だしだこと」トーストをかじりながら、ヴィッキーはため息をついた。今度は、〈ランド&スカイ有限会社〉という名を捜して、再びページをめくってみる。こちらも、のっていなかった。まあ、初めから、そう簡単に見つかるとは期待していない。彼女は、ピンク色のリンネルの帽子をブロンドの髪に勢いよくかぶり、決然とした足取りで店を出た。

公立図書館が開くやいなや、ヴィッキーは〈ダン&ブラッドストリート社〉の本のありかを司書に尋ねた。そのレポートには、主だったアメリカの企業すべての経営状況の格付けが掲載されている。

そこにも、〈ランド&スカイ社〉の名はなかった。ジェラルド・フッドものっていない。本当に、まずい出だしになってしまった。次は、どうしよう？　著名な経済学者の娘なのだから、どこかしらに問い合わせをして情報を求められるはずではないか。ヴィッキーは冷静に考えを巡らし、こういう場合に役立ちそうなのは、ビジネス関連の出版物だと判断した。父親が、家の中に、そういう雑誌を積み上げていた。それらのタイトルを思い返すうち、弁護士のハリス氏を思い出した。『ビジネス・ニュース・マンスリー』誌のスタッフをしていて、時々、父と連絡を取り合っている人物だ。ハリス氏になら、尋ねやすい。全然知り合いがいなくたって、雑誌や新聞に情報を問い合わせるのに、なにもビクつく必要なんかないのに、まったく自分でも情けなくなった。が、ともかく、ヴィッキーは電話帳で『ビジネス・ニュース・マンスリー』の住所を調べた。

会ってみると、ハリス氏は、親切で助けになる人だった。本の散らかった小さなオフィスにヴィッキーを喜んで招き入れ、秘書を編集者のところへやって、〈ランド&スカイ社〉について訊いてみてくれた。

「ようやく、糸口が見えはじめたかもしれないわ」と、ヴィッキーは思った。

しばらくして戻ってきた秘書は、編集者全員に訊き、空港と不動産に関する雑誌のファイルもチェックしてみたが、〈ランド&スカイ〉のことはわからなかったと報告した。

「実在しているのは、確かなのかい？」と、ハリスはヴィッキーに尋ねた。

「もしかしたら、会社名は匿名かもしれません」

「ああ！　だったら――やはり――」彼は、重いルーズリーフのファイルを棚から引っ張り出した。

「社名のあとに『有限会社』とあるからには、会社を立ち上げる法的権利を得るために、誰かが政府に料金を支払ったはずなんだ」

ハリスはルーズリーフのページをめくって探したが、手がかりは見つからなかった。「だいじょうぶ」彼は、ヴィッキーと困惑顔の秘書を励ますように言った。「会社ができたばかりで、まだ、出版物にのっていないのかもしれない」電話に手を伸ばし、政府機関のシカゴ支部に問い合わせてくれた。「もしもし？　ミスター・ジェサップをお願いします。『ビジネス・ニュース』のハリスと申します。……ジェサップさん？……お元気ですか？……ちょっと調べていただきたいことがありましてね。……〈ランド&スカイ有限会社〉という名の企業のことを知りたいんです」ずいぶん、長い待ち時間があった。ハリスは受話器を持ったまま、なにかのメモに目を通していた。ヴィッキーの希望は揺らぎはじめていた。「なんですって？……ほかには？……つづりを教えてください」ハリスが、急いで書き取った。「どうもありがとうございました」と言って、受話器を置いた。

ハリスは、紙切れをヴィッキーに手渡した。そこには、J・R・スミッソンとあった。その下に、シカゴのダウンタウンにある勤務先の住所が書かれている。

「ジェサップ氏によれば、彼らの有限会社の手続き書類は、ほんのひと月前に作成されたんだそうだ」

ヴィッキーは、大切な紙切れを握りしめて立ち上がった。神経が高ぶっていた。「お手数をおかけしました、ハリスさん。本当にありがとうございます」彼女は、にっこり笑った。「私――あの――ビジネス界の方が、こんなに気さくだとは知りませんでした」

「われわれは、助け合ってやっているんだよ」ハリスは、笑みを返した。「くれぐれも、お父さんによろしく伝えてくれ」

ワッカー通り北一〇四番地に立っていたのは、背の高いオフィス・ビルだった。ロビーの壁に、このビルに入っている会社名の一覧があり、ヴィッキーはそれを二度確かめた。ところが、スミッソンもなければ、〈ランド&スカイ社〉の名もないではないか！　エレベーター係が近づいてきた。

「どなたかお捜しでしょうか？」ヴィッキーは彼に、紙切れを見せた。エレベーター係は顔をしかめて言った。「聞いたことがありませんね。でも、一〇一三号室をお訪ねになってみてはいかがでしょう？」

一〇一三号室の受付の女性は、山積みになった手紙に埋もれるように座っており、ここはサービスを提供しているだけの場所なのだと説明した。自分のオフィスを持たない人のために、郵便の住所を提供し、電話の応対を引き受けているのだという。

「ええ、〈ランド&スカイ社〉は、こちらで郵便を受け取っています。メッセージを残されますか？」

「その会社についての情報を教えていただきたいのですが」

「情報を漏らすことなんて、できませんわ！　私どもには守秘義務があります。それを破れば、郵政省に事業から撤退させられてしまいます」

ヴィッキーは、ため息をついた。「私は内密の用向きで、こちらに伺ったんです。責任者の方に会わせていただけませんか？」

さんざん説得を重ねた結果、ようやく受付係は、ヴィッキーを奥のオフィスに案内してくれた。責任者は、抜け目のなさそうな目をした年配の女性だった。彼女は、可笑しそうにヴィッキーを見て、椅子を勧めた。「きっと、私が十五かそこらの、なにも知らない小娘だと思ってるのね。いつも、そう見られるんだから」ヴィッキーはうんざりした。「私が、ブロンドで小柄だからだわ」できるかぎり威厳のある態度を心がけて、質問をぶつけた。

「お教えできる範囲のことは、お答えしましょう」と、責任者は言った。「ええと、そうですね」と、帳簿を開いて読み上げた。「『〈ランド&スカイ社〉、米国空港チェーン。会長、J・R・スミッソン』一カ月前に、うちにいらっしゃってますね」

ヴィッキーは、椅子の端に浅く腰かけた。米国空港チェ、ー、ン、！　なんて大げさな。J・R・スミッソンというのは、誰なのだろう？

「スミッソンという方は、存じ上げません」と、責任者は平然とした顔で言った。

「でも、顧客のことはご存知のはずですよね」

「この件に関しては、例外なんですよ。使いの人とかホテルのベルボーイが、スミッソンの郵便を取りに来るんです。その際に、私どもの会費も現金で持ってきます。スミッソン本人にお会いしたことはありません」

「でも――だって――」ヴィッキーは、次の言葉が出てこなかった。とても信じがたい話に聞こえる。だが〈ランド&スカイ社〉に関しては、そもそも、なにもかもが怪しいのだ。「しつこいと思われるかもしれませんが、スミッソンの自宅の住所を教えていただけないでしょうか？　ほかの勤務先の住所でもいいんですけど」

「それは、できません。それに」女性は、あいまいな口調で言った。「彼については、別の住所は知らないのです。もう、よろしいでしょうか？　仕事がありますので――」

「あっ、ええ、もちろんです！」ヴィッキーは礼を言って、慌ててオフィスを出た。あの責任者は、嘘をついているのだろうか？　もしそうなら、〈ランド&スカイ社〉とこのささやかな郵便サービス会社は、グルということになる。そんなのは、理屈に合わない！〈ランド&スカイ社〉から、かなりの賄賂をもらったとしても、こういうサービスを提供する会社が、自らの評判を損なうリスクを冒すだろうか――米国郵政省から営業停止を命じられるかもしれないのだ。いや、やはり、それはない。おそらく、あの女性は本当のことを言っているのだろう。はぐらかして隠し事をしているのは、〈ランド&スカイ社〉とJ・R・スミッソンのほうにちがいない。

すでに、正午近くになっていた。混雑する前にレストランに滑り込んだヴィッキーは、ランチを食べながら途方に暮れていた。一軒でも、二軒でもなく――空港チェーンだなんて！〈ランド&スカイ〉とは、まさに、大空と大地をわがものにしようとする人間の隠れみのにふさわしいかのような名前ではないか！　まるで、アンドリュー・コーリー流のやり方をするプロモーター並みの大仰さだ。〈ランド&スカイ社〉というのは、コーリーその人の偽名なのだろうか？　ヴィッキーは、フォークを宙に浮かせたきり、座ったまま凍りついた。コーリーはビルの土地を欲しがっていて、〈ランド&スカイ社〉もビルの土地を買いたがっている。ひょっとすると、同一人物という可能性も考えられないことではないかもしれない。そうでないとするなら、どうすればコーリーの競争相手の身元を突き止められるだろう？　そのとき、ふと、あるアイデアが浮かんだ。

伝票をつかんでレジへ急ぎ、タクシーでホテルに戻った。ホテルの文具売り場で白い便箋と封筒を買い求め、人けのない書斎コーナーに駆け込んだ。この手紙を、一刻も早く投函する必要があった。ヴィッキーは、便箋に次のように書いた。

イリノイ州シカゴ　ワッカー通り北一〇四番地

〈ランド&スカイ有限会社〉御中

拝啓

私は、シカゴ地区あるいは近郊にある貴社の空港で雇っていただけないかと希望している者です。スチュワーデスの仕事のほか、自家用機パイロットの訓練を受けており、秘書としての技能も備えております。ご都合のよろしいときに、面接をしてはいただけないでしょうか?

ヴィッキーは、自分の名前と自宅の住所を書いた。実際に返事が送られてくるとすれば、これがいちばん確実に受け取れる方法だった。もし、この手紙が、ヴィッキー・バーが疑いを抱いていると誰かに知らせる結果になったなら、なおさら好都合だ! ごまかしが通用しないことを教えてやればいい。こっちは、逃げも隠れもしない。これは本物の求職申し込みであり、〈ランド&スカイ社〉が実在する企業であれば、受取通知が来るはずだ。もちろん、なんの結果ももたらさないかもしれないが、やってみる価値はある。もしも、面接の日時が記された、J・R・スミッソンの署名入りの返事が届いたら、どうしよう!

「そうしたら、すごいわ」と、ヴィッキーはひとりごちた。「さあ、ポストに入れるのよ。怖気づく前にね」そして、手紙を実際に郵送した。あとは、ただ待つのみだ。

切望していた昼寝をしたあと、ヴィッキーは別の手がかりに注意を向けた。例の暗号文――〈YENOM〉だ。覚えているのは、その部分だけだった。バッグやスーツケース、ポケットも全部捜してみたが、どうやら暗号文が書かれた紙を、家に置いてきてしまったらしい。結局、この手がかりも、待つしかなかった。

シカゴでの休日最後の日は、新たな手がかりは、なに一つつかめなかった。だからいっそう彼女は、ディーン・フレッチャーと東へ向かう、ニューヨークへの夜行便に搭乗するのがうれしかった。この背の高い若き副操縦士に尋ねたいことが、いろいろあった。午前二時、彼があくびをしながら操縦室から出てきて、居眠りをしている乗客のあいだの暗い通路に下りてきたので、ようやく話すチャンスができた。ディーンに熱いブラックコーヒーを頼まれたヴィッキーは、空の上のキッチンでコーヒーを温めているところだった。今夜のフライトはスムーズで、窓の外には、数えきれないほどの星が瞬いている。

「ジョーダン機長に持っていくコーヒーも、ポットに用意してくれ」と、ディーンは自分のカップを受け取りながら言った。「なにが気になってるんだい、ヴィク?」

「ダーネルだかパーネルだかいう人のこと――例の、タトゥーのあるAAF兵士よ」

ヴィッキーがビル・エイヴリー空港とその周辺で発見したことを打ち明けるのを聞くうちに、ディーンの穏やかな顔がこわばってきた。事故になりかけたDC-3の件を話したときには、ことさら心配そうだった。「ダーネルのことなんだけど」と、ヴィッキーは食い下がった。

「ダーネルか」ディーンは、彼女の質問に答えてくれた。「ブロンドか、薄茶色の髪だったのは、間違いないよ。とにかく、黒髪じゃなかったな。背は低めで、結構、痩せ型で――」

「ビルのメカニックが、髪を黒く染めたってことはないかしら? ただの思いつきだけど。ごめんなさい、続けて、ディーン」

「もう一つだけ知ってることがある。うわさで聞いたんだ――そのころ僕は、転属になっていたんでね――ダーネルは、脱走以外にもなにかしたみたいなんだ。深刻なことらしい。逃亡してもおかしくないようなことだった。つまり、トラブルを抱えてたってことだ」ディーンは肩をすくめた。「詳しい話は知らないけどね」

「脱走。つまり、軍法会議にかけられるってことじゃない?」

「ああ。もし、見つかればね。おそらく、ダーネルは必死に潜伏しているんだろう」

「もしも」ヴィッキーは、おそるおそる言った。「誰かがダーネルに気づいたとしたら?」

「そして、やつのことを突き出そうとしたらって言うのかい? おいヴィク、君、気をつけろよ! わかった、わかった! ダーネルのタトゥーのことだよな。連隊の象徴のヘビがあって――」

「緑のでしょ」と、ヴィッキーが口を挟んだ。「で、血のような赤の短剣が飛行機の上に重なってる」

「そう!」ディーンは目を見張った。「あれを見たのか? まいったな!」

「待って――ちょっと待って、ディーン――ああいうタトゥーを彫ってる人って、たくさんいるもの? それに、短剣と飛行機に、どんなつながりがあるの? タトゥーが彫られたときに、なにがあったのかしら?」彼女は、不鮮明な文字を思い出していた。

ディーンは、記憶をたどろうとして眉を寄せ、コーヒーを飲み干した。「どっちの質問も、僕にはわからないんだ。すまない。でも、こうしよう」ディーンは、操縦室の鋼鉄扉の鍵を手に取った。「ダーネルと面識のある二人の人に手紙を書いて、彼について知っていることがあったら、どんなことでも君に知らせるように頼んでみる。それで、どうだい?」

「すてき! 持つべきものは、友ね。私の自宅の住所に送ってくれるように伝えてちょうだい」これで、待つ手紙がさらに増えた!

ニューヨークの家に到着すると、スチュワーデス仲間と、ミセス・ダフと、何通かの手紙が待っていた。ヴィッキーは、母の筆跡で宛名が書かれた分厚い封筒の封を急いで破った。それは、航空便で送られてきていた――〈ランド&スカイ社〉からの手紙が同封されているかもしれない。だが中身は、例によって話題満載の、心温まる実家からの便りだった。〈ランド&スカイ〉から返事が来るには、あまりに早すぎる。けれど、ベティ・バーは、手紙に興味深いことを書いていた。ジニーが、ほかの五人の女の子たちの助けを借りて、れっきとした地域貢献をしているというのだ。CAAの規定と指導に従って、二人ずつペアを組み、ペンキ、刷毛、ステンシルを自転車に積んで、田舎の平屋根に、ビルの飛行場の方向を示す標識を描きまくっているらしい。「この標識と停留無料のおかげで、エイヴリー空港は自家用機パイロットの安息所になると、ジニーは断言しています。パパは、子供たちのしていることが、あなたの友人であるビルの飛行場だけでなく、きっと大勢のフェアヴューの人たちに新たなビジネスをもたらすだろうと言っています。私の意見では」と、母は続けていた。「あなたが、忙しくて手いっぱいになるのではないかと思います。ジニーは、手伝ってくれる女の子を毎日のようにスカウトしてきて、その全員が、飛行機の操縦を学ぶことに大いに関心を示しているのですから」

ヴィッキーは微笑んだ。彼女は、ジニーとその仲間たちのために、素晴らしい計画を立てていたのだ――人数が多ければ多いほど、楽しくなるにちがいない。次回、家に帰る日のお楽しみだ！　母の手紙には、追伸が書かれていた。「ジニーと仲間たちがお給料をもらえることを、書き加えておいたほうがいいかしら？」

ぞんざいな大きい字で書かれたものはビルからで、きっかり三行の手紙だった。「今週、DC－3

で何回か飛んだけど、修理は完璧だから、もう心配は要らない。スピンが、翼用の三脚ジャッキを一つ、ツケで買って送ってくれって言ってる。一〇〇ドルほどだ。こっちでは見つからないんだ。君がここにいないのが、えらく寂しいよ。愛をこめて。ビルより」

ヴィッキーは、大声で笑いだした。ほかの女の子たちが、ビルのことをいろいろと訊きたがった。みんな、彼女のフライト・レッスンを心から応援してくれているのだった。

その晩、チャーミオン・ウィルソンが、ニューヨークのホテルで開かれる全米女性パイロット協会《WFA》のディナー・ミーティングに連れていってくれた。ごちそうの並んだにぎやかな長テーブルを囲み、笑みをたたえて座る女性たちのうち、パイロット免許を持っていないのはヴィッキーだけだった。メンバーのさまざまな顔ぶれに、彼女は驚いた。威厳のあるハキハキとした教師、世界中を旅した、親切心とテニスのうまさで知られる女性、人好きのするおばあちゃん、十八歳になったばかりの、ピンクの頰をした秘書、操縦が趣味で、航空輸送司令部《ATC》の爆撃機を輸送したこともある若き女性科学者、元陸軍航空婦人操縦部隊《WASP》員で、いまでは医師の妻となって二人の子を持つ、極西部地方出身の若い女性パイロット、空軍のメカニックになるため、戦時中にニューイングランドから出てきて、現在は大手航空会社の人事を担当している長身の美しい女の子、別の航空会社でスチュワーデスをしている美人——などなど、全員が、服に小さな銀色の翼のピンバッジをつけている。しかも、これでもニューヨーク支部の人たちだけなのだ。どの人も、昔からの友人のように、ヴィッキーを歓迎してくれた。趣味で操縦している人ばかりとはいえ、飛行についての真剣で見聞の広い話をたくさん聞くことができた。WFAのメンバーたちは誰も、〈ランド&スカイ〉という社名を聞いたことがなかった——それって、なんの会社なの？　そんななか、ある話が印象に残った。

「アンドリュー・コーリーは、いまニューヨークにいるわ。彼ったら、ひどく――ええと、この話題は変えたほうがいいわね。そういえば、うちの夫が、二十五ドルを寄付して、例の私たちのバックシート・パイロットの資格が欲しいって言ってるのよ」

言いかけてやめたコーリーについての話が、ヴィッキーの中で引っかかった。そこで翌日、新聞記者をしている友人のピート・カーモディに電話をしてみた。少々派手だが、頼りになるピートは、ニューヨークの有力紙の一つに、航空に関する記事を書いていた。

「元気かい、ブロンド美人さん? ああ、僕は元気だけど、バーナード・ショーが風邪をひいててね」バーナード・ショーというのは、ピートが飼っている小さなサルだった。アンドリュー・コーリーについて、最近、なにか耳に入っていないかというヴィッキーの問いに、ピートは真面目に耳を傾けた。「いいや、ヴィク、なにも聞いてないな」

「もし、なにか動きがあったら、知らせてくれる? すぐによ、ピート! 私がどこにいようと、電報を打ってちょうだい」

「おいおい、ずいぶん深刻そうだね。オーケー、そうするよ」

金曜から土曜にかけてニューヨーク―ワシントン間のフライトに乗務した際、ヴィッキーの心はここにあらずの状態だった。大型機にスチュワーデスが二人必要になったというので、ルース・ベンソンにニューヨーク発シカゴ行きの便に戻され、日曜の朝ラガーディア空港に行ったとき、ようやく、彼女の意識は活発に動きだした。

搭乗を待つ五十八人の乗客の中に、なんとアンドリュー・コーリーがいたのだ。

すかさずヴィッキーは、一緒に乗るもう一人のスチュワーデス、チャーミオン・ウィルソンのところへ行ってささやいた。「今日は調理室の仕事に回って、朝食の配膳は、全部私にやらせてくれない？　お願い！」一列に並んだ乗客が一人ずつ搭乗していくのを、乗客名簿で忙しくチェックしながら、チャーミオンはうなずいた。アンドリュー・コーリーは、最後尾に近いシートに座った。ヴィッキーが通路を行ったり来たりして、離陸に備えて乗客たちがシートベルトを締めるのを手伝っていると、恰幅のいいコーリーが、しきりにブリーフケースをいじっているのが目に留まった。この便は豪華旅客機で、赤いベルベットのカーペットが敷かれ、グラジオラスと背の高いバラが生けられた銀の花瓶が壁の隅に取りつけられ、長いキャビン内のあちこちの壁に、壁面写真が飾られていた。音楽も静かに流れている——が、ヴィッキーは、そんな機内の雰囲気も、よく晴れた七月の日曜の朝の空気も楽しむことができなかった。飛行機が唸りを上げて動きはじめ、やがて離陸して上昇するあいだ、折りたたみ式の補助席に座って、じっとコーリーを観察していた。彼は、終始、張りつめた慎重な面持ちで、膝の上には、早くもビジネス書類がいくつも広げられている。

二十分後、飛行機の動きとともに少し揺れながら、ヴィッキーはコーリーに近づき、朝食のトレイを差し出した。彼は、しゃれたブルーの制服に身を包んだヴィッキーに目を留めたものの、ぶっきらぼうに「ありがとう」と言ってトレイを受け取っただけだった。

ヴィッキーは次から次へ、いくつもの朝食のトレイを配り終えた。乗客のほとんどは上機嫌に休暇を楽しむ人たちで、ありがたいことに、スチュワーデスに特別なサービスを要求する人はいなかった。新しいコーヒーとポットを持って、ヴィッキーはアンドリュー・コーリーのもとへ戻った。彼は、書類に目を通していた——汗ばみ、いらだって、疲れている様子だ。

「コーヒーのお代わりはいかがですか、コーリーさん？」と、微笑んでみせた。「フェアヴューのヴィッキー・バーです。私どもの〈フェデラル航空〉をご利用いただきまして、誠に光栄ですわ」とても愛想よく言ったので、張りつめた顔をしていた白髪頭のプロモーターも、思わずにっこりし、コーヒーのお代わりを受け取った。

「立派な飛行機だ。本当に美しい！　朝食もおいしかった。君は、この仕事を楽しんでいるんだろうね、ミス・バー？」

「ええ、大好きです。私、操縦も習っているんですよ。ビル・エイヴリーの飛行場で」それとなくにこやかに会話をしながら、スピン・ヴォイトの話題のほうへ話を向けていった。コーリーは膝の上の書類をもてあそびながら、ビルは実に素晴らしい青年で、彼の飛行場は今後、発展していくだろうと述べた。ヴィッキーは、その糸口を逃さなかった。

「新しく来たメカニックが、とても助けになっているんです。あのA&Eメカニックを引き抜いたことを、あなたが悪く思っていらっしゃらなければいいと、ビルが気にしていました」

「誰のことかな？」ヴィッキーは、スピンの名前を告げた。「ああ、確かに有能なメカニックだ。彼はそっちに行ってよかったと思うと、ビルに伝えてくれ。うちには、ほかにも腕のいいメカニックがたくさんいるからね」

「あなたがご自分で厳選なさった人材を迎えられて、ビルは誇りに思っているんですよ、コーリーさん。もともとスピンは、ほかの専門家と一緒に、あなたがシカゴからフェアヴューに連れてこられたんですってね」

「ほう、それは忘れていた！」コーリーは、眉根を寄せてヴィッキーを見た。「実際に雇い入れるのは、人事担当の仕事だからな」

ヴィッキーは、さりげなさを装って、いよいよ本題を切りだした。「あら、てっきり全員の経歴をきちんと把握なさったうえで、ご自分で選んだのだと思ってましたわ――適格な人材であることを確認するために――」

　コーリーは、彼女の言おうとしていることを即座に察知し、身をこわばらせた。「私は何十人もの人間を雇っている。一人一人の私生活まで把握するなど、できるわけがない。どのみち、雇い主には関係のないことだ」

　誰かがスチュワーデスを呼ぶブザーを鳴らしたが、ヴィッキーは無視した。チャーミオンが対応するだろう。屈託のない口調で、コーリーに言った。「よくわかります。町の人にスピンの経歴を訊かれて、ビルも私も答えられませんでしたもの。私たち、なにも知らないんです」彼女は、もの問いたげにアンドリュー・コーリーを見つめた。

「じゃあ、私も知らないと、ビルに言ってくれ」プロモーターは、無関心だった。「スピンに尋ねたことはない。彼は腕のいいメカニックだ。いつでも言われたことをきちんとやってくれたから、余計な質問はしなかった。それ以上のことを知りたいとは思わなかったからな」コーリーは、いらだたしげに書類の束を手に取った。自分を追い払おうとしているのだと、ヴィッキーは悟った。

　トレイを回収し、雑誌を配るあいだも、コーリーの言ったことをあれこれ振り返っていた。確かに彼は、いまのスピンには関心がないように見えたし、過去の経歴についても気にしていないようだった。「余計な質問はしなかった」だが、雇い主は、従業員がいい人間かどうか知りたがるものではないのだろうか？「知りたいとは思わなかった……」それは、コーリーが、うさんくさい人間を使うことをいとわないからなのか？　どうもコーリーは、あまり実直ではなさそうだ。ヴィッキーの脳裏に、ぼんやりとだが、ふと、妙な考えが浮かんだ。同じ穴のムジナ。

　飛行機がシカゴに到着して乗客を降ろしたあとも、ヴィッキーとチャーミオンは誰もいなくなった機内に残って、忘れ物をチェックした。ヴィッキーは、出口近くの踏み荒らされて汚れた通路に、空の封筒が落ちているのを見つけた。彼女自身の字で〈ランド&スカイ社〉に宛てて書かれたものだった。火曜日に、自分がシカゴで発送した手紙だ！　ヴィッキーは息をのんだ。五十八名の乗客の中に、〈ランド&スカイ社〉とつながりのある人間がいたのだ！　コーリーだろうか？　それとも、この空の封筒を落としたのは、それ以外の五十七人のうちの一人なのだろうか？

　木曜の晩、WFAの女性が、コーリーはニューヨークにいると言っていた。フェアヴューからニューヨークへ飛行機で飛ぶには、まずシカゴに行かなければならなかったはずだ。

　ヴィッキーは、日数を計算してみた。手紙を書いて投函したのは、火曜日――ワッカー通り北一〇四番地に配達されたのが水曜――木曜には、コーリーはニューヨークにいた。だとすると、コーリーが水曜か木曜、またはその両日ともシカゴにいた可能性はある。それなら、〈ランド&スカイ社〉宛てに届いた郵便物を受け取ることもできただろう。

　それで、自分が書いた手紙はどうなったのだろうか？

　日曜の夜遅くフェアヴューに戻ったヴィッキーは、ジニーから、落胆するニュースを二つ知らされた。一つ目は、ルース・ストリーターとフレディ母子が、予定より早くカリフォルニアへ引っ越してしまったというものだった。おかげでビルは、解放されたとばかりに、すっかり以前のよれよれの格好に戻っているらしい。

　もう一つは、ルース・ストリーターとフレディが発つ前に、スピンがアルバムを返却したという報告だった。記念として、ルースはスピンにアルバムにあった写真の一枚をあげたのだという。見事なB－39の機体が写っているから欲しいのだと、スピンは言ったそうだ。もちろん、それがどの写真か、ヴィッキーには見当がついた！　しかも、好奇心を抱いたビルが写真を見せてくれと頼むと、スピンはなくしたと言ったのだった。なくしたのか、隠したのか、わかったものではない。それとも、すでに破り捨てたかも？　ヴィッキーは、疑念を振り払うことができなかった。

# 第十一章　私のソロ飛行《オー・ソロ・ミオ》

ヴィッキーは、落ち込んだ気分でビルの飛行場に戻ってきた。オフィスが再びサイクロンに襲われたような状態になっていたのには、がっかりしてしまった。スピンは、ヴィッキーの努力が水の泡になったのがうれしそうだった。いらだちに追い打ちをかけるように、どうしても解読したいと焦っている暗号文も見つからないままだった。

しかし、フライト・レッスンでは、いきなりめきめきと進歩が見られ、落ち込んでいた気分が少し上向いた。まるで、しばらく留守にしていて操縦しなかった時間が、頭と体を休め、これまでに習ったことを消化する手助けをしたかのようだった。ビルをカブに乗せて飛んだときも――離陸して上昇し、向きを変えて着陸するまで、すべてヴィッキーが一人で行ったのだ――なんだか急に、自然体で楽に操縦できるようになっていた。苦もなくできたと言ってもいいほどだった。

「言っただろう、ある日突然に、できるようになるってさ！」ビルは飛行機を降りて、彼女に微笑みかけた。

「でも、自分で進路を決めて国じゅうを飛べるようになるとは、とても思えないわ」ヴィッキーは、ビルが伸ばした手を握って跳び降りた。

「一人で航行することだって、いまにできるようになるよ」と、ビルは楽しそうに言った。今週の初めに、彼はすでにヴィッキーに、緊急時の対処について教えてくれていた――失速した場合や緊急着陸――失速点に気づき、機体を立て直す方法――そしてそれらを、何度も何度も彼女に練習させたのだった。「今日は、小さなミスを二つ犯しただけだったよ、ヴィッキー。いいかい――」

暑い陽ざしの中で、二人はいつものように、レッスンを振り返って十分間の反省をした。今日は、ヴィッキーが帰ってきてから三度目の三十分レッスンだった。合計で九時間の飛行を終えたことになる。

「よし、乗って」と、ビルが言った。「もう一度やってごらん。風はないし、絶好の朝だ」

ヴィッキーは乗り込んだが、ビルは乗らなかった。彼女が座ったとたん、ビルは飛行機のドアを勢いよく閉め、ニッと笑って叫んだのだ。「一人で飛ぶんだ！　どうすればいいかわかってるよな！」ヴィッキーが抗議する間もなく、彼はプロペラを回して滑走路から離れた。そして、のんきに草の上に座り、早く行けと手を振って合図した。

ソロ飛行！　ビルが自分にソロ飛行をさせようとしている！　頭から足の先まで全身が震えたが、手足は自然と操縦かんとペダルに行き、無意識のうちに浅いS字ターンをして走りだしていた。そして、いったん止まってマグネトーをチェックすると、機体を風上に向け、スロットルを全開にした。滑走路がものすごい速さでかたわらをすり抜けていく感覚のなか、小型機は宙に浮き上がった。ヴィッキーは、上空に向かって上昇していた――自分だけで！　心臓は激しく鼓動しているものの、体の筋肉はきちんと仕事をこなしている。高度五〇〇フィートと、旋回の際の九〇度の傾斜角度を、脳は明確に認識した。

彼女は、晴れた青空に一人きりで、八〇〇フィートの高さをスムーズに飛行していた。ゆったりと快適に飛ぶ気分は、まるで鳥のようだ！　高揚感でぞくぞくした。ややあって、さっきから聞こえていた音は、どうしようもない喜びから自然と歌を口ずさんでいた、自分の声だったと気がついた。

見下ろすと、ビルらしき小さな人影が見えた。その隣にいるのは、スピンとジニーだ。三人で空を見上げて彼女を見守り、応援してくれている！　有頂天のヴィッキーだったが、やがて、これまでで最高の着陸をしなければならないことを思い出した。なんといっても、ソロ飛行なのだ！　ソロ飛行には、三度の離陸と着陸が義務づけられているので、ヴィッキーはいったん地面に降りてから再び離陸し、ビルの飛行場の上を旋回するというパターンを、ささやかな祈りをささげただけで、よどみなくくり返した。そして――自分の腕前をビルにアピールしたいばかりに――急激な上昇旋回をして機体を真横にして飛び、見事に立て直してみせた。

「興奮が止まらないわ！」自然に顔がほころぶ。口が顔の端から端に届きそうなほど、にんまりしているにちがいなかった。再び翼の向こうを見下ろすと、ビルが立ち上がって手招きしているのが目に入った。スロットルを切り、機首をゆっくりと地平線の下に向けて、機体を地面に沿って滑空させる。風に支えられ、彼女は蝶のように優しく舞い下りた。

ハンガー前のエプロンまで誘導滑走させると、ビルが草地を突っ切って走り寄り、飛行機のドアを開けてヴィッキーに抱きついた。

「やったな！　きっとやれると思ってたよ！」夢中になってしたキスは、ヴィッキーの顎に着地した。ヴィッキーは、うれしさでぼーっとして座っていた。「本当によかった！　絶対できるって、スピンにも言ったんだ！」

そのときになって、ヴィッキーは、滑走路の端に担架と救急箱が用意されていることに気がついた。

ビルの車はエンジンをかけたままにしてあり、ジニーの顔は真っ青だった。みんな、そんなに心配することなんてなかったのに！　事実、気つけ薬に、鼻の下にアンモニアの瓶をあてがわなければならなかったのは、ヴィッキーではなくてジニーだった。

ビルは、手の甲で額の汗を拭った。「一つだけ言わせてくれ。失速を甘く見ちゃだめだ。もっと経験を積むまではね。もう少しで、みんな心臓発作を起こすところだったんだぜ」

「なに言ってるの。全然なんでもなかったわ」ヴィッキーは、ほんの少し嘘をついた。彼女自身の恐怖も、まだ完全には消えていなかったのだ。

ジニーがやって来て、うやうやしくヴィッキーの手を握り、「本物のパイロットね」と、称賛のまなざしで言った。

つばの長いコットン製のキャップを脱ぐと、カールした髪が首にかかった。「ふーっ！　今日は、人生で最大の一日だわ！」いきなり、ジニーがヴィッキーのシャツの裾をつかんだ。ビルのオフィスで使っている大きなはさみで、そのシャツの裾を切り取る――きっと、航空術の本を読んで、そういう儀式のことを知ったのだろう。ジニーは、今日の初ソロ飛行を、ヴィッキー本人と同じくらい誇らしく喜んでいた。

喜びの一方で、極度の集中力を強いられていたヴィッキーは、急に疲労感に襲われた。だが、スピンだけが自分を祝福していないことに気づかないほど、疲れてはいなかった。彼女は、やんわりとその点を突いた。

スピンは、自分の工具を片づけて、ハンガーに戻る準備をしていた。「なるほど、あんたは操縦できるようになった。だからなんだ？　それが、なんの役に立つってんだ？」

ヴィッキーの航空日誌に書き込んでいたビルが、顔を上げた。「おい、君は時々、ずいぶんと意地悪になるね。君の問題はね、スピン、飛行機の操縦を、英雄だけに許される神秘的で難しいものにしたがることだよ。褒めるべきときには、ちゃんと褒めたらどうだ?」

「ああ、わかったよ。要するに、スチュワーデス連中でも飛べるってことだよな。もっと言ってほしいなら、女も男と同じように飛べるってことだろ。まあ、こういう軽飛行機ならだけどな。男だって編み物を学ぶことはできるが、うまくできたからって、自慢して回ったりしないぜ!」

ビルは笑った。今日の空の上での成功を喜ぶヴィッキーの気分を、台無しにする笑いだった。

「言っとくがな」――スピンは、ビルに向かってにんまりした――「俺は、昔から空港にいることが好きだった。だが、女が侵入するようになってからは、ちがう。男が自分の場所と呼べるところは、もうなくなっちまった」

ビルがクスクス笑うのを見て、ヴィッキーの心は沈んだ。からかわれるのは、いつだって彼女の気持ちを萎えさせたが、ビルのは特にそうだった。

「どうしてスピンは、なにもかも台無しにしなくちゃ気が済まないのかしら?」メカニックが立ち去ると、ヴィッキーは不満を口にした。

「まあ、まあ」と、ビルがなだめた。「冗談がわからないのかい?」

なぜ、スピンは自分にあんなに意地悪なのだろう? ビルが、ソロ飛行のことを航空日誌に記入し、彼女のライセンス申請に正式に署名しているあいだ、ヴィッキーはそのことを考えつづけていた。どうして? 前回スピンと会って、タトゥーを見せてもらおうとからかい半分にねだったときには、少しは冗談も交わしたのに。いまは、これまで以上に敵対心をむき出しにしているように感じる。確かに、タトゥーに関する彼のジョークは、親しげなふりをしていただけで、実際には、彼女がそれを見つけたことに憤っていた。スピンの侮辱は、飛行場から人を追い出してもおかしくないほど、意図的でしつこい。それが、彼の狙いなのだろうか——自分を追い出すことが？　ヴィッキーは深呼吸をした。もし、スピンがダーネル本人で、ヴィッキーに気づかれたかもしれないと疑っているとしたら、彼はどう感じるだろう？　自分が、彼を軍法会議に突き出すかもしれないと考えるのではないか！だとすれば、当然、追い出したいと思うはずだ！　もし、スピンがダーネルならの話だが……。

ディーンのＡＡＦ時代の友人二人からの手紙が届いたものの、一人は、ダーネルは背が低くブロンドだったと思うと言っているのに対し、もう一人は、どちらかというと長身で黒っぽい髪をしていたと思うと書いていた。まるで正反対だ！　人の心も記憶も、当てにならないということか。二人とも、何百人という兵士に会ったし、これだけ年月がたってしまったので、いまダーネルと顔を合わせてもわからないかもしれないとのことだった。もしも、もしも、もしも——すべて仮定でしかない。ヴィッキーは、スピンに対して一片の証拠も持ってはおらず、ただ疑いを抱かずにいられない自分なりの強い根拠があるだけだ。

彼女は、不安な気持ちを振り払って、仕事に専念しようと決めた。エイヴリー空港は、忙しくなっていた。ビルによれば、ヴィッキーがスチュワーデスの仕事で出かけていたあいだフェアヴューは雨つづきで、七月四日の独立記念日まで雨降りだったため、ずっと運航できなかったのだそうだ。それを取り戻そうと、今週、ビルはいくつかフライト・レッスンと貨物空輸の仕事を入れていた。いつものように、ドワイト・ミューラーの傷みやすいランが最優先だった。ヴィッキーも飛行場に出て、デリケートな花をＤＣ－３に積み込む作業の手伝いをした。

「無賃乗客が乗るスペースはある?」金曜の朝、いつものようにランを積み終えたヴィッキーは、期待をこめて尋ねた。「花は、そんなに重くないわよ」

「君もね」と、ビルは言った。「いいよ、乗りな。押し上げてあげようか? おーい、ジニー! おうちの人に、ヴィッキーは夕飯まで戻らないって伝えといてくれ」

ジニーは、自分が一緒に行けないのが、ものすごく残念そうだった。まだ十六歳になっていないため、バー教授とミセス・バーの、両親二人が署名した許可がないかぎり、ビルは彼女を乗せてくれないのだった。残念なことに、両方からの許可がもらえる見込みは薄い。

「ねえ、ちゃんと点検――」と、ヴィッキーが言いだすと、すかさずビルが答えた。

「ああ、スピンが点検したよ。かわいい顔が、女教師みたいに見えるぜ! スピンが、燃料と燃料バルブとオイルを点検した――これで、満足かい? 僕は、マグネトーをチェックしたよ」ビルは、もったいぶって操縦かんを小刻みに動かした。「もう、いいかな?」

ヴィッキーは、もっとしっかり点検してほしかった。一時間前や昨夜ではなく、離陸寸前に、しかもビル自身の手によって。だが、とりあえずDC－3はきちんと動いているわけだから、これ以上くどくど言うのは、はばかられた。

「こいつは年寄りだけど、若者みたいに上昇するんだ」高度を上げながら、ビルが声を張り上げた。

「自慢しないの!」と、ヴィッキーも大声で言い返した。

ビルは、機体を水平飛行に移し、ぐいと横に傾けるバンクをしてから左に旋回して、自分の飛行場のトラフィックパターンから離れた。大型の双発機は、唸りを上げて直進した。〈コーリー・フィールド〉のトラフィックパターンを避けて、はるか上空を飛んだため、下の様子はよく見えなかった。

ビルがDC－3の機首を、いとも簡単に地平線と平行に水平飛行させるのにヴィッキーが感嘆していると、機体は再び左旋回のためにバンクした。ビルが眉をひそめ、機体を水平に立て直した。

「ヴィッキー、こっちへ来てくれ！」と、ビルが呼んだ。

ヴィッキーは、乗客のシートから前の操縦席に移動し、計器の前に座った。

「操縦かんを握ってみて」と、ビルが指示し、彼女はそのとおりにした。「どんな感じがする？」

ヴィッキーは、ちょっと首をかしげた。「重たいわ。地上に停まっているときみたい」

「バンクさせてみて、どう感じるか言ってくれ。片手をしっかりダッシュボードに置いておくんだ」

大型機を横に傾けるのは、いまの彼女の技術では、相当難しかった。操縦かんがうまく動かない状態では、なおさらだ。力いっぱい引いてみても、たいして動かない。機体は思うように傾かなかった。自転車に乗れる程度の人間でも、これはおかしいと感じるだろう。

ビルは、じっと見守っていた。「なにか緩い感じがしないか？　うまくつかんでいないというか——かみ合っていないっていうか」

「私の力が足りないのかもしれないわ」唸るエンジン音に張り合うように言った。少なくとも、二つのエンジンは通常のリズムを崩さず、スムーズな音をたてていた。

「君のせいじゃない、飛行機のほうだ」ビルは頭を前後に動かし、あっちの翼、こっちの翼と、注意深く目を凝らした。そして、方向舵をまっすぐにし、再び機体をバンクさせた。今度も、反応は弱かった。ビルのダークブルーの目が、細くすぼまった。「補助翼を見てくれ！」

両翼についている可動式の補助翼が、動いていなかった。水平に真っすぐ飛ぶときのニュートラルな位置のまま、ビルが何度バンクさせようとしても、補助翼は少しも動こうとしない。

「こうなると、方向を変えるには、あとは方向舵でコントロールするしかない」と、ビルは怒鳴った。

「気に入らないな。戻ろう」

彼は、機体をぎこちなく旋回させて、ホーム・フィールドの方向へ戻り、苦労しながら、どうにか滑走路の上空まで持ってきた。ヴィッキーに呼びかける。「君のためのレッスンだ！　ここから、どんな着陸をしたらいいと思う？」

「いいから、降りて！」ビルは、滑空させながら短距離で着陸するいつものやり方ではなく、速いスピードで長い距離を使う方法を取った。車輪が地面に触れるやいなや、飛行機は減速し、ビルとヴィッキーは、二人して再び補助翼をじっと見つめた。恐ろしいことに、どちらの補助翼も垂れ下がったままだった。

なぜ、ビルがこんなに早く戻ったのか確かめようと、スピンがハンガーからのんびりした足どりで外へ出てきた。給油のために一時的に降り立ったパイロットが数人、もの珍しげに駆け寄ってきた。

「おい、スピン！」ビルは、困惑した顔で翼を点検した。「こっちへ来て、この補助翼を見てくれ！両方とも緩んでるんだ」

「それだけの理由で戻ってきたのか？」と、スピンは言った。「驚いたな、ビル。あんたがそんなに簡単にビビっちまうとは思わなかったぜ」

ビルは顔を赤くし、ヴィッキーは怒って、メカニックに言った。「もう少しで緊急着陸しなきゃいけないところだったのよ！　機体が、どうしてもちゃんとバンクしなかったんだから！」

「黙っててくれ、ヴィク。これは、あくまで、スピンと僕との問題なんだ」

スピンは、緩んだ片方の補助翼を手で動かした。「なるほどな。で？　なんで、あんたは、飛ぶ前に自分で見なかったんだ?」

ビルは厳しい顔で、自分のメカニックに向き直った。「どうして、こんなことが起きたんだ?」

「あんたにだって、わかってるはずだ。昨日、一緒に布地の補助翼を取り外して、翼の下に特別な装置をつけただろう。当然、補助翼を取り外したら、コントロールケーブルも外さなきゃならない。ちゃんと言ったよな、ビル。なんで覚えてないんだ? あんたが、それをきちんと締め直すのを忘れたんだとしたら、そりゃ悪かったな」スピンは早口でまくしたて、目はギラギラとした光を放っていた。「今朝、俺にひと言の断りもなしに、あんたがこの飛行機を勝手にハンガーから持ち出したんだぜ――俺が確認する間なんて――」

「教えてくれたってよかったじゃないか。だいたい、僕らが積み込み作業をしているあいだ、君はどこにいたんだよ?」

「わかった、わかった、ボスはあんただ。悪かったって言っただろう! なんたって、古い飛行機だ。中古の飛行機は、あちこち緩んだり壊れたりすることもあるさ。俺にいなくなってほしいってんなら、いますぐ、おさらばするぜ! 自分のことを疑う人間のもとで働くのなんか、まっぴらだからな!」

「誰も、君にいなくなってほしくなんかないさ、スピン」ビルの声が和らいだ。「僕は腹を立てちゃいないから、君も怒らないでくれ。誰かが不注意だったってだけだよ」

「悪いがな、ボス、それはたぶん、あんただ。俺は、こいつを連れてって修理するぜ」スピンは、ずかずか立ち去ってしまった。背中が怒りでこわばっていた。

ヴィッキーの横で、ビルが、ふーっと息を吐いた。「せっかくのA&Eメカニックを、失うわけにはいかない」と、つぶやく。「すぐには、別の人間なんて見つからないと思う――それに、スピンは一流だからな」

「一流ですって！」ヴィッキーは、これ以上自分を抑えることができなかった。抑圧された恐怖と怒りに震えながら、口走った。「緩んだ補助翼は、スピンのせいよ！　きちんと飛行機を手入れしておくのは、あなたじゃなくて、スピンの責任でしょ！　あの人、仕事の手を抜いてるんだわ」

「なあ、スピンにケチをつけるのはやめてくれ――」

「きっと私たち、前回の事故になりかけたトラブルを、簡単に片づけすぎたのよ！　二回も墜落しそうになるなんて。私には、妨害行為に思えてきたわ！」

「もうよせ、ヴィッキー。そのくらいでやめておけ！」

「二つとも事故だったって言いきれるの、ビル？」彼女は食い下がった。「スピンは、故意に私たちを危険にさらしたんじゃないのかしら」

「人を、やたらに非難するもんじゃない」ビルは、真一文字に結んだ口から、声を絞り出した。「スピンは、僕のメカニックだ。最高の腕を持ってるし、なにより、僕の友達なんだ」

「ドワイトは、あなたの友達だけど、スピンはちがう。あなたは、スピンをドワイトの身代わりにしているのよ。でもそれは、危険な過ちだわ」

「なんて、ばかげた言い草なんだ？　これ以上、スピンを悪く言うのなんか聞きたくもない！」ビルは、憤然と言い放った。「僕の飛行場経営に口出しする、ヒステリックなスチュワーデスなんか必要ない！」

ヴィッキーは、オフィスに退散した。いまは、いくら言っても無駄だ――彼女がスピンを攻撃すればするほど、ビルは彼をかばってしまう。ビルは、スピンをやみくもに信用している。スピン・ヴォイトのような怪しい人間の影響下にいるビルを見捨てても平気なら、このまますぐにでも、ビルと飛行場から去ってしまいたいところだ。でも、ひょっとしたら、自分にはビルの目を覚まさせることができるかもしれない。なぜなら、今日の「事故」は、本当は事故などではないという確信があったからだ。スピンは、わざとビルの貨物機に手を加えたのだ。

　ランの花をシカゴに空輸するその朝に、都合よくDC－3が故障するとは、いかにも偶然がすぎる――ランが、いつも月曜と金曜に荷積みされ、ヴィッキーがそれを手伝うのが日課のようになっていて、しかも金曜にはたいてい彼女を連れて飛ぶことを、スピンは知っていた。彼の動機がなんなのかは、わからない――ただ一つ考えられるとすれば、もしかして自分を排除しようとしたのではないのか。ヴィッキーは知りすぎた。その巻き添えに、スピンはビルまで殺すところだったかもしれないのだ。それが、ビルの言う「僕の友達」の正体だ！

　一時間後、ビルが足音も荒くオフィスに入ってきて、恐ろしく静かな声で言った。

「ドワイト・ミューラーに電話して、ランがまだ僕の飛行場にあるって言ったのか？」

「そんなこと、するわけないじゃない！」

「いや、誰かがしたんだ。飛行場には、いつだって、おせっかいな人間がうろうろしてるからな！　誰がやったかなんてどうでもいいが、問題は、たったいま、ドワイトがスズメバチみたいにいきり立ってやって来て、僕を性根の腐ったいいかげんな飛行士だって言ったことだ。僕の『友達』のドワイトがだ！　ランの運搬を、ここから〈コーリー・フィールド〉に移すってさ。たいした友達だよ！」

「でも、ドワイトがそんな――そんなの、だめよ！」ヴィッキーは、思わず息をのんだ。ドワイトの言いたいことはわかるし、当然だとは思うが、ビルのビジネスから屋台骨を奪うなんて！――「だって、それじゃあ――」

「――事実上、僕は倒産するだろうね」ビルは、ふさふさした髪を両手でかき上げた。「ドワイトが、すまないって言ってた。は！　すまないだとさ！　こんなピンチに、せめて頼りになるスピンがいてくれて助かったよ」

ヴィッキーは、がく然として言葉が出なかった。ドワイトの契約破棄は、単なる悪影響というレベルにはとどまらないはずだ。その日のうちに、ドワイトは〈コーリー・フィールド〉に車を飛ばした。周囲の人々は、それに気づいているし、コーリーのように宣伝活動に長けた人なら、新聞記者を呼んで、ドワイト・ミューラーがランの空輸をエイヴリー空港から〈コーリー・フィールド〉に移したことを発表したとしてもおかしくない。そうなれば、ただちにCAAの人間の耳に入る。これは、ビルの評判が失墜し、ビジネスの存続が崩壊する序章になってしまうかもしれないのだ。

ヴィッキーがとぼとぼと飛行場をあとにしようとしていると、スピンが小屋の陰から姿を現した。周囲には、ほかに誰もいなかった。

「おい、ちょっと待てよ。おまえ、コーリーさんに、俺のことをいろいろと尋ねたそうじゃないか。それって感じ悪くないか、え？」スピンは、憎らしげに顔を近づけた。「それに、おまえには関係ないだろう。詮索はやめておけ！」

「ドワイト・ミューラーに電話をしたのは、あなたなんでしょう？」ヴィッキーは、震えながら言った。

「詮索するなと言っただろう！」

ヴィッキーは恐怖を感じ、急いでその場を立ち去った。つまり、自分が質問した事実を、コーリーがスピンに話したのだ——あるいは、誰かほかの人に話して、その人物がスピンに話したのか。さすがにそこまでは予測していなかったので、彼女は衝撃を受けた。どうやら——信じがたいことではあるが——プロモーターとメカニックには、なんらかのつながりがありそうだ。

# 第十二章　もう一つのタトゥー

ヴィッキーは、フェアヴューの地方紙の見出しで、悪いニュースを知った。

**エイヴリー空港閉鎖に向け、差し止め命令を要請**

---

**近隣住民、迷惑と危険を訴える**

ある市民グループが思いがけない行動に出て、昨日遅く、郡裁判所にエイヴリー空港のすべてのフライトの停止を要請した。昨夜、本紙インタビューに対し、原告側スポークスマンのジェイムズ・パーカーは、ウィリアム・エイヴリーに対する損害賠償請求も視野に入れていると答えた。詳細と写真は四ページに掲載。

ヴィッキーは、大急ぎでビルの飛行場に向かった。すでにコーリー氏が立ち寄って、アドバイス、貸付、はたまた吸収合併のオファーなど、不幸な状況に追い込まれた若者に必要なものを、しきりに提供していた。心から、ビルに同情しているように見えた。

「残念だよ、ビル。どうにか乗り切るために仕事が必要なら、遠慮なく言ってくれ」

「ありがとうございます。でも、僕はここで頑張ろうと思います。まだ、戦える見込みはありますから。弁護人を用意するつもりなんです」

ヴィッキーは、心の中で彼に声援を送った。気がつくと、スピンはそっと見えないところに行ってしまっていた。コーリーはビルに、これまでにしたようなミスを避けるよう説得していた。

「君は、若くて向こう見ずなところがあるからな。あの派手な屋根の標識だが——あれが、近隣住民の反感を買ったんだぞ。くたびれたDC－3ただ一機で貨物空輸ができると思ったんだろうが、それは無理な話だ」

「できます」と、ビルは頑固に言い返した。「たとえあなたが、できない理由を九十九個挙げたとしても、これまでだって、ちゃんとやってきたんですから」

コーリーは、専用車に止まるよう合図した。「愚かな若者のような行動は慎みたまえ。停留無料の件にしたって、そうだ。パイロットに料金を課さなくてもやっていける私でさえ、そんなことはしないよ」

「そのおかげで、給油サービスの売り上げは上がってるんです。新たな友人もできますし」

ヴィッキーは、前に進み出た。あることを考えついたのだ。「コーリーさん、この差し止め命令を取り消してもらう嘆願書を作ろうと思うのですが、署名していただけますか？」

「もちろんだ」プロモーターは、ポケットに手を入れて万年筆を探した。「いや、よく考えてみると、私の署名は、かえって逆効果になるかもしれん。それより、私が中立だということを世間に公表しようじゃないか」

頭上でものすごい音がして、耳が聞こえなくなった。ヴィッキーが見上げると、二機の古い練習機がビルの飛行場上空を大音量で飛んでいた――スタント飛行だ――かなりの低空飛行だったので、パイロットの笑っている顔まで見えた。まるで、低空飛行はただの悪ふざけだとでも言わんばかりの顔だ！　エンジン全開で急降下し、翼がハンガーの屋根をかすめそうになった。

「君の乱暴な友人に、あんなことはやめさせるんだな！」急降下する飛行機が巻き起こした騒音と風と埃を振り払うように叫ぶと、コーリーは怒って車に飛び乗った。

二機の飛行機は再び低く舞い下り、ヴィッキーの目には、翼に書かれたライセンス番号まではっきりと見えた。そして彼らは上昇し、大きな音をたてながら、あっという間に飛び去っていった。恐怖に駆られながらも、ビルは、アンドリュー・コーリーは二機が去った方角を頭に刻んだ。

ビルは、アンドリュー・コーリーの車に駆け寄った。「あれは、僕の友人じゃありません。あんな飛行機もパイロットも、見たことがないんです！」

運転手が車を発進させたとき、コーリーはビルの言葉を信用してはいないように見えた。フェアヴューの誰が信じるだろう？　ビルは、絶望した面持ちでヴィッキーを振り向いた。「本当なんだ。あのパイロットたちは、見たこともない」

「信じるわ、ビル」ヴィッキーは、優しく言った。「あの人たちが誰なのか、私が突き止めてみせる。なぜ、あなたを悩ませるのかもね」

だが、とりあえずビルに必要なのは、この飛行場を排除しようとする動きに対処することだった。

その日の午後、ＣＡＡ調査官のマクドナルドが、ビルの飛行場の調査と彼へのアドバイスのためにやって来た。マクドナルドは、第一歩として考えた方策に賛同した。

「ミス・バーなら、間違いなくやれるよ。彼女はとてもいい人だし、気がついたことをきちんと書面にして僕に提出してくれるだろうからね。僕がそれを、ＣＡＡだけじゃなく州の航空委員会にも提出しよう」

さっそくヴィッキーは、家の車に乗って出発した。彼女には、勇気が必要だった。ビルを提訴している原告は、この辺りの名士たちだったからだ。

最初に話を聞いたクレイン夫人は、郊外に住む奥様だった。「あの乱暴な若者の関係者」には、二分しか時間を割いてくれなかった。ヴィッキーは、できるかぎり丁寧に、いったいなにが嫌なのかを聞き出した。

「あのうるさい飛行機よ！　私はサラブレッドの馬を飼育しているんだけど、馬たちが飛行機を怖がるの」

ヴィッキーは、頭の中でビルの飛行場からここまでの距離を計算し、言った。「でもクレインさん、飛行機がお宅の上空を飛ぶころには、相当に高いところまで達していますから、それほど音はしないはずですよね」ちょうどそのとき、ヴィッキーの耳に、ハイウェイでトラックがバックファイヤーを起こす音が聞こえ、続いて一台の車が、クレイン夫人の私道で発進した。ビルの行動は、事前の計画どおり家の周囲をビルが何周も回るまで、一分ほど待った。ヴィッキーは、予定時間きっかりだった。ヴィッキーは言った。「あの飛行機の音は、トラックや車の音よりも小さいと思いませんか？」

クレイン夫人は、高飛車に言った。「へ理屈はやめてちょうだい。ミスター・エイヴリーの飛行機の『影』が、うちの馬たちをひどく怖がらせるだけでも十分でしょ！」

いずれ、マクドナルドが自分でこの原告らに聞き取り調査をするのがわかっているので、ヴィッキーはCAAへの報告に「影」と記入した。車を走らせ、ほかの原告のもとも訪ねた。ウェントワース医師は、飛行機の音で電話の会話がよく聞こえないと主張したが、何機か上空を通過した飛行機のサイズから、ヴィッキーにはそれが〈コーリー・フィールド〉のものだと認識できた。ジェイムズ・パーカー氏は、ヴィッキーに一切会おうとしなかった。ディ・サルヴィ家では、初めのうち、夫人が会うのを拒んでいたが、やがて、ビルの飛行機が離陸する際に巻き上げる砂埃に対する不満を訴えた。「空港が閉鎖されなければ、私が引っ越さなくちゃいけなくなるわ。せっかくのうちの庭が台無しよ!」彼女の家はエイヴリー空港から一マイルも離れているため、その主張を支えているのは、頑固さ以外の何ものでもなかった。結局、一軒一軒訊いてまわってみると、本当に根拠のある主張はないことがわかった。ところが、全員が一致団結して、ビル・エイヴリーに対抗しているのだ。

全員から、その朝、低空飛行で飛行場に近づいた飛行機について文句を言われた。これに対して、ヴィッキーは確かな答えを返すことができなかった。どうしても、あのパイロットたちの正体を突き止める必要がある。自宅で聞き取り調査の報告書をまとめたあと、彼女はCAAに宛てて、飛行機の所有者たちの氏名とホーム・フィールドを尋ねる手紙を書いた。

翌日、ビルから、「例のばかども」が、また低空飛行を仕掛けてきたことを知らされた。近所じゅうが怯《おび》えてしまったうえに、空港閉鎖を訴える人たちに正当な理由を与えた格好になった。悪ふざけの好きな二人のパイロットは、吹き流しを倒して、ハンガーの中に土埃をもうもうと吹きつけたのだという。スピンが毒づいていた。

少し希望の持てる材料として、ドワイト・ミューラーがやって来て、ややぎこちない様子で、ビルの直面したこの緊急時に、なにか手助けできることはないかと訊いてきた。二人の青年は、おもしろくなさそうな顔で、気まずく黙ったまま見つめ合った。

「ええ、ありがとう、ぜひ手伝ってほしいわ」と、ヴィッキーはビルの旧友に言った。「この町の人たちに、示さなくちゃいけないの——みんなに事実を知らせなくちゃ——エイヴリー空港が、厄介者でも危険でもないってことをね！　ここは地域の財産なのよ」

「いまこそ、君のスチュワーデスとしての経験が役に立つときだね」と、ドワイトは言って、ヴィッキーに微笑んだ。

「バーバラの具合は、どうなんだ？」ビルが、ぶっきらぼうに訊いた。

「ずいぶんよくなった。ありがとう」そう言って、ドワイトは出ていった。

ビルの目に、自分に対する敬意の念が新たに宿ったのに、ヴィッキーは気がついた。確かに、スチュワーデスはオイルゲージのことは知らないかもしれないが、人の扱い方を心得ていなければならないということを、ビルはこれまで考えたこともなかったのだ。いまなら、スピンについての彼女の忠告にも、耳を傾けてくれるかもしれない。

しかし、まるで雇い主の窮地など目に入らないかのように淡々と通常業務をこなす彼のメカニックを、ビルは相変わらず頼りにしていた。「スピンを悪く言うのは、やめてくれ」と、むっつりしてヴィッキーに言った。「頼むよ、ヴィッキー、スピンのことで君と喧嘩《けんか》したくはない。君のことが大好きだから、言い争うのは嫌なんだ」

「私だって、あなたのことが好きよ、ビル。だからこそ——」でも、ヴィッキーはそのあとを言うのをやめた。スピンや、自分の愚かさのせいで、ビルとの友情にひびが入るのは耐えられない。だから、それ以上なにも言わずに自分の思いついた計画を進めながら、頭の中ではしきりに考え事をした。

なぜ、貨物機だけが故障するのだろう？　あの古い飛行機に欠陥があるのだろうか？　それは考えにくい、とヴィッキーは思った。購入したと同時に、ビルはくたびれた部品をすべて交換している。エイヴリー空港の飛行機の中で、ビルのビジネスの屋台骨を成す貨物機だけが故障するというのは、あまりに不思議な巡り合わせだ。スピンは、二十五から三十機はある飛行機のすべてを扱っているのだ。

ビルの貨物機が故障することで、得をする人間がいるだろうかと考えてみた。ドワイトがランの空輸を〈コーリー・フィールド〉に移したのだから、コーリーは利益を得たことになる。とはいえ、そんな小さな運搬契約など、大規模で豊富な資金を持っている空港には、たいしたメリットではないはずだ。

一方、もしスピンとコーリーがなんらかのつながりを持っていて、スピンが故意にビルの飛行機をいじくったのだとしたら、コーリーはどう関わっているのだろうか？　コーリーの動機はなんなのか──彼は、なにを欲しがっているのだろう？　ヴィッキーは、さんざん頭を悩ませた。

あの暗号文に、謎を解く鍵があるかもしれない。そう思って、ポケットや机、ジニーと共用の青い部屋にあるたんすの引き出しをすべて探したが、メモは見つからなかった。

そうした心配事の息抜きに、ヴィッキーはカブで大空を飛んだ。DC－3でのあの恐ろしい体験のあとのソロ飛行なので、なおさら意を決して操縦かんを握らなければならなかったが、できるかぎり飛んで、免許取得へ向けて航空日誌に記録する飛行時間を増やし、フェアヴューの町の人々に、自分がエイヴリー空港を信頼しているところを見せるように努めた。

かなり辺ぴな地域の上空に乗り入れて見下ろすと、地上の新たな景観と、その土地が抱える問題が見て取れた。大空に一人きりでいると、より深い永続的な価値に気づかされる。悩んでいることが小さくなり、澄みきったすっきりした気分になれるのだった。これこそが、すべての飛行士に許された特別な体験なのだと、ヴィッキーは思った。飛行士は、たとえ生まれた国がちがっても、兄弟愛のような絆で結ばれているのだ。爆撃機や戦闘機に代わって、世界中の飛行家が友好的に結束すれば、いつかは世界平和を実現して保っていける力となるだろうという説を、どこかで読んだことがある。ヴィッキーは、本当にそうなればいいと願った。そして、この航空機時代に、ここ故郷の住民を手始めとして、人々に飛ぶことを広めていきたい。

大勢の良識ある人が関心を持ってくれているのを見るのは、心強かった。弁護士、大工、主婦、デパートのオーナー、高校教師、農夫といった、さまざまに異なるバックグラウンドを持つ人たちが、わざわざビルの空港を訪れて嘆願書に署名してくれたり、フライト・レッスンに申し込んだりしてくれていた。この地域で空軍に従軍したことのある青年たちは、飛行を推進する退役軍人クラブを結成して、みんなでビルの擁護に尽力した。

ジニーは、高校の生徒たちに声をかけてくれた。若者の中にも、飛行クラブに入りたがっている人たちはいるのだった。十六歳以上に達した生徒が、何人もビルのレッスンに申し込んでくれるようなら、大幅に割引をすることもできる。ジニー自身はまだ十六ではないが、近い将来、参加しようともくろんでいる。ビルはうれしそうに言った。「カブ練習機をもう一機買わなくちゃいけなくなりそうだな。で、このフェアヴュー・ジュニア飛行クラブがうまくいったら、さらにもう一機買えるかもしれないぞ」ジニーと仲間たち――いまでは七人に増えていた――は、まだ操縦できる年齢にはなっていない。ヴィッキーは、彼女たちのために温めておいたアイデアを公表した。ウイングスカウトのメンバーになるというものだ。ガールスカウトに入っている少女のうち、ほかのバッジワークを完了してしまった子は大勢いるので、この魅力的な上級の活動には、まさにうってつけだった。約九人を一グループとするウイングスカウトは、すでにワシントンD・C、ハワイ、アラスカをはじめ四十の州で活動していた。（すべてのウイングスカウトが飛行機に乗って操縦することを目指しているわけではないが、航空業が盛んな現代の世界に通用するだけの知識を得たいと頑張っているのだった。）

ジニーの友人たちは、このアイデアに飛びついた。ある日の午後、そろってヴィッキーのところへやって来て言った。「私たちのトゥループ・リーダーになってくれない？」

「ええ、ここにいたとしたら、もちろんいいわよ。でなければ、相談役になるわね。私がいなかったときは、誰か大人の人――パイロットであってもなくても――に、リーダーになってもらえばいいわ」

ヴィッキーは、首の後ろに息がかかるほどぴったりと背後にくっついたジニーに見つめられながら、ニューヨークのガールスカウト本部へ、フェアヴューでウイングスカウトのトゥループを始めるにはどうしたらいいかを尋ねる手紙を書いた。憲章と規則集が届くまでは、この新たな冒険はお預けだったが、少女たちは、いますぐ始めたいと言って聞かなかった。

「空港をめぐる争いの真っ最中で、あなたたちの活動に着手する時間がないのよ」と、ヴィッキーは訴えた。その言葉どおり、彼女はフェアヴューでの二週間の休暇を、ずっとビルの手助けに費やしていた。ヴィッキー、ビル、彼女の広報活動に賛同するたくさんの人々とのあいだで、何度も作戦会議が開かれた。新聞は、ヴィッキーの話を全面的に報道すると約束してくれた。

文句を言った近隣住民をあざ笑うかのように――コーリーに肩透かしを食らわせるかのように――

ビルのビジネスは上向いた。停留無料とジニーの標識につられて、自家用飛行機のオーナーたちがぞろぞろとエイヴリー空港に着陸した。巨大なＤＣ－６型貨物輸送機が、ある日突然、轟音とともに、広い敷地を誇るビルの飛行場に悠然と降り立ったかと思うと、出張で頻繁に自家用機で飛ぶピッツバーグの男性は、リトルロックへ行く途中に立ち寄った。別の航空会社でスチュワーデスをしている若い女性は、自分のＰ－39を操縦してやって来た。どの自家用機パイロットも、同じことを言った。「〈コーリー・フィールド〉は、あまりに豪華で、高すぎる」夜間でさえ、一時滞在の飛行機が着陸するので、ビルは持ち運びできる着陸灯と明るい反射板を買わなければならなかった。

毎日、ガイ・イングリッシュが数人の青年とやって来ては、ビルの忙しい空港業務の手伝いをしてくれた。彼らは、報酬を一切受け取ろうとはせず、その代わりに、ビルの手が空いたときにフライト・レッスンをしてほしいと提案した。あるとき、ガイがコーリーに関する興味深い話を明かした。

コーリーは、ガイの犬好きを知って、立派なセッターをプレゼントしてくれた。自分には犬をあげる男の子がいないから、と言ったそうだ。ところが、ガイの父親が、息子に贈り物を受け取らせなかった。「なんだか妙な感じがしたんだ」と、ガイは打ち明けた。「父さんが、この空港の件で、判事としての行動を取るなんてね」さらに、ちょっと戸惑ったように、セッターを返しに行ったときジャネット・コーリーから、判事はビルがお気に入りなのね、と嫌みを言われたことも教えてくれた。

「気にすることないわ」と、ヴィッキーは言った。「イングリッシュ判事が公明正大な正義の人だってことは、国じゅうの人が知ってるもの」

そんななか、ベティ・バーは娘に、おそらく国じゅうの人が知らないであろう情報をもたらした。母も、偶然知ったらしい。「コーリーの料理人が、うちのエマに言ったんですって。うわさ話は嫌いだけど、あなたには知らせておいたほうがいいと思って」アンドリューとジャネット・コーリー夫妻は、目立たないよう内々にささやかなパーティーを開いているというのだ。招待客の中には、クレイン夫妻、ディ・サルヴィ夫妻、ウェントワース医師、ジェイムズ・パーカーの名前があった。

ビルの支持者が大勢いるにもかかわらず、相手側は相変わらず敵意を捨ててはいなかった。ディ・サルヴィ、クレイン、パーカー夫妻らがすぐにでもビルを抹殺しようと思っているなら、ビジネスが上向いていることなど、なんの意味もなかった。彼らは、エイヴリー空港は以前よりいっそううるさくなった――おかげで不動産価値が下がってしまう、と主張しはじめたのだ。「離着陸する飛行機が多すぎる！」という声が広まった。ヴィッキーは、大声で不満を口にしているのは〈コーリー・フィールド〉へ投資している人たちではないかという疑念を抱いた。「例の空港ったらね」といった周辺のうわさ話を耳にしたバー教授が、ビルの飛行場から飛ぶのはやめるようにと言って、父娘は口論になった。あちこちで、同じ言葉がささやかれた――「あの乱暴者！」ビルの運転の仕方を見た誰かが、彼の黄色い車に「黄色い危険」というあだ名をつけた。

「全速力で走らなきゃならない理由でもあるの？」と、ヴィッキーはビルをたしなめた。「どうしてそんなことをするか、わかってるわ、ビル。あなたは、空の上で平気で時速一〇〇マイルを出すものだから、地上でのスピード感覚がなくなってしまっているのよ。スピードを落としてよ、ウィリアム！」

「了解」と、おとなしく従いながらも、彼のダークブルーの瞳は、ヴィッキーの頭上の新しいボーイングに注がれていた。

「ビル！　ちゃんと聞いてる？　どうやって世間の人に、あなたが責任を持って空港を運営できる分別ある人だって、わからせることができるっていうの、あなたがちゃんと――ちゃんとしなかったら――」いまいましいことに、ヴィッキーが興奮してまくしたてるたびに、ビルは笑うのだった。「いいこと、ミスター・エイヴリー、世間の人に認めてもらいたいなら、スピードを落として、顔を洗って、公衆の前に出る日には、きちんと振る舞うのよ！」

すでに、飛行ばかのパイロットたち――操縦以外、なにも知らないパイロットについて、あからさまな意見が飛び交っていた。新聞にさえ堂々と書かれていたほどだった。ヴィッキーは、ビルの目の前に新聞を広げて、ジェイムズ・パーカーのコメントを見せた。「そういうパイロットは、飛ぶことが好きで、飛ぶことだけが好きで、視野が狭いんです。自宅から飛行場まで時速八〇マイルで車を飛ばして、途中、子供をひきそうになっても気づきもせず、一日中、空を飛んで、夕方にはほかのパイロットと飛行の話をし、また時速八〇マイルで家に戻って寝るんですよ。そういう飛行士がどうして、飛行が地域社会全体に及ぼす意味など知っているでしょう？　学生や、商業や、国益や国防にとっての飛行の価値を知っていると思いますか？」ヴィッキーは、それに反論しなければならないのだが、そのためには、のんきなビルが、きちんとした振る舞いをする必要があった。そうでなければ、差し止め命令に対抗する戦いに負け、ＣＡＡから、ビルの空港許可を取り消されてしまうかもしれない。ことに、例の二機の飛行機が再び低空飛行をしてからは……。

七月の終わり、重要な日は、朝八時に焼けつくような暑さの中で始まった。ヴィッキーは、銀色がかったブロンドの髪が艶やかに光を放つくらい念入りにブラシでとかし、紺色のプリーツスカートときちんとしたジャケットという、ぱりっと見える服装に身を包んだ。ヒールの低い靴は嫌いなので、ふさわしいかどうかはわからないが、白いリンネルのハイヒールを履いた。そして、今日がどんな結果になるか恐れることなく、〈キャッスル〉の階段を意気揚々と下りたのだった。

だが彼女の士気は、朝届いた郵便物を父から渡されると、とたんにぐらついた。封筒の一つに、民間航空委員会の住所が書かれていたのだ。ヴィッキーは、封を開けるのが怖いくらいだった。それはマクドナルドからで、エイヴリー空港に低空飛行を仕掛けた正体不明の二機について知らせるものだった。二機とも、ライセンス番号からグリーンズヴィル空港に行き着き、空港のオーナーであるジョージ・ブラウンの名で登録されていることがわかったという。

「ジョージ・ブラウンは、あの二機のどっちも操縦していなかったわ」と、ヴィッキーは思った。「彼は、誰かに飛行機を貸したのね。いますぐ飛んでいって、確かめられたらいいのに！　でも、無理だわ」

ヴィッキーには、めまぐるしい一日が待っているのだった。彼女は、この日のために十分に準備をし、計画――「ヴィクのサーカス」とジニーは呼んだ――は、華々しく始まって、フェアヴューの人々の度肝を抜いた。警察の許可を得て、ヴィッキーは小さなエアクーペを、翼を折りたたんで通常の道を走らせ、駐車場に停めていた。一方ビルは、一般の人に搭乗券を売った。「三十分五十セント」のチケットは、晴れた日にいくらでも埋め合わせができる額だ。四百五十六人が申し込んだ。ビルは、町の住民を無料で二重操縦の飛行機に乗せ、離陸、着陸、機体のコントロールを体験させた。これには、八十名の男女が参加した。大学は、学内の飛行クラブから演説者を一人派遣し、民間防衛隊は、民間対空監視員の役割について講演する人をよこした。ヴィッキーは、歩道に集まった群衆の中で耳を傾けている父の姿を見つけた。うわさが広まり、うだるような暑さの午後中、町には見物客が押し寄せた。その中には、マクドナルドもいた。

大通りとヴァーミリオン通りの角に、警察の許可のもと、ジニーと友人らが通常のチケットを売るカウンターを設置した。「予約は要りません」と、ジニーは片っ端から声をかけた。「ふらっと飛行場に来て、乗ってみてください」

ビルは、一日中、天使のように行儀よく振る舞った。汗をかいた顔を何度も洗い、びっしょり濡れたシャツを着替え、口笛を吹いたり走ったりしないよう肝に銘じていた――すべては、公衆受けするためだ。「窮屈で死にそうだ」と、ヴィッキーにぼやいた。

ディッキー・ブラウンとクレイマー兄弟は、フェアヴューのラジオ局から借りたマイクで、移動ジョッキーのような役割を果たし、通りを歩く人々に、エイヴリー空港は町から十分に安全な距離を保っていること、フェアヴューには少なくとも一つ、できれば二つの空港が必要なのだということを吹聴して回った。ビルは、ヴァーミリオン通りとリンカーン通りの角で、農薬の空中散布などをするシンプルな農業用飛行機の実演をしてみせた。オクラホマの農業工業大学で始まった全米フライング・ファーマー協会の会員で、一八〇センチはある長身で頬の赤い男性が、ビルの説明を裏づけてくれた。「いつも飛行機で家畜の様子をチェックして、空から餌をやるんだ――飛行機は、パイプラインのチェックにも向いてるしね」コーリーが、その話に興味深げに耳を傾けていた。

アンドリュー・コーリーの登場に、ヴィッキーの不安は否が応にも増した。四時半を回ったころになって、彼女は、そろそろ自分の任務は完了したと感じた。暑さでもう体が溶けそうだったし、なにより、あの二人の曲乗り飛行士たちを一刻も早く突き止めたかった。

ヴィッキーは、家の車を一人でグリーンズヴィルまで走らせ、運転しながら、頭を冷やしてリラックスした。やがて、手入れのされていないグリーンズヴィル空港が見えてきた。上空を数機の飛行機が飛んでいたが、スタント飛行をするパイロットは見当たらなかった。ヴィッキーは、彼らが飛行場にいてくれることを願った。とにかく、ジョージ・ブラウンと話してみよう。

昔気質《かたぎ》の飛行士は、ヴィッキーのことを覚えていないうえに、空港に女は要らないという態度が見え見えだった。

「私は、ビル・エイヴリーの生徒なんです」ヴィッキーは、三度目になる主張を、またくり返した。「それで、彼を悩ませているあの乱暴なパイロットたちが誰なのか、ぜひ教えていただけたらと思って」

ジョージ・ブラウンの風焼けした顔が崩れて、笑顔になった。「エイヴリーには、おもしろいジョークだったろ？　あいつらに、あんな飛び方ができるとはな」

「あいつらって？　教えてください、ブラウンさん、誰がその人たちを雇ったんですか？」ヴィッキーは、頭の中で大胆な推理をしながら訊いた。

「俺だよ。そうとも、この俺が雇ったのさ。ビルに冗談を仕掛けてやるためにな」ブラウンは、明らかに嘘をついていた。彼は、二人の若者を指差した。「あそこのT格納庫《ハンガー》にいる連中がそうだ」

「なぜですか、ブラウンさん！　いったいどうして、ビルのような気のいい人に、あんなたちの悪い冗談を仕掛けたいなんて思うんです？」相手がまごついた。「飛行家は、互いに助け合うのが普通です。でも、あなたは、そうはしなかった。誰か別の人間が、あなたに、あの人たちを雇わせたんじゃないんですか？」

「さあ。かもな」

「あなたに便宜を図ってくれた誰か」——彼女は、コーリーを思い浮かべていた——「断って怒らせたら、あなたの経営が打撃を受けることになってしまうような人」

「まあ、そんなとこだ。あんた、いい勘してるじゃないか」

「そう、例えば、コーリーさんとか——」

「おい、俺は、コーリーさんだなんて言っちゃいないぞ！　名前なんか、ひと言も口にしてないだろ?」

「『例えば』って言っただけです」ヴィッキーは彼をなだめたが、内心では思っていた。あの曲乗り飛行士を雇い、ビルの飛行場の評判を落とさせたのは、やはりコーリーだろう。しかも、この重要な時期に。「ブラウンさん、あの二人を紹介していただけると、とてもありがたいんですけど」

「いや、あいつらは誰とも会いたがらない——悪いが、ボスに知れたら怒られる——」ブラウンは、慌てて大きな手で口を押さえたが、ヴィッキーは涼しい顔で、なにも聞こえなかったふりをした。

「わかったよ、まあ、いいさ」と、ブラウンはぼそりと言った。

彼は、ヴィッキーを二人の若者のもとへ案内した。どちらも、がさつで無口そうだった。背の高いほうは、ヴィッキーをじろりと見ると、もごもごと言い訳しながら、急に駆けだしていなくなってしまった。もう一人のディック・ル・フォールは、多少は善良な市民のようだった。ヴィッキーが今日の航空ショーの話題を振ると、打ち解けてしゃべりだした——が、彼女のほうは、とてもじゃないけれど、話に身が入る状態ではなかった。

この見知らぬ青年の右の前腕部に、タトゥーがあったのだ——それも、スピンのとよく似たタトゥーで、こちらのは、半分消されたりはしていなかった。ヴィッキーは、ディック・ル・フォールの腕を見つめないようにし、声が震えてしまわないよう気をつけた。

「ねえ、正直な話、私の友人のビル・エイヴリーに、どんな不満があるの?」

「なにも。ジョージさんがジャックと俺を雇って、エイヴリー空港に冗談で低空飛行させたんだ。いい金をくれたから、引き受けただけさ」なにも訊こうともせずにね、と、ヴィッキーは口には出さずに、心の中で言った。けれども、ディック・ル・フォールは、正直そうな男だった。「まあ、そう怒るなよ。よく冷えたコーラでもどうだい、ミス・バー? 今日は、ずいぶん忙しく働いたんだろうし、この暑さは、まだまだ収まりそうにないからな」

連れだってオフィス小屋へ行くと、ル・フォールが、コーラを取り出そうと冷蔵庫に腕を伸ばし、再びタトゥーが目に入った。太いゴシック文字でドイツの町の名が書かれていて、その下に日付があった——そんなに昔の年号ではない。

ヴィッキーは、先日のソロ飛行のことをペチャクチャとしゃべり、つられてディック・ル・フォールも、自分の忘れられないソロ飛行の話をした。この「パイロット仲間のおしゃべり《ハンガー・フライング》」のあとで、ヴィッキーは思いきって奇妙なタトゥーへの関心を口にしてみた。

「ああ、ちょっと変わってるだろう」彼が腕を電灯の下に突き出したので、よく見ることができた。用心深いスピンとは、えらいちがいだ! 彼は、かわいい女の子に興味を持たれたことに気をよくし、ヴィッキーの巧みな誘導尋問に、すらすらとなんでも答えた。

「破天荒だと思われるかもしれないが、戦時中は、みんな相当に鬱憤《うっぷん》がたまっててね。なにか楽しみがなかったら、おかしくなっちまいそうだった」ル・フォールは、弁解するようにヴィッキーに微笑んだ。「俺らの大半は、それほどの悪事をはたらいちゃいない。ダーネルなんかとはちがってな。ほんの――」

「ダーネル！」

「そう。レイ・ダーネルだ。絶対に忘れないよ。あいつは、悪党だった。だけど、さっきも言ったように、休暇がもらえると、みんな、ばかなことをたくさんやったもんさ。あるときは、森の中にあった古い城の廃墟を探検したし、またあるときには、現地の村で大騒ぎをして楽しんだりもした。行方不明になったと思ってた仲間たちが無事に戻ったんで、お祝いをしたんだ。まあ、ともかく、俺たちはそろってタトゥーの店に乗り込んで、店員に彫ってくれって言ったんだ、その――ええと――」

「記念になるデザインを」と、ヴィッキーが代わりに言った。

「そう、それだ。彫るのに、あんまりにも時間がかかるもんだから、最後まで待ってタトゥーを入れてもらったのは、結局、三人だけだった。ダーネルと、カーティスってやつと、俺さ。ほら、これを見てみなよ。飛行機は空軍を表してて、ヘビは、俺たちの部隊のマークだ。で、ここに町の名前と年号が入ってる」

「短剣は？」と、ヴィッキーは尋ねた。

ディック・ル・フォールは、顔をしかめた。「短剣は、あくまでダーネルのアイデアだったんだ。レイは変わり者でね。秘密主義で、無愛想で、いつも一人でなにかを考え込んでた――あいつは、誰のことも嫌いだったのさ。俺はてっきり、短剣は、変わり者だったあいつの単なる思いつきだと思ったんだが、実は、そうじゃなかった」

「血のように真っ赤な短剣」と、ヴィッキーはつぶやいた。「それって、何を意味していたの？」

「なあ、ミス・バー、あんた、なんでそんなに興味津々なんだ？　レイ・ダーネルを知ってるのか？」

ヴィッキーは、ごくりと唾をのんだ。この人のいい若者に嘘をつきたくはなかったが、まだ、スピンがダーネルだという確証が得られていない。もしかしたら、三人目のカーティスかもしれないのだ。

「その――ダーネルの話を聞いたことがあって」と、彼女は言った。

「ふーん。あんただけじゃなく、もう誰もダーネルって名前では知らないと思うぜ。あいつは、もう長いこと行方知れずだから」

「カーティスって人は、どんな容姿だったの？」

ディック・ル・フォールは、窓の外に目をやった。「普通の男だよ。いいやつだった。カーティスは、死んだんだ」

「ごめんなさい」ヴィッキーは口ごもった。「あの――ダーネルって、なにかで指名手配されてるの？」

「ああ、ご名答！　軍警察に捕まったら、九十九年くらいの刑は食らうだろうぜ」パイロットは、空になったコーラの瓶を押しのけて立ち上がり、出ていく気配を見せた。

「ここまで話してくれたんだから、最後まで聞かせてくれてもいいじゃない」と、ヴィッキーは、せがんだ。「ねえ、いいでしょ？　お願い」

「わかったよ。でも、あんまりいい話じゃないぜ。だから、あんたみたいな女の子の前では、できれば話したくないんだ」青年は横に座ったが、彼女のほうを見ようとはしなかった。「話したくないもう一つの理由は、ダーネルを密告するのは、やばいからさ。用心しなくちゃならないんだ。わかったもんじゃないからな、ひょっとして――ひょっとして、あんた、やつの回し者じゃないよな？」

「ちがうわ！　絶対ちがう！」

ル・フォールは、品定めするように、ヴィッキーをしげしげと見た。「あんたを信じるよ。いいだろう。実はな、レイ・ダーネルは、殺人の罪で追われてるんだ」

「まさか、そんなわけない――そんな――」

「そんなわけないって、どういう意味だ？　本当なんだぜ。やつは、三人も殺してるんだ。しかも、事故なんかじゃない」若いル・フォールは、陰気な口調で言った。「いつもダーネルを厳しく罰してた空軍の少佐がいてな。それが彼の仕事だったんだが、ダーネルは、その少佐をひどく恨んでた。二度目に少佐から営倉にぶち込まれたとき、ダーネルは、絶対に借りは返してやるって言って、相当ひどい悪態をついてた。自分はどうなったってかまやしない、少佐を殺してやるんだってね。少佐は、ちっとも悪い人じゃなかった。だが、軍でさえ、ダーネルの素行の悪さを矯正できなかったんだな。そして、やつは盗みをやった――俺は、タトゥーを彫ったあとずいぶんたつまで、そのことを知らなかった――レイ・ダーネルはな、空軍の飛行機を盗んだんだよ。本物の重量級のやつをだぜ。暗い闇夜を選んでさ。銃声が聞こえたのは覚えてる。少したって、消防車の音もしてた。レスキュー隊だったんだな。翌朝、俺たちは、少佐の家のわらぶき屋根と二階の窓に、飛行機が至近距離から狙いすまして焼夷弾を撃ち込んで、燃やしちまったことを知った。少佐と奥さんと子供は、三人とも、焼け落ちた家の中で焼死体で発見された」若者は、ため息をついた。

「飛行機はどうなったの？　パイロットは？」ヴィッキーは、ほとんど止まりかけていた息を吐き出した。

「逃げやがった。やつが盗んだのは重量級の爆撃機で、少佐が宿舎にしてたのは、ごく薄っぺらな現地の田舎家だったんだぜ。丘の上に一軒ぽつんと立ってる家だ――レイは、なにもかも計算してたんだ！　レイ・ダーネルは、サルが木に登るように飛行機を操縦できる腕を持ってる。飛行機を、どんなふうにだって操れるんだ。森の端に爆撃機が乗り捨てられてるのが見つかったが、それを盗んだパイロットは逃げちまってた。その同じ夜に、ダーネルは無断外出をしたまま、二度と戻らなかった。どういうことか、見当がつくよな」

ヴィッキーは、再びディック・ル・フォールの腕のタトゥーを見つめた。「つまり、飛行機を貫いている血のように真っ赤な短剣は、ダーネルのひそかな復讐計画を表してたのね」と、彼女は小さく言った。

「ああ。ダーネルはカーティスと俺に、短剣の由来だと言って、それらしく聞こえるでたらめな話をしたんだが、あとになって、いま話した事実がわかったのさ。さあ、これで全部だ」

だから、スピンは腕に彫って持ち歩いている証拠の中の、町の名と日付を消したのだ。スピンことダーネルが、自分を嫌うのも無理はない。自分が彼に疑いを抱き、自由な生活と、脱走・窃盗・殺人の罪で裁かれる運命とのあいだに立ちはだかっていることを知っていたのだ！

「本当にありがとう、ル・フォールさん。たまには、ビル・エイヴリーと私に会いに、エイヴリー空港に来ない？」

「いや、やめとくよ。ビル・エイヴリーは、トラブルを持ち込んだ人間に会いたがらないだろうからな。けど、本当に冗談だと思ってたんだって伝えてくれ。それに、俺はカナダに仕事があるから、ここには来ないよ。こっちこそ、ありがとな」

真っ赤な夕陽を浴びながら、ヴィッキーは車で家路に就いた。彼女には、血を塗りつけたような空に見えた。スピンとコーリーが結託して、ビル・エイヴリーに――そして彼女にも――敵対していることは、いまや恐ろしいほどに明らかだった。七月の暑さの中だというのに、ヴィッキーは身震いした。確かな事実を見つける必要がある――あの二人が、ビルをビジネスから追い落とそうと共謀していることを証明する、確固たる証拠をつかむのだ。裁判所が差し止め命令の決定を下すまで、まだ数日ある。

どうしても、例の暗号文を見つけなければ。

# 第十三章　ある男の嘘

ビルのオフィスの電話が鳴り、ヴィッキーは受話器に飛びついた。張りつめた空気のなか、みんなで差し止め命令の結果を待っているところだった。だが、それは、女性の声でスピン・ヴォイトにかかってきた電話だった。

「彼はいま、飛行場にはいません」と、ヴィッキーは答えた。スピンは、ダウンタウンの金物店まで出かけていたのだ。「よろしければ、なにかお伝えしましょうか？」

「ヴォイトさんが、特別配達郵便が届いたら、すぐに連絡をくれとおっしゃっていたものですから」と、女性はもったいぶった言い方をした。

「いま、ちょうど出かけているんです」と、ヴィッキーはくり返した。「伝言はありますか？」

「ええ、私、大家のキーンと申します。スピンは、私の下宿屋にお住まいでしてね」女性は咳払いをした。「たったいま、スピン宛てに特別配達郵便が届いたとお伝えください。送り主は——ちょっとメガネをかけますから、お待ちくださいね——シカゴからですね。送り主のところに〈ランド&スカイ有限会社〉と書かれています。伝えていただけます？」

「ええ、必ず！」

「えっ？　なんですって？」と、受話器の向こうから声が聞こえた。

「スピンに必ず伝えます、と言ったんです、キーンさん。……お任せください」

スピンが飛行場に戻ってくると、ヴィッキーは〈ランド&スカイ社〉という名を聞いたことがないような顔をして、メッセージを伝えた。もちろん、その会社とコーリーを結びつけて考えていることなど、おくびにも出さなかった。メカニックは、じろりとヴィッキーを見たかと思うと、なにも言わずにハンガーへ向かった。

「もし、視線で人を殺せるとしたら、スピンは、たったいま私を殺したわ!」と、ヴィッキーはビルに言った。

ビルは冷ややかに突き放した。「ここの人間が気に入らないんだったら、別に、エイヴリー空港にいてもらわなくたってかまわないんだぜ」

「だって、わからない? 〈ランド&スカイ〉がコーリーだったら、スピンとコーリーが共謀しているかもしれないってことなのよ!」スピンとダーネルのつながりについては、まだ具体的にビルに言いだせないでいた。

「いいや、わからないね」ビルは、ぶっきらぼうに言った。「君の想像力は、度を超えてるよ」

ヴィッキーは、途方に暮れてしまった。ビルのような、見る目がなく頑固で、ついつい友達を必要としてしまう人を見捨てたくはなかった。免許取得のための試験の日が近づいているいま、フライト・インストラクターを変えるのも嫌だった。近頃、ヴィッキーは毎日、練習区域でソロ飛行をしていたのだ。

このところ、練習機で陸地の上空を飛ぶ際に使う、パイロットの航空チャートの読み方を教わっていた。空を飛んでいるほかの飛行機に常に注意を払うことを、ビルから嫌というほどたたき込まれた

――ほかの飛行機は、唐突に現れて、あっという間に近づいてくる。特に、国を横断する場合、空の「悪質ドライバー」や、ぴったりくっついて飛ぼうとする、うぬぼれの強いパイロットを警戒しなければならない――そうした飛行機から十分離れた距離を保つことが大切だ。ビルとヴィッキーは、パイロットとナビゲーターをヴィッキーが務め、近場のグリーンズヴィルまで往復した。彼女がやらなければならない三時間、三〇〇マイルの横断飛行のための準備だ。最初はビルと二人だったが、そのうちに、CAAの試験に備えてソロ飛行をするようになった。そんななか、仕事のために再びレッスンを中断しなければならなくなったヴィッキーは、残念でならなかった。

仕事に出かけるため荷造りをしているとき、素晴らしいことがあった。ビルが、なにを言っているかわからないほど興奮して〈キャッスル〉にやって来たのだ。

「判事が言うには、だから――事実を考慮すると――正直言ってね、ヴィッキー、君が訪ねた人たちは、取るに足らないことをこぼしてたんだ。だから――」

「だから、なんなの?」

「いまから言うところさ! だから、低空飛行をした例の二人のパイロットは、僕の飛行場の人間じゃなかった――それに、町じゅうの住民と言ってもいいほど大勢が、僕らの嘆願書に署名してくれたからね――君の広報活動のおかげだよ、ヴィッキー! 署名しなかった人もたくさんいたとは思うんだけどさ」

「早く要点を言ってちょうだい」

「だから、判事が僕の空港に有利な裁定を下してくれたんだ。わかるかい? 差し止め命令の受理が却下されたんだよ! やったぜ!」

ヴィッキーは、安堵のため息をついた。にっこりして、ビルの肘をつついた。

「ちょっと待って」と、たしなめる。元来の楽天的な性格から、すべてがうまくいったと安心して、たかをくくるのが目に見えていたからだ。「素晴らしい知らせだけど、ほかに話すことがあるんじゃないの?」ビルのハンサムな顔が曇った。ヴィッキーは、彼を揺さぶりたい衝動に駆られた。「わかってるでしょ、コーリーのことよ」

「ああ、それか」ビルは、コーリーから、ちょっとおもしろくないことを言われたのを認めた。「コーリーさんは、僕がビジネスを続けて、彼をこけにできることになってよかったなって言うんだ。『君は、判事にひいきされていてラッキーな坊やだ』ってさ。は! 僕がひいきされてるだって! コーリーは、どんな神経をしてるんだ? えこひいきだなんて。だから、イングリッシュ判事は、えこひいきしたりしないって言ってやったんだ――コーリーも、僕も、誰のこともね。それに、僕は『坊や』なんかじゃない」

「よかったわ」ヴィッキーは、ビルに賛同した。「コーリーは、人から少しは言われたほうがいいのよ。あの偉そうな態度を許しておくのはよくないもの」

まったく、えこひいきだなんて! コーリーは、次にはビルに対する中傷攻撃を仕掛ける気なのだろうか? さらなるトラブルの予感がする――あのプロモーターは、たとえ完敗したとしても絶対に負けを認めない、強引なエゴイストだ。

「なあ、ヴィッキー」と、ビルがなだめるような口調で話しかけた。「君は怒るかもしれないんだけど――差し止め命令の要請書に、パーカーやクレインやディ・サルヴィたちと並んで、コーリーさんの署名があるのを見たんだ――裁判所の裁定が申し渡されたあとで、コーリーさんに、ちょっとだけ会ったら——」

「じゃあ、アンドリュー・コーリーも、差し止め命令を申し立てた一人だったのね」ヴィッキーは、ブロンドの髪を勢いよくかき上げた。「だと思ったわ」

「いいから、聞いてくれよ！　コーリーさんは、はからずも巻き込まれただけだって言うんだ。はからずも、だよ、わかるかい？　本当は、中立な立場だったんだ。だって、僕の勝利を、おめでとうって祝ってくれたんだからね」ビルはまだコーリーのことを、これまでと同様、敬意と信頼のこもった調子で話すのだった。このときのヴィッキーは、喜んでウィリアム・エイヴリーのはらわたを抜き出して、体を四つ裂きにしてやりたい気分だった。なんて、人を見る目がないんだろう！　ばか正直に、見たままでしか人間を判断できないお人好しだ！「コーリーさんは、仕方なく友人たちと足並みをそろえなくちゃならなかったけど、僕らの肩を持ってくれてたんだって」

「悪いけど、ビル」ヴィッキーは、どうしようもないという、あきらめにも似た気持ちになり、半ば愛想が尽きた気がした。「あと二十分で、シカゴ行きの電車に乗らなくちゃいけないの。ここで失礼するわ。ニューヨークで、あなたのためにできることをするわね。自分が正直だからって、ほかの人もみんなそうだと思っちゃだめよ」

「僕のために、君がなにをしなくちゃならないっていうんだい？　しかも、ニューヨークで。僕なら、だいじょうぶ」ビルは陽気に言った。「もう、なにも心配は要らないさ」

「それはどうかしら」と、ヴィッキーは小声でつぶやき、シカゴで待っている自分の仕事に向かったのだった。

八月の暑さの中でも、仕事は順調にこなせたが、きわめて平平凡凡とした時間だった。小型機の操縦を習うスリルと比べると、民間旅客機に乗るのは、退屈な感じがする。そして、ヴィッキーはシカゴからニューヨークへ飛び、その後の数日間は、ニューヨーク発の便に乗務した。かなりの量の仕事をこなしたため、チーフ・スチュワーデスのルース・ベンソンは、ヴィッキーを交代要員に回してくれた。そして、ニューヨークでの休暇一日目に、事態は動きはじめたのだった。

若き新聞記者のピート・カーモディが電話をしてきて、ステーキと、新聞関係者が常連になっていることで有名なレストランに、ランチに連れていってくれた。派手な服を着てニヤニヤしているにもかかわらず、レストランの誰もがピートに敬意のこもった挨拶をすることに、ヴィッキーは気がついた。彼は、とりわけヴィッキーに、そのおどけたにやけ笑いを向けていた。

「僕がまだ、君にぞっこんだってことは、もちろん知ってるよね。そのパッチリした大きな瞳と、美しい黄色の髪に」

「ジーン・コックスにぞっこんだと思ってたけど」と、ヴィッキーは、からかい返した。

「ああ、ジーンもさ。みんなにぞっこんなんだ。僕は、民主主義者だからね」

「ピート、ちょっと真面目に話しましょうよ。あなたの記事になりそうな話があるの。もちろん、航空に関することで――」

ピートは、興味深げに視線を上げた。「なにがあった？　ジョーク抜きで聞こうじゃないか」

ヴィッキーは、一週間じっくり考えた成果を話した。「アンドリュー・コーリーのことよ。大物のコーリーは、知ってるでしょ？　この話、あなたのスクープになるかもしれないと思うわ」

「スクープは大歓迎だけどさ。コーリーだって？　冗談だろ」

「冗談なんかじゃないわ。実は、あなたに協力してほしいことがあるのよ。聞いて、あのね――」

チョコレート・アイスクリームを食べながら、ヴィッキーはピート・カーモディに、新たに浮上した疑惑と自分の計画のあらましを語った。ピートは、ちらっと腕時計に目をやった。電話室に行って戻ってくると、彼女の計画を翌日の午後二時に実行に移せることになったと告げた。「君のことは――なんて言おうか？　記者見習いかな。じゃないと、君には、その場にいて極秘情報を聞く権利がないことになってしまうからね」

「うーん。嘘をつくのは気が進まないわね。これが、私の初インタビューだって言いましょうよ――少なくとも、それは本当ですもの。それに、約束するわ、ピート。そこで聞いたことは、絶対に口外しない」

翌朝、ヴィッキーは二通の手紙を受け取った。彼女が二週間近くフェアヴューを離れているあいだに、さらなる企《たくら》みが進行していたのだった。まず、いつものように彼女は、母の元気のいい文字で書かれた手紙を開封した。ウイングスカウトの荷物が届き、フライト・マニュアル、憲章、新しくウイングスカウトを始めるためのインフォメーションが入っていたという知らせを読み進めた。ジニーと七人の少女たちは、ヴィッキーが開始してくれるのを、首を長くして待っているらしい――すると、そのあとに、こんなことが書かれていた。

「私の周りの人はみんな、アンドリュー・コーリーの心変わりに、いくぶん驚いています。彼は、例の傲慢な態度を少し和らげて、いま小さなビジネスをしきりに求めています。お父さんが言うには、〈コーリー・フィールド〉は、建物や設備、人件費などで、大きな借金を背負ったのだろうとのことです。それに、いまだに正式には全時間操業をしていないのです。お父さんは、ほかにもいろいろ言っていましたが、専門的な経済の話は、私にはよくわかりません。具体的に言うと、コーリー氏は、地元の中小企業の人や農家の人たちを〈コーリー・フィールド〉に招待して、より安い、魅力的な料金を提示しているようです。あなたが、このニュースに興味を持つのではないかと思ったので」

悪い知らせだ――ビルにとっては。簡単に言えば、コーリーは、ビルの顧客を奪い取ろうとしていることになる。ビルが扱っているのは小さなビジネスだけなのだから、エイヴリー空港は存続できなくなってしまうかもしれない。これで、はっきりした。もともとコーリーは、ビルの低価格のサービスや貨物輸送、より速い不定期便、停留無料といったものに反対していた――いかにも父親面をして！――が、それだけでなく、本当は強く憤っていたのだ。なぜか？　彼自身の飛行場がいくら大きくて豪華とはいえ、ビルの手法によって、少なからずビジネスに打撃を被るからにちがいない。だが、今回のコーリーの動きで、ヴィッキーの新たな疑惑は強まったと言っていい。ピートの助けを借りて、それを証明しよう――いや、きっと決着をつけてみせる。

母の手紙の最後に、ジニーが鉛筆で走り書きした追伸があった。母に読まれないよう、大急ぎで付け加えたもののようだった。

「例の暗号文は、ヴィッキーの青いスラックスのポケットに入っていました。クローゼットの奥の、ママが欲しがっている衣装袋《ガーメントバッグ》の下に埋もれてたの。メモは、私のポケットに入れて、昼も夜もちゃんと保管してあります――私がずっと手を当てて守ってるから、安心して。パパは、小さなビジネスがあってもなくても、コーリーさんは、あの〈トランス・アメリカ航空〉との契約にすべてを賭けているんだって言ってます。愛をこめて、Ｇより」

ヴィッキーは、頼りになる妹のありがたさに、ほっと息をついた。続いて、ビルの手紙を開いて読んだ、というより、判読した。

「〈口やかまし屋さん〉へ――君がいなくて寂しいよ。コーリーさんは、突然、僕と全面的に競合しはじめた。僕の料金より下げることまでするんで、まいってる。本人は、みんなから価格が高すぎるといって盗っ人呼ばわりされるから、それに対応したんだって言うんだ。でも、コーリーの飛行場は、僕のところよりずっと諸経費がかかるんだから、それはおかしいと思う。ハンガー一棟と、たった一人のメカニックしか持たないからこその僕の低価格に、どうやったら太刀打ちできるんだろう？　パイロットだって、僕だけだから可能なのに。君に教えてもらいたいよ、ヴィッキー。昨日、マクドナルドさんが来て、心配するなと言われた。CAAの規定と運賃規定があるから、コーリーさんは適正価格を守らなくちゃいけないんだそうだ。どうやら、CAAはコーリーさんに、なんらかの制限を与えるつもりらしい。CAAは独占を支持しないんだとも言ってた」

マクドナルドとCAAがフェアヴューできちんと仕事をしてくれていることに、ヴィッキーは意を強くした。自分はここニューヨークで、計画を遂行してビルの助けになろう。

午後二時、ヴィッキーとピート・カーモディは、ベイトソン氏へのインタビューを開始した。ベイトソンは、物静かな白髪の、ざっくばらんな男性で、〈トランス・アメリカ航空〉の広報部長だった。靄《もや》のかかったニューヨークの市街地と川が織り成す青い景観を見晴らせる、摩天楼の最上階にある彼のオフィスには、飛行機やパイロットの写真がたくさん飾られていた。彼は、ピートに対するのと同じように、ヴィッキーの言葉にも真剣に耳を傾けてくれたが、話の大半はピートが進めてくれたので助かった。新聞記者はやはり、ときに探りを入れるような、こうした質疑応答のスキルに長けているし、ピートは、ベイトソンとも旧知の仲だったからだ。

「〈トランス・アメリカ航空〉が、長距離旅客機のルートを、混雑したシカゴの空港からフェアヴューの〈コーリー・フィールド〉に移そうという計画を立てたのは、周知の事実だと思うのですが、それに間違いはないですか、ベイトソンさん？」

「ああ、そのとおりだよ、ピート」

「いまでも、そうですか？」

航空会社の役員の顔に、困惑の色が浮かんだ。「ああ――いや。いまは、ちがう。われわれは、〈コーリー・フィールド〉は使わないつもりだ。どこで知ったんだね？」

「彼女から聞いたんです――実は、ミス・バーはフェアヴューに住んでいて、飛行機の操縦もするうえに、観察眼の鋭い女性でしてね。あれこれ考え合わせて結論を引き出すのが得意なんですよ」

ベイトソンは、若者のようにニカッと笑った。「で、あれこれ考えたら、ビッグニュースに行き当たったというわけだね、ミス・バー。これは、すごい特ダネだが、まだ世間に公表はできんのだ。もうしばらくはな。くれぐれも内密に頼むよ」うなずいたピートが、メモに「公表不可」と書いてアンダーラインを引くのを見ながら、ヴィッキーは、コーリーが自慢にしていた契約が、実は結ばれていなかった事実にショックを受けていた――コーリーの飛行場を、大手航空会社は使わないのだ。彼は、この契約に空港の運命を賭けていたのに！

「お訊きしてもいいですか、ベイトソンさん？」と、彼女は口を開いた。「ご存知かと思いますが、コーリーさんは、フェアヴューの人たちに、〈トランス・アメリカ〉と契約を結んだと発表したんです」だからこそ、みんな彼に投資したのだ、と、心の中でつぶやいた。

「コーリーは、そんなことを言うべきじゃなかった。われわれは、仮の口約束をしていたにすぎなかったんだ。けっして正式な契約は交わしていない」ベイトソンは顔をしかめた。「アンドリュー・コーリーを悪く言いたくはない。彼は、並々ならぬエネルギーの持ち主だ。大きなプロジェクトを遂行し、障害をブルドーザーのようになぎ倒して進む。ああいう男にとっては、口約束か正式な契約かなんてことは、取るに足らんのだろう。なんといっても、熱意と自信に満ちあふれた人物だからね。おそらく、われわれが、きちんとした正式契約を結ぶものと確信していたのだろうな」

「でも、あなたがたは、コーリー氏と契約を結ぶつもりはない」と、ピートが口を挟んだ。「理由を教えていただけますか?」

「単純な理由だ。コーリーの滑走路は、われわれの大型機が安全に離着陸するには短すぎるんだよ。彼は、もっと土地を手に入れて、滑走路を四五〇〇フィートまで伸ばすと確約したんだが、そうはならなかった——少なくとも、いまのところはな。三〇〇〇フィートの滑走路さえできていないんだ。彼がするのは、口約束ばかりだ——時間稼ぎだよ」ベイトソンは肩をすくめた。

ピートが尋ねた。「〈トランス・アメリカ〉は、〈コーリー・フィールド〉に関して、どうするおつもりですか?」

「われわれは、アンドリュー・コーリーを無期限に待つことはできん。いつになったら拡張地が手に入るのかと、プレッシャーをかけた。うちの社長は、コーリーに、いまから一カ月後の九月十五日までに、舗装した滑走路でなくてもかまわんから、せめて必要な土地だけでも見せてくれないなら、よそに話を持っていかざるを得ないと伝えたんだ」

「コーリーさんがそのことを知ったのは、いつですか?」と、ヴィッキーは尋ねた。

「そうだな——あれは——確か、ひと月くらい前だろう。七月の初めか中頃だったと思う」

ヴィッキーは、急いで思い返した。ちょうど、コーリーが彼女の乗務する機に乗客として乗って、ニューヨークからシカゴへ飛んだ時期だ。あのとき、彼はとても張りつめて動揺していた――あれは、このせいだったのか！〈トランス・アメリカ〉から、もっと土地を手に入れなければ、最大のチャンスを逃すことになると警告されたときだったのだ！　そう、ビルの土地を！　その直後、ビルを追い落とすための差し止め命令の件が起きた。これで、はっきりした！……コーリーがビルにしていたアドバイス――そんなに低価格にするのはよくない――破格の値段で買うから土地を売れ――〈コーリー・フィールド〉でパイロットをやらないか――の数々も、ビルが無能な坊やで、自分は賢い大人の後援者のように振る舞っていたのも、すべてこのためだったのだ。なんという偽善者だろう！

ヴィッキーは、ふと疑問に思った。「ベイトソンさん、そもそも彼は、なぜ、制限のある土地を空港に選んだのでしょう？　コーリーさんは、空港に関して豊富な経験のある方です。空港には、何年にもわたる長期計画と、拡張していける土地が必要だということは、わかっていたはずですが」

「いい質問だね。私も、アンドリュー・コーリーに同じことを訊いてみたよ。彼は、あの場所が唯一の手頃な土地で、しかもフェアヴューの住民にとって安全な場所だと思ったようだ」確かにそうだ、とヴィッキーは思った。「それに、さっきも言ったとおり、コーリーは障害を気にしない人間だ。あの男の、過去の成功を考えてみたまえ！　自分の望むことを、やる気だけで達成することに慣れてしまっているんだ。隣接する土地が買えるかどうかという心配もしていなければ、誰かに行く手を阻まれるなどとは夢にも思っていなかったんだろう」

ピートとヴィッキーは、視線を交わした。つまり、コーリーは、もともと悪党だったわけではなかった――きちんとした事実を言わずに見切り発車して、にっちもさっちもいかなくなり、ついには不正をはたらくところまで追い込まれたのだ。

だからといって、コーリーがビルを破滅させていいということには断じてならない！　そんなのは、ギャングのやり口だ。虚偽の言葉とありもしない約束で、フェアヴューの投資家たちに資金をねだる理由にだってならない！　スピンがメカニックとしてエイヴリー空港に雇われて以来、ビルを悩ますようになったトラブルのことを思った。コーリーがスピンを雇ったのだろうか――なんのために？

コーリーは、スピンことダーネルの暗い過去を、どれだけ知っているのだろう？　ヴィッキーは、恐怖と憤りをのみ込んだ。脇へそれずに、本題に集中しなければ。〈トランス・アメリカ〉の役員の話を聞ける機会は、二度とないかもしれないのだ。ビルの助けになりたければ、理性的になって、明瞭に考える必要がある。

「ベイトソンさん、もう一つお訊きしたいのですが」ヴィッキーは、頑張って質問を続けた。「〈ランド&スカイ社〉という企業について、ご存知ですか？　J・R・スミッソンという役員の名で登記されていると思うのですが」

〈トランス・アメリカ〉の役員の眉がつり上がった。

「君は、本当に鋭い人だな！　いったい、どこで彼らのことを知ったんだ？」

「ええと――その――たまたま掘り当てたんです」

ベイトソンは彼女の答えに笑ったが、ピートは真顔のままだった。

「〈ランド&スカイ〉に関しては、たいして話せることはないんだよ」と、ベイトソンはヴィッキーに言った。「彼らは、ジェラルド・フッドという男をよこした――だが、その人物について、よくは知らん。J・R・スミッソンの代理人だと言うんだが、どちらも初めて耳にする名前だった」

ジェラルド・フッドとJ・R・スミッソンは同一人物ではないかと、ピートが指摘した。

「いや、ちがうと思うよ、ピート。商事改善協会を通じてフッドの身元を調べたら、確かにフリーランスの業務代行のようなことをしているらしい。ここニューヨークに小さなオフィスを構えていてね。手数料方式で仕事を請け負っているんだ。まあ、その日暮らしのささやかな経営だな」

「評判はいいんですか？」と、ヴィッキーはつぶやくように言った。

「ああ、まずまずだ。たぶん、彼の仕事にこだわる必要はないだろう。フッドのことは気にしなくていい。彼は、雇われた仲介人で、ただの使いのようなものだと思う。フッドは、言われたことをしただけで、多くを知らされてはいないはずだよ」

ヴィッキーは、椅子の上で少し体の緊張をほぐし、ジェラルド・フッドに関するベイトソンの言葉を素直に受け入れた。フッドが、J・R・スミッソンから〈トランス・アメリカ〉にもたらした伝言こそが、重要なのだ。

「ジェラルド・フッドがわが社を訪れたのは、二、三週間前だった」――ビルが、差し止め命令によって事業からの撤退の危機にさらされたころだ、とヴィッキーは思った――「われわれに、〈コーリー・フィールド〉と、隣接する未開発の広大な飛行場を売りたいという打診だった。確か、エイヴリー空港と言ったかな。両方の飛行場を買えば、われわれは十分な、というより、実際には相当長い滑走路を確保できる」

「でも――でも――どうして、彼にそんなことができるんです？　なんの権利もないじゃないですか――！」ヴィッキーは、必死に冷静さを取り戻そうとした。「ベイトソンさん、私はエイヴリー空港の所有者であるウィリアム・エイヴリーを知っていますが、彼は絶対に空港を売りに出したりはしていません！」

航空会社の役員は椅子に寄りかかり、背丈の高い窓の外を、しばし見つめた。ヴィッキーは、気分が悪くなった。そのフッドという男は、誰なのだろう？　彼を雇ったという、内密にビルの飛行場の売却を打診した〈ランド&スカイ社〉のスミッソンという人物は、何者なのだ？　なんの権限もないくせに！　ずっと、コーリーが〈ランド&スカイ〉とつながりがあるのではないかと疑ってきたが、いまのところ確たる証拠はない。フッドとスミッソンがどんな人間であるにしろ、エイヴリー空港が売りに出ていないのは承知のはずだし、そんなのは、調べればすぐにわかることだ。あるいは、彼らはただの詐欺師なのか。もう一つ考えられる――考えるのも嫌だが――のは、コーリーがスミッソンとつながっていて、「差し止め命令でビルをビジネスから追いやるから、エイヴリー空港を〈トランス・アメリカ〉に割のいい値段で売ろうじゃないか」と持ちかけたケースだ。〈コーリー・フィールド〉も売りたいというのは、合点がいく。コーリーは、赤字を抱える自分の飛行場を喜んで手放したいだろう。彼なら、〈トランス・アメリカ〉が二つの空港を合併させようという動きを少しでも見せたなら、売りに出されていようといまいと関係なく、赤字分を回収するために、どんな汚い手を使ってきてもおかしくない。

「なるほど、そうか」と、ベイトソンがつぶやいた。「あまり愉快な話ではないな。やはり、フッドを追い払って正解だったよ、ミス・バー。どうも信用ならない気がしたんだ。〈トランス・アメリカ〉は、あくまで航空会社であって、飛行場を買ったり運営したりはしないという点に、彼は気づいていなかったようだ」

ヴィッキーは、ほっとため息を漏らし、ピートは、取材ノートに猛スピードで走り書きをした。

「〈ランド&スカイ社〉については、どうなんですか？」

「それが、知らんのだ、ピート。フッドは〈ランド&スカイ〉の代理人だと名乗っていたが、そんな名の企業はこれまで聞いたことがない――しかも、その後も一向に聞かんのだ。妙なんだよ。私がフッドの申し出を断ったあと、彼は姿を消し、フッドからも〈ランド&スカイ〉やスミッソンからも、まったく音沙汰がない。そんなのは、ビジネスの鉄則から外れている。実際、彼らの名前を誰も知らんのだ。〈ランド&スカイ〉が何者かはわからんが、もう消えてしまったのかもしれんな」

それはどうだろう、とヴィッキーは思った。スピンが〈ランド&スカイ〉から特別配達郵便を受け取ったのは、わずか一週間前のことだったではないか？　スピンと〈ランド&スカイ〉……スピンとコーリー……コーリーと〈ランド&スカイ〉。この三者は、どう関わっているのだろうか？　例えば、こういう推理はどうだろう？　コーリーは、ビルのビジネスをつぶして自分のものにするために、ひそかにスピンをビルの飛行場に送り込んだ……〈ランド&スカイ〉は、まるで自分たちがビルの土地を所有しているかのように、彼のビジネスを売却しようとした……コーリーも〈ランド&スカイ〉も、ビルの土地を狙っている。となると、コーリーと〈ランド&スカイ〉は同じではないか！　J・R・スミッソンの正体はまだわからないが、とりあえず、それは二の次だ。とにかく、〈ランド&スカイ社〉宛ての封筒を飛行機で落としたのは、コーリーにちがいない――ほかに誰がいるだろう！　推して知るべしだ。スピンの力を借りて、コーリーがビルを追い落とそうと躍起になっていることは、いまや疑いの余地がない。思考の外から、ピートが〈トランス・アメリカ〉の役員に抗議しているのが聞こえてきた。

「でも、これは重大なニュースですよ。あなたもいま、活字にしてもいい段階だとおっしゃったじゃないですか。なぜ、うちの新聞が掲載してはいけないんですか？」

「ピート、君のところが掲載してはいけないとは言っていないよ。慎重に、じっくりと様子をうかがって、名誉棄損で訴えられないよう注意したほうがいいと言ってるんだ。自然に解決するかもしれないスキャンダルを本当に公表したいかどうか、編集長に訊いてみたまえ」

「コーリーのしたことが、なかったことになるとでも言うんですか?」と、ヴィッキーは、憤然として質問した。

ベイトソンは、うすら笑いを浮かべた。「コーリーのように権力を持った人間が無罪放免になるのは、よくあることだ。けっして、彼を弁護しているんではないよ。ただ、コーリー自身はもちろん、彼の飛行場についても、評判を落とす行為は慎んだほうがいい。故郷の大勢の住民が〈コーリー・フィールド〉に蓄えを投資していることを、忘れてはいけないな。航空業界全体の評判を傷つけることもしたくない。アンドリュー・コーリーを従わせるには、もっと穏やかな方法がいくらでもあるはずだよ、ミス・バー」

もっと不確実な方法ってことじゃないの、とヴィッキーは不安な思いに駆られた。アンドリュー・コーリーと、スピンことダーネルは、罪をまんまと逃れて、なおもビルをたたきのめそうとしてくるかもしれない。

ヴィッキーが聞いているそばでピートが相談した新聞社の編集長も、ベイトソンと同じことをくり返した。フェルナンデス氏は、くたびれた容貌で、キャリアの長い百戦錬磨の編集者だが、公正な男だった。彼は、よその町の新聞が彼らのネタに飛びつき、あっという間にスキャンダルは国じゅうに広まるだろうと指摘した。

「事を急いではだめだ、ピート。こうしようじゃないか。君もだよ、ミス・バー。コーリーに長距離電話をかけよう。彼に関するネタを持っていることを告げて、向こうがなんと申し開きするかを見るんだ。いいか？　文句はないな？」

ピートは受話器を取り上げて、フェアヴューに電話をかけた。ヴィッキーは、緊張して待った。ジョン・フェルナンデスが別の二つの電話をフェアヴューにつながるよう操作して、一つをヴィッキーに渡してくれ、二人ともピートの会話に耳を傾けていた。

電話の向こうで、コーリーが烈火のごとく怒りだしてしまい、ピートはなかなか質問をすることができなかった。コーリーは、声を荒らげた。

「どういうつもりだ、若造――人の内密なビジネスの問題を勝手に嗅ぎまわるとは！　訴えてやる！　おまえとおまえのとこの新聞社を、この件で訴えてやるからな！」

「申し訳ありませんが、一般市民が関心を持つ事柄ですので、この話の是非をお伺いしたいのです」

ピートは、警告するような口調で言った。「われわれが記事にする前に」

「記事なんかにはさせんぞ！　そんな誹謗《ひぼう》中傷は、断じて認めん！　その話はボツにするんだ！　わかったか？　これは、命令だ――」

「すると、否定なさるんですね、コーリーさん？」

受話器の向こう側が一瞬、静寂に包まれ、電気的な雑音だけが響いた。再び聞こえたコーリーの声は、低く震えていた。「せっつくんじゃない。現時点で、なにも言うことはないんだ」

「では、〈トランス・アメリカ〉の供述を否定なさるということで、いいんですね？」ピートが冷静にくり返した。

「私は、肯定も否定もせん！」と怒鳴ったかと思うと、コーリーはまた黙り込んだ。「ベイトソン氏が言った中には、本当のことも含まれている点は否定しない。だが事実は、おまえらが考えているのとはちがう。おまえらは誤解している！　誤った見方で、私を悪者にしているんだ！」

会話を聞いていたフェルナンデスが、手で合図し、ピートはうなずいた。「コーリーさん、お電話を差し上げたのは、あなたの側の話をお訊きしたかったからです。公平に判断したいですからね。公表することについては、どうお考えですか？」

「いまは、だめだ！　公表してはならん！　そんなことをしたら、私が――私の空港と、投資してくれた人々が破滅してしまう！」コーリーは、懇願しはじめた。「その話に真実があることは認めるし、可能になったら、すぐにでも、私か弁護士がすべてを明かすと約束する。だが、頼むから公平な目で見てくれ！　流動的で微妙な状況のときに、私が見出しにのるようなことはしないでほしい！　問題を解決するチャンスを与えてくれ――飛行場を売却するか、事業を増やすかして、損失を取り戻せる見込みはまだあるんだ。しかしそれも、君たちが、私と投資してくれた人たちを危険にさらすようなまねをしないでくれたらの話だ！　私は負けたわけではない。本当なんだ！」

編集長が、ピートの電話のスイッチを切り、自分のを入れて話しだした。「いいでしょう、コーリーさん。私は、地方記事編集長のジョン・フェルナンデスです。状況があいまいなうちは、あなたのプライバシーを尊重します。早計に記事にすることはしたくありません。……ええ、はい、努力する機会を差し上げますよ。……わかりました。この件については、またお話ししましょう。では、失礼します」

ヴィッキーの頭の中では、状況は少しもあいまいなどではなかった。それでも、新聞社の決定と、航空会社に課せられた守秘義務に従うよりほかはない。またもやコーリーは、自分の要求を勝ち取ったのだった。

二日後の朝、ヴィッキーはフェアヴューに戻った。家族から最初に聞かされたのは、〈コーリー・フィールド〉の完全操業が、その日の午後、正式にオープンするという知らせだった。コーリーが突然、発表したのだそうだ。飛行場には色とりどりの旗がはためき、耳を澄ませば、遥か遠くで演奏しているブラスバンドの音色が、ヴィッキーの耳にも微かに聞こえた。コーリーは華やかな催しを開くと公言し、フェアヴューの四万人の市民と、周辺の町の住民を招待していた。誰もが参加できるよう、午後、店はどこも閉められた。

ビルから電話がかかってきた。式典の舞台上に彼の席を用意するとコーリーが約束してくれたので、行くつもりだという。コーリーはとても愛想よく、ヴィッキーも一緒にどうぞ、と言ったらしい。

ヴィッキーは、招待を断った。コーリーがなぜ、急いで空港をオープンさせ、そんなに大げさに誇示しようとするのか、彼女には、わかりすぎるくらいわかっていたからだ。アンドリュー・コーリーは、真実を隠蔽《いんぺい》するつもりなのだ。はったりと嘘以外のなにものでもない。彼のごまかし行為に拍手喝采するなんて、まっぴらだった。

両親とジニーが、三人とも着飾って大々的なオープニングに出かけると、ヴィッキーは、紙と鉛筆、それに暗号の書かれたメモを取り出した。誰もいない〈キャッスル〉は静かだった。犬のフレックルズも、テラスでうとうとしている。絶好のチャンスだった。いまこそ、このわけのわからない、タイプされた暗号文を解き明かすときだ。

YENOM EROME SUDLU OCGNI YRTPE EKLLI WYAWE HTNIS ILRIG NOOSE CNAHC ONXXX。

並んだ文字をじっと見つめ、YENOMを逆さにすると、〈money〉という言葉になったことを思い出した。そこで、すべての単語を逆さに引っくり返してみた。忍耐強く、次のような文字を書き出した。

MONEY EMORE ULDUS INGCO EPTRY ILLKE EWAYW SINTH GIRLI ESOON CHANC XXXNO。

ヴィッキーは、目が痛くなるまで、文字の羅列に一心に目を凝らした。あちらこちらに、言葉が浮き出して見える気がする――GIRL、CHANCE、NO――それとも、ただの気のせいだろうか？ ひょっとして、外国語なのか？ 遠くから聞こえるブラスバンドの演奏が頭に張りついて、集中できない。別の角度から考えてみよう――もっと簡単なことから。

彼女は、メモをじっくりと見て、タイプの印字の特徴を調べた。Lという文字の下側の線が消え、Sが途切れている。

この暗号文が打たれたタイプライターを見つけられれば、暗号を書いた人物にたどり着けるかもしれない。

コーリーが不正行為から逃れるのを阻止する方法――ビルの飛行場を守る方法――は、コーリーに関する真実を証明すること以外にない。自分が求めている証拠は、いまこの手に持っている暗号文の中にあると、ヴィッキーは確信していた。

# 第十四章　覆面パイロット

ここ数日、ビルの顔を見るたびに、ヴィッキーは、コーリーが〈トランス・アメリカ航空〉との契約について嘘をついていることを教えたい衝動に駆られた。九月十五日までは、まだコーリーには〈トランス・アメリカ〉のために余分な土地を手に入れる期日が残されているわけで、簡単にあきらめるとは思えなかった。たとえ一つの道が閉ざされても、コーリーのように思い込んだらあとに引かない男は、きっと別の道を見つけるにちがいない。「ああ、ビル、あなたに本当のことを伝えられたなら！」と、ヴィッキーは思った。が、それはできない。約束は守らなければ。せいぜいできることといえば、ヒントや警告をそれとなくほのめかすことくらいだったが、相変わらずビルは注意力散漫で、聞いてはいなかった。

スピンと彼女の緊張関係はますます高まり、耐えられないものになっていた。ヴィッキーは毎日エイヴリー空港に足を運んで、八月後半のどんよりした、雲が低く垂れ込めた空を飛んでいた。遠くで積乱雲が発達するのが見えても（ビルがそばにいて、止めないときには）、九月一日のフライト・テストに備えるため、上空に飛び立った。すでに、全国横断飛行の資格を得るための予備テストは受けていた。教官のビルを乗せて、自分のホーム・フィールドと、ＣＡＡから指定された別の二つの空港を結ぶ大きな三角形を飛ぶ、長距離フライトだ。ビルが、〈コーリー・フィールド〉のど派手なオープニング・イベントのことばかりしゃべりまくるので、フライトはちっとも楽しくなく、ヴィッキーは憂うつな気分を抱えて黙っていた。操縦のほうは順調にいき、自分でフライトプランを立てて、そのとおりの航路を飛ぶ課題に関しても、まずまずの出来栄えだった。ホームに着陸すると、ビルが褒めてくれた。だが、スピンは、いつものとおり冷淡で嫌みな態度を崩さなかった。

ヴィッキーが使う練習機を毎朝、ハンガーからメイン滑走路まで引っ張っていかなければならないことに、スピンは腹を立てていた。もともとスピンの仕事の一部なので、ビルは「スピンが君の面倒を見てくれるからね」と陽気に言って、すたすたといなくなってしまうのだった。ヴィッキーが、自分で綿密に点検し終わるまでは飛び立たないばかりか、ハンガーから飛行機を出そうとさえしないことも、スピンを激怒させた。まず、エンジンカバーを外して、カブのエンジンをチェックする。一度やり方を覚えてしまえば、機械というのは、それほど扱いの難しいものではなく、きわめて論理的、合理的に動く。それを感じ取ればいいのだ。次に、コックピットの操縦装置を点検し、それから機体の周りを歩きながら、制御装置の部品、タイヤ、布、尾輪を確認する。どれも通常のライン点検の範囲だ。

スピンは、ぶつぶつとこぼした。「ったく、女ってやつは、なんだってそんなに小うるさいんだろうな！」

「私は、小うるさくなんかないわ。常識に従ってるだけよ。墜落したくないもの」

「わかったから、急げよ。あんたのためにこいつを引っ張っていく以外にも、俺にはやることがあるし、今日は行かなきゃならないところだってあるんだからな」

「どこに行くの、スピン?」ヴィッキーは、さりげなく訊いてみた。が、彼は答えなかった。機体の状態には満足したが、スピンは、ひと筋縄ではいかない。とはいえ、わざわざそれ以上怒らせるのは、やめておいた。首筋に当たる熱い空気と同じくらい、自分に対するスピンの憎悪が、ひしひしと感じられたからだ。

少なくともフライトについては、うまくいっていた。仕事があるので自由な時間は制限されたが、横断ソロ飛行を予定より早めてもいいだろうと、ビルが承諾してくれた。もう十分に、その力はついている。晴れて焼けるように暑いある朝、ヴィッキーは夜明けとともに起き出した。母も、ランチを用意すると言って一緒に起床した。やがて、父とジニーがあくびをしながら、見送りに起きてきた。

「ねえ、知ってた？」と、ジニーは明るい声で言った。「上空一万フィートを飛んでるパイロットは、地上の人より十分早く日の出が見られるんですって」

「おいおい、おまえは見ないぞ！」と、バー教授が言った。「家族に一人パイロットがいるだけでも、こっちはハラハラなんだ」

「もうハラハラしないわ」と、母が言った。「車の運転に比べればね。ハムサンドに、マヨネーズかマスタードはつける？」

「ああヴィク、私も連れてってくれない？　ねえ、お願い。いいでしょう？」ジニーが、せがんだ。

ヴィッキーは、節をつけるような軽やかな調子で言った。「できるならしてあげるけど、できないのよ」内心では、実はその口調ほどのどかな気分だったわけではない。「ジニー、私は、まだ訓練パイロットよ。あなたを乗せるには、少なくとも自家用機パイロットの免許を持っていなくちゃ。じゃないと、あなたは積み荷ってことになってしまうわ。でも、免許を取ったらすぐにでも――」

「私は、絶対に許さんぞ――」と、父が眠そうに口を挟んだ。「とても耐えられたもんじゃない――」

ほかの二人は思わずクスクス笑いだし、ヴィッキーはその隙に、さっと玄関を出て出発した。

横断ソロ飛行は、大きな三角形を飛ぶ長距離フライトだった。ホームの飛行場と、州を横断した地点にあるディアパーク空港と、グリーンズヴィル空港の三カ所を結ぶ三角形だ。ヴィッキーは、勇気を奮い立たせた。こんなに長い距離を一人で操縦するのは、初めてだった。フライトは、素晴らしかった。自分のチャートに記された目標物（そして、ビルとこのルートを飛んだときに見た目印）を上空から探すのは、ゲームをしているような気分になる。ただ、ほかの飛行機に常に注意を払うのは、気疲れする作業だった。小型機の場合、ペダルも操縦かんも、繊細なタッチでそっと操作することが要求される。機体は二十分近く、きっかり一五〇〇フィートの位置を保っていた。けれども、見知らぬ空港にたった一人で着陸して離陸するのは、ホームでやるのとはかなりちがうということを、ヴィッキーはあらためて実感した。グリーンズヴィル空港に着陸して再び離陸するのは、簡単だった。以前、ビルと一緒に一度だけ着陸したことのあるディアパーク空港にも、上空に舞い降りるまでは難なくできたのだが、初めての場所のトラフィックパターンにうまく入り込むには、正確で素早い思考力が必要だった。その空港で少し休憩を取り、オーナーに挨拶に行った——飛行家の習いだ。そして、正午に再び飛び立った。真っ昼間にもかかわらず、上空は穏やかで、時速一二マイルの風が吹いていた。見下ろすと、緑の森が、日照りのせいで錆《さ》び色に変色しつつあるのが目に入った。一度、目印にする地上の交差点を間違えてしまい、どこにいるのかわからなくなりそうになったが、ビルの標識のおかげで、無事に航路に戻ることができたのだった。次の瞬間、地平線上にグリーンズヴィル空港が姿を現した。

着陸のため進入したヴィッキーの目に、午後の陽ざしが射し込んだため、最初、そこにいた二人の男が誰なのかわからなかった。が、よく見ると、アンドリュー・コーリーとスピン・ヴォイトではないか！　プロモーターとメカニックは、口論しているように見えた。スピンの顔が怒りで真っ白になっていた。なにやら盛んにまくしたてている。ヴィッキーが飛行機から降りたとき、ちょうどコーリーは、しぶしぶスピンに紙切れを手渡しているところだった。空港のオーナーに挨拶しようとオフィス小屋のほうへ歩いていくと、コーリーとスピンが彼女に気づいた。

彼らの視界から消えたくて、ヴィッキーは足を速めた。横を通り過ぎる際の二人の表情が、彼女を震え上がらせた。後ろから追ってきているだろうか？　息もつかずに、以前、ディック・ル・フォールと話をした小屋の中に飛び込んだ。デスクに座っていたジョージ・ブラウンが、驚いて目を上げた。

「どうしたんだね、ミス・バー？　具合でも悪いのかい？」

ヴィッキーは、こわごわ振り向いた。飛行場に面して開いたドアから、コーリーの自家用機が離陸のために誘導滑走に入っているのが見えた。そして、ビルの黄色い車の聞き慣れたうるさいエンジン音がした。ということは、二人はここに別々にやって来たことになる――つまり、ほかの人に知られないようにということだ。しかも、二人とも明らかに、慌ててこの場を立ち去ろうとしている！

ヴィッキーは、二人が急いで出ていこうとしていることを、やや冗談交じりにジョージ・ブラウンに告げた。「あの人たち、ここにはよく来るんですか？」

「メカニックのほうは、ここじゃ見かけないよ。顔は知ってるがね。ビル・エイヴリーのとこで働いてるやつだろ。ここには、来たことがないんじゃないかな」

「一度もですか？　それとも、めったに来ないってことかしら？」

「そうだなあ」年老いた飛行士は、なめし革のような顔に皺を寄せて考え込んだ。「確かに一度、二人が一緒にいるのを見かけて『おや、珍しい組み合わせだな！』って思ったことがあったな。だが、コーリーさんが俺に新しいビジネスを持ちかけてくれてからは、来てないはずだ。ちょうどそのころ、ビルがその腕のいいメカニックを雇ったって耳にしたんだった」

「へえ、そうなんですか――」ヴィッキーは、興味のないふりをした。「J・R・スミッソンさんて知ってます？　知らない？　いえ、別になんでもないんです――それはそうと、ブラウンさん、私、実は今日、横断ソロ飛行をしてるんですよ！」

「そりゃ、よかったな。あんたが今朝、着陸して離陸するのを見たが、今日がそんな大事な日だとは知らなかった。このあとも頑張りな！」

素朴で、詮索する気などまったくない、お人好しな人なのだ、とヴィッキーは思った。自分の飛行機のかたわらに立ち、これまでに知ったことと、たったいま思いがけず発見した事実をつなげようと頭をフル回転させた。コーリーとスピンは、前に一度、ここで会っていたことがある――しかも二人は、偶然出くわしたとは思えない。なぜならスピンには、ここに来る用事はないはずだから。彼らは、スピンがエイヴリー空港で働きはじめて間もない時期に顔を合わせている。なぜ、会ったのか？　もちろん、話し合うためだ。どうして、電話や手紙を使うとか、フェアヴューで会うことをしなかったのだろう？　二人でやっているのが内密なことなので、通じているのを人に知られる危険を冒したくなかったのではないのか？　ただし、暗号文なら使うことができた……彼らと、おそらくJ・R・スミッソンだ。胸の鼓動が、早鐘のように打ちはじめた。なぜ、またグリーンズヴィル空港で会わなかったのか？　きっと、人目につきすぎるからだろう。だったら、どうして今日は会ったのか？

肩を落として飛行機によじ登り、操縦席に入ってドアを閉めると、飛行場の係員にプロペラを回してくれるよう、手を振って合図した。ひとたび飛び立つと操縦に集中しなければならず、コーリーに関する疑問を解くのは難しかった。あの二人は、なにについて口論していたのだろうか？　コーリーがスピンに手渡した紙切れには、いったいなにが書かれていたのだろう？

エイヴリー空港に戻ったヴィッキーは、見事な三点着陸を成功させた。ビルが喝采しながら走り寄ってきた。彼女をハグし、この新たな成功をヴィッキーの航空日誌に書き入れた。

「あとちょっと腕を磨けば、いよいよ自家用機パイロットの試験を受けられるぞ！　なんで、そんなに陰気な顔をしてるんだい？　もっと誇らしく胸を張って喜んでいいんだぜ！」

ヴィッキーは、グリーンズヴィル空港でスピンとコーリーが一緒にいた事実を打ち明けた。

「だから、なんだい？　スピンは、僕の車でブルーミントンまで、ドワイトのために農業機械を借りに行ったのさ。今週、どこかでそれを取りに行かなきゃって言ってたんだ。きっと、ちょっと遠出したから、ついでにグリーンズヴィル空港を見てみようと思ったんだろう。まだ見たことがなかったからな」

「そこで、スピンが偶然コーリーに会ったって言うの？　二人とも、お互いに言いたいことが山ほどあったみたいだったわ」

「二人でいるところを見たからって、なんの証明にもならないよ」

その日以来、ヴィッキーは、いっそう熱心に暗号文の解読に取り組んだ。姉妹共有の青い部屋でジニーにも見せたが、妹にも皆目見当がつかなかった。これまでにわかったことを、もう一度振り返ってみた。まずは、暗号の原本だ。

ＹＥＮＯＭ　ＥＲＯＭＥ　ＳＵＤＬＵ　ＯＣＧＮＩ　ＹＲＴＰＥ　ＥＫＬＬＩ
ＷＹＡＷＥ　ＨＴＮＩＳ　ＩＬＲＩＧ　ＮＯＯＳＥ　ＣＮＡＨＣ　ＯＮＸＸＸ。

そして、最初のＹＥＮＯＭを逆に並べたら〈ｍｏｎｅｙ〉になったので、言葉をすべて逆さにしてみる。

ＭＯＮＥＹ　ＥＭＯＲＥ　ＵＬＤＵＳ　ＩＮＧＣＯ　ＥＰＴＲＹ　ＩＬＬＫＥ
ＥＷＡＹＷ　ＳＩＮＴＨ　ＧＩＲＬＩ　ＥＳＯＯＮ　ＣＨＡＮＣ　ＸＸＸＮＯ。

逆さま……逆さま……〈ｍｏｎｅｙ〉は、暗号の最初の言葉だ——それを逆さにすると——〈ｍｏｎｅｙ〉が最後の言葉になる。一つ一つの単語だけではなく、もしかしたら文章全体が逆さまなのかもしれない！　ヴィッキーは、全部書き直し、無意味な文字か特殊記号のように思える三つのＸを消してみた。すると、次のようになった。

ＮＯＣＨＡ　ＮＣＥＳＯ　ＯＮＧＩＲ　ＬＩＳＩＮ　ＴＨＥＷＡ　ＹＷＩＬＬ
ＫＥＥＰＴ　ＲＹＩＮＧ　ＣＯＵＬＤ　ＵＳＥＭＯ　ＲＥＭＯＮ　ＥＹ。

ここから、どうすればいいのだろうか？　なにかが変だ。どの単語も、五文字になっている。それ自体、いかにも人工的ではないか！　だとすると——つまり——。

ふいに、この文は全部つながっていて、勝手に五文字ずつで切られているのではないかという考えが浮かんだ。しかも、後ろから読むのかもしれない。例えば、ＸＸＸＸＹ　ＡＤＳＥＮ　ＤＥＷＳＩＹＡＤＯＴという文があったとすると、それを引っくり返すとＴＯＤＡＹ　ＩＳＷＥＤ　ＮＥＳＤＡＹになり、五文字ずつの区切りを無視して考えれば、ＴＯＤＡＹ　ＩＳ　ＷＥＤＮＥＳＤＡＹ（今日は水曜日）と読める。コツがわかれば、意味の通る単語が文のあちこちに見えてくる。

肩越しに見守るジニーの視線を感じながら、ヴィッキーは暗号文を読みほどいていった。数分後、彼女はついに解読に成功した。そして、恐怖に言葉を失った。メッセージには、こう書かれていたのだ。

なかなかチャンスがない（No chance soon.）。女が邪魔している（Girl is in the way.）。さらに狙ってみる（Will keep trying.）。もう少し金が必要だ（Could use more money.）。

「ビルがセントルイスへの三日間の出張から戻ったら、すぐにこれを見せましょう。今度こそ、私の言うことを信じてくれるわ！」

フライト・テストを受ける前に、ヴィッキーは筆記試験に合格しなければならなかった。

そこで、『操縦マニュアル』と『自家用機パイロットのためのＱ＆Ａ』という本で勉強した。

「天気予報で言う風向きとは、風が吹いてくる方角を指す。○《まる》」

「飛んでいるとき、向かい風だと必ず対気速度は遅くなる。×《ばつ》。風は、対地速度にしか影響を与えない」

「空港で離陸許可を待っているときに白い光が点滅したら、出発地点に戻らなくてはならない。○《まる》」

九月一日、マルコム・マクドナルドが、ヴィッキーのフライト・テストを担当した。十一時間のソロ飛行と、ビルとの二十五時間のフライトとを合わせ、必要条件の三十六時間の飛行はすでに完了していた。やや緊張気味ではあったけれど、すべてはスムーズかつ的確に進んだ。終了したその場で、CAAの地方調査官は合格だと言ってくれたが、彼個人に免許を交付する権限はない。そのあとでマクドナルドは、ヴィッキーに口頭試問を行った。気さくではあったが、内容は厳しかった。

こうしたあいだも、コーリーと、スピンことダーネルのことが、ずっとヴィッキーの頭から離れなかった。暗号文と解読した文を書いたものをポケットに保管し、ビルが帰ってきたら見せるつもりでいた。

待ちきれない様子のウイングスカウトには悪いけれど、いまは時間を割くことができない。ジニーは状況をわかっていたので、準備段階のミーティングを〈キャッスル〉で開くようにしてくれた。昼食の時間にはたびたびフライトラインへ出て、サンドイッチをぱくつきながら、「生徒」のジニーにコックピットの点検の仕方を教えた。

ヴィッキーは、まだ自分には飛行訓練が必要だと感じていた。仕事のほうは、あと数日間は貴重な休みがあるので、できるだけ毎日飛ぶようにした。費用はかさんだけれど、それだけの価値はあった。

どんよりと曇ったある朝、ヴィッキーは一人でカブを運び出した。一時間前に戻ってきたビルが、プロペラを回してくれた。今日は、スピンは休みだった。空港がいちばん忙しい時期なので、メカニックは土、日を休むわけにはいかないのだった。

「天気に気をつけろよ、ヴィッキー」と、ビルが警告した。「嵐になる前に引き返して、腰を下ろすんだ。つまり、着陸するってことだぜ、新米パイロットさん！　嫌な空模様だからな」

「了解、先生」ヴィッキーは笑顔で手を振って機体を誘導滑走させ、空へと飛び立った。

今朝は、空気が驚くほど冷たく、天気もやや荒れ模様だった。確実に、秋が近づいている。ヴィッキーは、バンクして向きを変え、トラフィックパターンから離れた。練習区域内で適切な高度に達すると、急激な上昇旋回を試みた。そして、滑空して高度を戻し、失速ときりもみ降下の練習をした。パラシュートのハーネスがなんとなくしっくりこない感じがしたが、きりもみ降下のときは、装着が義務づけられている。いまのヴィッキーは、技術も十分に身につき、自信を持って操縦できていた。

突然、どこからともなく一機の飛行機が唸りを上げて彼女のほうへ近づいてきた。こういう、ふいに現れて接近して飛ぶ飛行機に注意するようにと言っていたビルの言葉を思い出した。その飛行機は、背後で急旋回して上昇し、ヴィッキーの右翼のすぐ上を、ライセンス番号が見えるほどの距離で飛んだかと思うと、さっと降下して、今度は左翼の下にぴたりと浮上してきた。操縦しているイカれたパイロットの顔は見えない。いったい、どういうつもりだろう？　彼女をからかっているのか？　それとも、困らせようとしているのだろうか？　冗談にしては危険すぎる！

ヴィッキーは機首を上げ、できるだけ速く上昇して逃げようとしたが、相手はすぐ後ろを追ってくる。まるでオモチャの独楽《こま》でも回すかのように器用に操る、かなり大きい相手のベランカに比べて、彼女の練習機は小さくて軽い。怒ったヴィッキーは、「ほっといて！」という合図に急降下してみせたのだが、そのパイロットは同じように急降下してから、速度を上げた。そう簡単に追い払うことはできそうになかったが、こんな頭のおかしい男に追いかけられながら飛びつづけるほど無鉄砲なヴィッキーではない。彼女は、機首を戻してホーム・フィールドを目指した。

大きくバンクして傾いたときに、曇った空に不審な飛行機を探したが見えなかった。すぐ近くにいるはずだ。震動を感じるし、滑空音が聞こえる。下方のどこかから、猛スピードで真っすぐこっちに向かっているのだ。このままでは衝突してしまう！　再びバンクして下をのぞき込んだヴィッキーは、ほんの一瞬垣間見えた、操縦席の人物の姿に息をのんだ。パイロット帽の下にあったのは、顔ではなく、長くて奇妙な黒い覆面だったのだ。そのとき、背筋が凍りつくような衝撃を感じた。

ものすごい力で、彼女の練習機はひっくり返りそうになった。パニックに陥りながら、必死に機体を水平に戻そうとする――と、右翼がずたずたに壊れているのが目に入った。ベランカは、無傷で離れていった。あのパイロットは、間違ってぶつかったわけじゃない！　曇っていても、ちゃんとこちらの機体を捉えていたのだ！　翼に衝撃を与えたのは、わざとだ。

ヴィッキーは、きりもみ降下に入らないように機体をキープしようと必死だった。右翼の制御機能は、ほぼ壊滅状態だった。操縦かんを力いっぱい左に傾けて壊れた右翼をなんとか水平に保ち、手足を踏ん張って操縦かんを握りしめた。誰かに助けてもらわなければ。でも、ビルは地上にいるし、ホームの飛行場までは、まだ五分はかかる！

機首を下げ、ホームに向けて慎重にゆっくりと滑空に入った。心臓の鼓動は激しく打ち、息が詰まりそうだ。万が一、右翼が崩壊したら、とたんに致命的なきりもみ降下に陥ってしまう。それを回避できる望みは、ごくわずかしかない。パラシュートは装着しているが、これまで一度も飛び降りたことがなかった。まだ望みが残っているのに、はたしていま、飛び降りるべきだろうか？　ヴィッキーは八〇〇フィート下を見下ろした――たった一枚の絹の布で降りるには、長すぎる距離に思える。八〇〇フィートの高さから降下して、パラシュートはちゃんと開くのだろうか？　恐怖が勝って、きちんと思い出せない。着陸を試みたほうがよさそうだ。彼女は、破損した右翼に視線を注いだ。あれが崩れ落ちてしまわないことを祈るしかない……。

エイヴリー空港上空に、トラフィックパターンを無視してなんとかのろのろと進入すると、ビルが走って彼女のために滑走路を空けてくれているのが目に入った。もしも墜落せずに降りられたら――もしも炎上せずに着陸できたなら――「冷静になって。きちんと考えるの――でないと一巻の終わりよ」と、何度も何度も自分に言い聞かせた。

スロットルを緩め、祈りながら巧みに操作して、壊れた機体をゆっくりと下に向けつつ滑空を続けた。破損した翼が、数インチ崩れ落ちた。操縦かんを握りしめ、できるかぎり機体を水平に保つ。地面が不気味に目の前に迫ってきた。必死に機体を操る。地上に触れた車輪が、ガタガタと不快な音をたてた。そのとたん、周囲のすべてが止まった。ヴィッキーは震えて泣きながら、飛行機から這い出した。

ビルが彼女を抱きとめ、もう一方の手でイグニッションを切った。

「ヴィッキー！　だいじょうぶか？　誰にやられたんだ？」

「スピンよ――スピン・ヴォイト――ベランカに乗ってた。覆面をしてたけど――でも、絶対スピンだわ！　ほかに誰が私を殺そうとするっていうの？」

ビルは、彼女をオフィス小屋の方向へ引っ張っていき、途中で座らせて、水をくれた。ようやく口がきけるようになると、ヴィッキーはポケットから暗号文を取り出してビルに見せた。スピンことダーネルが、なぜ彼女を葬りたいのかも説明した。ヴィッキーは、彼を殺人罪で告発できる唯一の人間だった。たったいま自分にしたのと同じような手口で、彼は人を殺したのだ。いいえ、コーリーは加担していないはずよ、と、ヴィッキーは主張した。彼はビルの土地を欲しがってはいるが、自分を殺す動機は持っていない。

ヴィッキーを見るビルの目に、これまでとはまったくちがう光が宿った。まるで、初めて彼女の姿が目に入ったとでもいうようだった。ビルは、ようやく真実に目覚めたのだ。

# 第十五章　ヴィッキーの罠《わな》

もう少しで大事故になるところだったこの一件について、ヴィッキーは大げさに騒ぎたてないようにした。両親に心配をかけたくなかったからだ。それでなくても、すでにビルの飛行場には、いわゆる「不注意」の嫌疑がいくつもかけられている。昨日、片翼が壊れた飛行機がよたよた飛んでいるのを目撃したという人たちに、ヴィッキーとビルは、すました顔でなんでもないと答え、覆面パイロットのことには触れなかった。ただし、仲のいいジニーとガイ・イングリッシュ、それにCAA調査官だけは例外だった。

スピンに対しては、二人とも、いつもと同じ態度を心がけた。スピンも、なにが起きたのか知らないふりをした。いかにももっともらしく、翼を修理しなければならないことをぼやいてみせ、ヴィッキーに言った。「こんなので、あんたが無事に降りられたなんて、驚きだぜ。俺が見てたら、絶対無理だと思っただろうな」

「人は見かけによらないわ。そうでしょう、スピン？」

「なんだよ、その皮肉みたいなのは？」

「ただの格言よ。なにをそんなにビクビクしてるの？」

「誰がビクビクしてるって？　俺がビクつくわけねえだろう。おい、もう出てったらどうだ？」

ヴィッキーはマクドナルドから、彼女を襲ったベランカについて話し合うため、ダウンタウンにあるイングリッシュ判事の執務室に呼ばれた。もちろん、ヴィッキーとビルは即座に事故の報告をし、機体の特徴とライセンス番号から飛行機を特定していた。ＣＡＡ調査官は、すぐさま傷ついた練習機を調査した。ヴィッキーは、この「事故」のせいで自分の免許が認可されるのが遅れはしないかと心配していて、それはビルも同じだった。

判事はほとんどしゃべらなかったが、マクドナルドが話すあいだ、深刻な面持ちで考え込んでいた。「ミス・バー、例のベランカの所有者をたどってみたら、ジョン・チェスリーのものでした」ジョアンの叔父であるチェスリーは、ヴィッキーとも顔見知りだった。本当に親切で、とても飛行家に危害を加えようとするとは思えない人物だ。「チェスリー氏は、昨日の朝、あなたの事故があった時間には職場にいました。十人以上の証言があります」

判事が身を乗り出した。「何者かが、ジョン・チェスリーの飛行機を借用したということかね？あるいは盗んだか？」

「ええ。〈コーリリー・フィールド〉の勝手を知っている誰か、例えばメカニックが、ジョン・チェスリーに黙って、許可なくベランカを持ち出して『借用』したのでしょう。多少の傷はついたでしょうが、それを目立たないように修理してから返したんです。小さなへこみで、その痕跡がわかるはずです。ヴィッキーさん、〈コーリリー・フィールド〉に行けば、そのベランカを特定できますか？」

ヴィッキーは、実際、そのとおりにした。マクドナルドには覆面パイロットの正体がはっきりとわかったようで、ＣＡＡとフェアヴュー警察が秘密裏にこの「事故」の調査を開始したと教えてくれた。昨日の件はほんの一部にすぎず、もっと大きな話が隠れているのだということを、警察やＣＡＡに話すかどうか、ヴィッキーは迷っていた。だが、もしスピンがダーネルだと通報すれば、彼は即刻逮捕されることになる――そして、スピンがいなくなれば、アンドリュー・コーリーは、メカニックと結託していた罪をまんまと逃れてしまうかもしれない。だめだ、やはり、二人とも捕まえるための罠を仕掛けなければ。

ヴィッキーは、厳密な法の範囲内で行われるCAAと警察の捜査には、口を出さないことにした。コーリーとスピンを現行犯で捕まえるアイデアを、二、三、思いついたのだ。そのアイデアを、エイヴリー空港に戻ってからビルに打ち明けると、彼はヴィッキーの大胆さに舌を巻いた。「君って、一見、小柄なブロンドの天使に見えるのに、実はダイナマイトなんだな」

「必要とあらばね」ヴィッキーは微笑んだが、その目は笑っていなかった。「スピンが昨日、私にしたことが許せないの。この夏、ずっとコーリーがあなたにしてきたことにも、怒り心頭なのよ。ようやく、あなたが目を覚ましてくれたからには、もう黙っちゃいないわ」と、決然と言い放った。「いよいよ爆発するわよ――」

「ほらね、やっぱりダイナマイトだ」

「――それと、証拠ね。しっかり注意を払ってね、ビル。ぼーっと私を見ている場合じゃないのよ」

「いま気づいたけど、僕、君に夢中だよ、ヴィッキー」

「ありがとう。私もあなたのことが好きだけど、ダーネルが野放しになっているうちは、その甘い言葉はちょっと待ってくれない?」ビルはため息をついて、ニッと笑った。ヴィッキーは、大事な暗号文をポケットから取り出した。連れだって、空港の端の、スピンに見つからない場所まで歩く。「ねえビル、まずは、この暗号を打ったタイプライターを捜すことから始めない? 実は、ガイ・イングリッシュ——昨日の晩、私の無事を確かめに来てくれたの——とジニーが、タイプの修理店と質屋を当たる役目を買って出てくれたのよ」

「その暗号を見せてくれ」ヴィッキーは、メモを手渡した。「昨日は、君がひどくショックを受けた状態だったから、ちゃんと見なかったんだ」と言って、メッセージをまじまじと見た。「誰かが壊れたタイプライターを使ったんだな。このSとLの文字を見てみろよ！　おい！　君の妹とガイに、捜索を中止するように言っていいぜ！　僕が捨てた、イカれたポータブルのタイプを覚えてるだろう？これは、間違いなくそいつを使って打ったものだ。この独特なSとLの途切れ方に、見覚えがある」

ビルは、やはりポータブルを廃棄していたのだ。スピンがゴミ捨て場でそれを見つけ、できるかぎり修理したと考えても不思議はない。

「きっと、僕の古いタイプライターは、ハンガーかスピンの下宿の部屋のどちらかにあるにちがいないよ」

「彼は用心深いから、自分の部屋に置いておくようなことはしないと思うわ。それじゃあ、罪を認めるようなものだもの。ここだったら、自分のじゃなくて、あなたのだって主張できるんじゃない？」

ビルは口実を設け、長袖のつなぎ姿のスピンをわざとダウンタウンへ使いにやり、その間《かん》に二人でハンガーを捜索した。そして、ホースや工具や段ボールが積み上げられた三フィートほどの山の下から、ついにタイプライターを掘り出した。ビルが暗号文と同じ文章を打ってみると、原文の文字とうりふたつだった。

「そうよ！」と、ヴィッキーは突然叫んだ。「このタイプで罠を仕掛けられるわ！　わからない？」

たったいま打ち直した暗号文をビルが燃やしているあいだに、急いで説明した。絶対にスピンに気づかれてはならない。

スピンが戻ってきたときには、彼らの計画は定まっていた。大事な脚本は、できあがった。ビルが、シーっと言ってヴィッキーをハンガーから追い出した。彼女は声が聞こえる場所に隠れて、いま相談したとおりにビルが話すのを聞いていた。

「いましがた、君がいないときに電話があってね。ツインオークスの医者が、明日の朝早くに、彼と患者をシカゴまで送ってほしいって言うんだ。〈セント・ルーク病院〉に診察に行くんだそうだ」

「救急車代わりには、なにを使うんだ?」スピンは、皮肉たっぷりに訊いた。「あんたの持ってるたった一つのやつかい?」

「ああ、DC−3さ。でも今日は、それでセントルイスまで往復することになってるんだ。六時半ごろにならないと戻らないから、そのあとで点検をして、患者のためにシートの位置を変更しなくちゃいけない。それに、医者の話じゃ、明日の早朝には出発したいんだってさ。スピン、今晩、残業してDC−3を見てくれるかい?　夕食後でいいんだけど」

「なんてこった!　今晩働けってか!　もう十分、こき使われてるってのにか?」

ビルが、彼のご機嫌を取るのが聞こえた。「頼むよ、緊急事態なんだ。手当を二倍払うからさ。本当なら自分でやりたいところなんだけど、ヴィッキーと僕は、今晩、ミューラー夫妻を訪ねる約束をしててね。だから、どうしても戻ってくるのは十時か十一時になる。今夜は、ここを君一人で自由に使ってくれていいよ。なあ、スピン、お願いだ」

それでもまだ、スピンはなにやらぶつぶつ文句を言っていた。ビルは、ヴィッキーとの念入りな打ち合わせのとおりのことを言った。

「君と僕の夕食用に、大きなバスケットに入ったジャクソン農場のうまいフライドチキンを届けさせるから、わざわざ夕飯を食べに外に出かけなくたってだいじょうぶだよ。もちろん、君が疲れて無理だって言うんなら、今夜は誰か別の人間を雇うけど」

「いや！　俺がやる。わかったよ、ボス。なんだろうと、あんたの言うとおりにするさ」

そう、なんだろうとね、とヴィッキーは思った。たとえ殺人だろうと。

ビルがDC－3でセントルイスに出かける前に、彼とヴィッキーは、一見なんでもないように見える準備をしておいた。飛行場に、ポータブルのライト一台と、反射板を二機セットしたのだ。「セントルイスから戻ったとき、万が一遅くなって夜間着陸をしなくちゃならなくなった場合のためさ」と、二人はスピンに説明した。「でも、だいじょうぶよ。ビルは、たいてい時間どおりに飛ぶから」セントルイスへ行くというのは、罠を仕掛ける時間をつくるための偽装だった。医師と患者が明日DC－3を必要としているというビルの話も、ドワイトとバーバラ・ミューラー夫妻を訪ねるというのも、まったくの作り話だった。

次に、ヴィッキーが怖がっていないことをスピンに印象づけるため、ビルは、彼女が別の小型練習機で飛ぶことを主張した。しかも、たった一人で。それが自分のためでもあることは、ヴィッキーにもわかっていた――事故のあと、できるだけすぐに飛ばなければ、勇気を失って、二度と飛べなくなってしまうかもしれないからだ。平気なそぶりを貫くのは簡単ではなかったけれど、彼女は覚悟を決めて実行した。昨日の悪夢のあとなので、十分間も飛べば十分だ。それに、セントルイスへ飛び立つ前のビルが、彼女が無事に着陸するのを見届けてくれた。DC－3の飛行距離が増えていないと、スピンがビルとヴィッキーの計画に気づいてしまうかもしれないため、とにかく一度、セントルイスまで往復しなければならないのだ。

「ビル、点検はした？」と、ヴィッキーは念を押した。「自分で？　いま？」今度ばかりは、ビルも彼女の言葉を笑い飛ばしたりはしなかった。彼は、入念に点検を行った。

「僕が戻るまで、君はここにいるんだろう、ヴィッキー？」

「ええ。私が飛んでいるあいだに、ジニーには電話してくれたのよね？　ジャクソン農場に電話して、スピンとあなたの夕食を届けてもらうように注文した？　よかった。じゃあ、気をつけてね」

「六時半ごろ、また会おう」

ビルは、双発機を長い空港の端まで誘導滑走させて、そこから飛び立っていった。約十分後、ジニーが到着した。ヴィッキーはオフィス小屋で、かかってくる電話と、道路から入ってくる訪問者を見張っているところだった。

「ジニー、危険なお使いを頼める？」

「私が、嫌だって言うわけないじゃない」

「だと思ったわ！」姉妹は、笑顔で見つめ合った。「まず、このメモを、すぐに〈コーリー・フィールド〉にいるコーリーさんに届けてほしいの――あなたや、私たちを知っている人じゃだめよ。電報会社の配達の人に頼むのがベストね。それか、ヴァーミントン通りに伝言配達サービスの店があるでしょ。はい、一ドルあげるわ」

「だいじょうぶ。お金は持ってるから。届けるメモの中身を見てもいい？」

答える代わりにヴィッキーは、暗号文の書かれた、ごく普通の罫線入りノートの紙切れを開いた。スピンがダウンタウンに出かけている隙に、ビルと二人で、彼の古いタイプライターで打ったものだった。この偽の暗号は、フレディとジニーが見つけたもともとの暗号文とそっくりで、こう書かれていた。

ESLER OEMOC TNEGR UYTRI HTTHG IETHG
INOTR AGNAH YREVA ENOLA EBLLI KCIUQ
NOSRE PNIUO YEESO TTOGX。

「スピンからコーリーさん宛ての暗号ってことね？」と、ジニーが言った。「翻訳してみて」

「急いで直接会いたい。今夜八時半に、エイヴリーのハンガーに一人でいる。緊急だ。来なければ、ひどい目に遭うぞ」ヴィッキーは、なにも書かれていない封筒にメモを入れて封をした。「ジニー——必ず、コーリーさんの手に直接渡るようにするのよ。できるだけ急いで」

「彼が町にいるのは、確かなの？　しかも、自分の空港に？」

「ビルが確認したわ。今朝、電話でコーリーと仕事の話をしたんですって。さあ、次は第二のお使いよ。ガイの協力を取りつけてくれたら、話が早いと思うわ。ビルは、マクドナルドさんと警官と、できればイングリッシュ判事にも、八時四十分には空港にいてほしいって言ってるの——誰にも知られないようにそっとね。目撃者になってもらうのよ——ええと——」

「——ここで起きることのでしょ？　夕食のときに会える？」

「ええ、夕食には帰るわ。スピンに、すべていつもどおりだと思わせる必要があるから。ビルが戻ったら、私は飛行場を出るわ。スピンがＤＣ－３の点検作業に入ったところで、ビルも出ていく。でも、二人とも、こっそり戻ってくるのよ！」

「なるほどね」ジニーは、ブルーの目を輝かせた。「じゃあ、私、行ってくるわ」

「気をつけてね。そして、急いで」

ジニーに任せておけば、おそらく一時間以内にアンドリュー・コーリーのもとへ偽の暗号文が届くはずだと、ヴィッキーは確信していた。そして、八時半より前に、電話や使いの人間を通してコーリーがスピンとコンタクトを取ろうとしたときのために、見張りを続けた。また、スピンにコーリーと連絡するチャンスを与えない役目も担っていた。ビルのデスクで神経をとがらせるヴィッキーからは、草に覆われた滑走路越しに、ハンガーでカブの壊れた翼を修理しているスピンの姿がよく見えた。午後の時間は、のろのろと過ぎていった。特に変わった訪問者はなく、通常の業務電話がいくつかあっただけだ。これまでのところ、彼女たちの計画は、いたって順調だった。

午後六時半、ビルはDC－3の轟音をとどろかせて戻ってきた。二人は手を振り合った。五分待って、ジャクソン農場のレストランからビルたちの夕食が届くのを見届けると、ヴィッキーは飛行場をあとにした。このあとの大事な時間は、ビルが自分に代わってスピンの監視をしてくれることになっている。

帰宅して夕飯の食卓に着くと、父から、人々が首をかしげていることを聞かされた。〈コーリー・フィールド〉は正式にオープンしたのに、〈トランス・アメリカ〉の飛行機の姿がちっとも見えないのは、なぜなのか？　アンドリュー・コーリーがつい最近公表した、半年に一度の株主に対する空港の報告書では、不安定な財政状況が露呈していた。コーリー氏は屈託のない顔で、プロジェクトの利益が「まだ」出ていないことを認め、「立ち上げ時の想定内の出費だ」と弁解した。ヴィッキーは、二週間後に迫った九月十五日の期限のことを思い、コーリーの心の内を想像してみた。彼は、切羽詰まっているはずだ。追いつめられた彼は、今夜のスピンのメモに応じるだろうか？

「なにか気になることでもあるの？」と、母が訊いた。

「ヴィクは、ぼーっとしてるだけよ」と、すかさずジニーが答えた。「今夜、ビルと夢見るようなデートをするもんだから」

ある意味、夢見るようなものではあった。ビルの影のような姿に寄り添われてたたずむ真っ暗な闇に包まれた空港は、確かにこの世のものとは思えなかった。二人は、音をたてずに湿った草をかき分けてハンガーへ近づいていった。大きなオレンジ色の月が低い空に浮かんでいたが、ぼんやりと霞んでいて、それほど明るくはなかった。八時十五分。コーリーは、このまま現れないのかもしれない。スピンはDC－3の作業を終えて下宿に帰り、それでおしまいになるのか。

ビルが彼女の腕をつかんで、急に足を止めた。ヴィッキーは、動くこともささやくこともできずに立っていた。二人とも、暗い闇の中でじっと待った。視線の向こうにある、一面がこちらに向かってオープンになっているハンガーでは、たった一つの小さな明かり――化学実験用のガスバーナーのちらちらする炎――の中でスピンが作業をしていた。どうやら、はんだ付けをしているようだ。天井の明るいライトは消されている。大きくて奇妙な形をした影が、停留している飛行機の上と、ほの暗いハンガー内に縞模様になって伸びていた。スピンの姿も、誰かがそばにいるかどうかも、彼がなにをしているかさえよく見えない。ヴィッキーとビルは、もう少し近くへ忍び寄った。まばたきをしているうちに、ヴィッキーの目は暗さに慣れてきた。

スピンは、DC－3のエンジンをいじっていた。背中を伸ばすと、なにか小さなものを握っているように手を丸め、梯子《はしご》を下りてきた。片手を丸めたまま、壁のフックに掛かっている上着のところへ行き、手の中のものをポケットに入れた。ヴィッキーが自分の目で見たことが信じられずにいると、すぐそばにいたビルが怒りでむせ返った。スピンは、その小さな音に気がついた。不審そうに、くるりと後ろを向く。ヴィッキーはビルを制止しようとした――いまの音は気のせいだと、スピンに思わせなければ――逆上したビルは、自分たちの計画を台無しにしてしまいかねない。が、一瞬遅かった。

ビルは、猫のように素早くスピンに跳びかかった。「僕の飛行機にちょっかいを出すのはやめろ！」

「貴様、戻ってきやがったんだな！　俺を監視してたのか！　汚ねえぞ――！」

「いまポケットに入れたものは、なんだ？　エンジンから、なにを抜き取った？」スピンは、必死にもがいてビルの手から逃れた。

「俺を責めようってのか？」スピンが、作業着につるしていた重いスチール製のレンチを振りかざしてビルの頭に殴りかかり、二人は取っ組み合いになった。ビルのほうが長身だが、スピンは力が強く、巧妙な動きをする。もみ合いながら倒れて、ハンガーの床を転げまわり、あやうく、木箱の上でちらちらと燃えているガスバーナーの火をひっくり返しそうになった。ヴィッキーは、ふと思いついて二人から目を離すと、スピンの上着のところへ走っていってポケットをまさぐった。ねじ釘！　繊細なエンジンのワイヤーをつなぐ、細いねじ釘だ！　全部ではないが、いったん機体が空中に上がれば、確実に大きなトラブルを招く本数が抜かれている。すぐ後ろでスピンが唸り声を上げ、手を伸ばしてジャケットを奪い取った。ビルが興奮して大声を出し、スピンの注意を引いた。スピンはジャケットを投げ捨て、つかみかかろうとしたビルの手をすり抜けた。自由の身になったスピンは、火のついたバーナーに突進し、それを油で汚れた服の山に投げつけた。小さな火は、あっという間に勢いよく燃え上がった。さっきまでハンガー内に縞模様に伸びていた影が、異様な形になって飛び跳ねた。スピンは、鬼のような形相で、闇に包まれた飛行場へと走り出た。

ヴィッキーは、ねじ釘を自分のポケットの奥に押し込むと、ビルが壁から取り外した消火器をもぎ取った。「ここは、私が――あなたはスピンを捕まえて！」

ビルは消火器のてっぺんの金属部品をもぎ取ってから、走りだした。ヴィッキーは、薬品の雨が油で汚れたぼろ服の上にかかるよう、狙いを定めた。炎は緑色に変化して数秒間パチパチと高く跳ね上がり、やがて消えた。

幅広い帯状の光が、飛行場の闇を切り裂いた。ビルがポータブルのライトを点灯させたのだ。ヴィッキーは、確実に火を消すためにぼろ服を踏みつけ、天井の明かりのスイッチを入れた。すると、スピンの上着のそばの床に、白いものが転がっているのが目に留まった――紙――いや、封筒だ。急いで拾い上げると、表にスピンの名が書かれていた。きっと上着から落ちたにちがいない。

外の暗がりに、ビルの姿がぼんやりと見えた。ポータブルの着陸灯を巨大な懐中電灯のようにして、あらゆる方向に向けながら周囲を照らしているのだった。光の帯は何度も飛行場をぐるぐると回り、走っている人間の姿を浮かび上がらせはするのだが、相手はさっと暗がりに飛びのいて見えなくなってしまう。ヴィッキーは、はっとした。ビルが照らしている明かりの中に、いま一瞬、二人目の人影が見えなかったか？　自分にもライトがあったなら――ある！　反射板を使えばいいんだ！

ヴィッキーは軽量の反射板まで全速力で走り、先のとがった枝に両端を結びつけて反射板を立てると、ぎこちない手つきで角度を動かした。やった！　ビルのライトのまばゆい光をキャッチした反射板がそれを照らし返し、飛行場内の明かりが倍に増えた。とたんに、スピンと、別の走っている人間の姿があらわになった。ビルは、ヴィッキーのやろうとしていることを即座に理解し、二人の人間を同時に照らし出せるようにライトの向きを合わせた。一人はスピン、そしてもう一人は——アンドリュー・コーリーだ！　二人とも、互いに駆け寄るようにしながら、ハイウェイの方向へ走っていく。ビルが夢中で怒鳴った。彼とヴィッキーは、ライトを地面に突き刺して、空港の入り口に向かって走りだした。着いたときには、ビルの車が急発進する音が聞こえ、タイヤを鳴らして、車はハイウェイを走り去った。そして二人とも、そのまま逃亡してしまった。

十分後、マルコム・マクドナルドと、フェアヴュー警察の刑事二人が乗った車が到着した。イングリッシュ判事とガイ父子、ジニーの三人は、二台目の車に乗っていた。

「心配要りませんよ。われわれが、メカニックを逮捕します。無線で、州内のすべての町に、あの黄色い車を手配しますから」

「アンドリュー・コーリーも逮捕してもらえますか？」

「といっても、コーリー氏に対しては容疑がありません。ここにいたとおっしゃいますが——もしも、暗闇の中で見えたのが間違いなく彼だったとしてですが——それだけでは、犯罪にはなりませんよ。コーリー氏は、一流のビジネスマンです。そんな人が、いったいなにをしたと——？」

ビルが、大声を上げた。「あんたたちが五分早く来てくれてたら、コーリーのことだって、ちゃんと事件になってたんだぞ！」

「なにか証拠はあるのか？」と、マクドナルドが落ち着いた声で尋ねた。

ヴィッキーは、スピンが落とした封筒を取り出した。「ええ、たぶん」フェアヴューの消印が押された封筒からは、一枚の小切手が出てきた。彼女は、イングリッシュ判事が乗ってきた車のヘッドライトの前に移動して、小切手に書かれた文字を読んだ。それは、〈サウス・フェアヴュー銀行〉から引き落とされるスピン・ヴォイト宛ての小切手だった。支払い者の名は〈ランド&スカイ有限会社〉——J・R・スミッソンの署名入りだ。「ええ、マックさん、重要な証拠が手に入ったと思います。あと一日くだされば、私が驚くような事実を暴いてみせますわ。それまで、ちょっと失礼してもいいですか？　さあジニー、帰りましょう」

# 第十六章　J・R・スミッソンの最後

翌朝の九時三十分、小さな〈サウス・フェアヴュー銀行〉の支店長は、ヴィッキーとビルに情報を与えるのを渋っていた。ヴィッキーが持ち込んだ小切手を検証した彼は、確かに、〈ランド＆スカイ社〉のJ・R・スミッソンが数カ月前から預金者となっていることは認めた。

「御覧になっておわかりだと思いますが、ミス・バー、この小切手が振り出されたのは十二回目です。……ええ、確かに大金です。でも、銀行には、預金者に関する守秘義務がございます。……いいえ、この小切手の宛名になっている、エイヴリーさんの従業員のスピン・ヴォイトという方は存じ上げません――」

「ハリスさん、もし、エイヴリーさんと私がこの小切手を見つけた経緯をお話したなら」――ヴィッキーは、うなずいているビルにちらっと目をやった――「きっと、私たちの質問にお答えくださると思います。申し上げておきますが、CAAのマクドナルド氏とイングリッシュ判事も、私たちがこの件で動いていることをご存知です。お二人に電話で確認していただいてかまいませんわ」

「まあ、そういうことでしたら、私のオフィスへどうぞ」支店長は、そう言って立ち上がった。

二人は、奥の部屋へ通された。支店長のハリス氏はドアを閉めた。状況を手短に語って聞かせるヴィッキーの言葉に、彼は黙って耳を傾けていた。そして、ブザーを鳴らして、窓口係の主任を呼んだ。

「〈ランド&スカイ社〉の帳簿を持ってきてくれ。それと、J・R・スミッソンに関する照会先カードもだ。ミス・バー、いまお聞きしたお話ですと、状況はまったくちがってきます。第一、J・R・スミッソンというのは、女性です」

「女性だって！　このフェアヴューに住んでるんですか？」と、ビルが詰め寄った。

「サウス・フェアヴューに預金口座がある、と申すべきでしょうね」と、支店長が訂正した。「この地区は、川で区切られていますし、フェアヴューの文化とは、かなりの隔たりがあります。ここサウス・フェアヴューには、小さいけれど独立したコミュニティが存在するのです」

「私は、自分の身近な場所に、きちんと目を向けようとしたことがなかったのね」と、ヴィッキーはつぶやいた。「ハリスさん、〈ランド&スカイ社〉は、シカゴにあるんですよね？　だったら、なぜ、ミスター――いえ、ミス・スミッソンは、サウス・フェアヴューに当座預金を持っているのでしょう？」

「少々お待ちください」窓口係が帳簿を持ってきて、支店長に手渡して出ていった。「ご質問にお答えしましょう。ミセス・スミッソンは、六月の中旬に私どものもとにいらっしゃってこの口座を開かれました。シカゴにオフィスを持つ〈ランド&スカイ社〉の役員だとおっしゃいまして。ですが、お住まいはフェアヴューだそうで――」

「サウス・フェアヴューじゃないんですか？　フェアヴューの住所は、どこになってます？」

「どこも。シカゴのワッカー通り北一〇四番地の住所しかいただいていません。自宅の住所を記す必要はないと思われたんでしょう。会社はシカゴですが、スミッソン夫人は、使い勝手を考えて、ここに口座をお持ちになりたかったようです。実を言うと、個人的な出費を支払うために、個人の当座預金として使うのだとおっしゃってました」

　ビルが眉をひそめた。「その話って――どうも普通じゃなくありませんか？」

「はい――まあ、そうですね。ただ、スミッソン夫人はたいへん多額のお金を現金でお持ちくださいまして。正直に言いますと、私どものような小さな銀行としましては、ありがたくお預かりさせていただいたわけです。しかも、れっきとした身元保証人を提示くださいましたから――シカゴの方々です。ですから、お断りする理由がありませんでした」

「個人的な出費を支払うため」と、ヴィッキーは考え深げにくり返した。「まるで、〈ランド&スカイ社〉がダミー会社のようにも聞こえますね。『個人的な出費』を隠すための、名ばかりの会社のように。この秘密の当座預金口座を持たなければならなかった、スミッソン夫人の『個人的な出費』というのは、なにに使われていたのでしょうか？」

　支店長は帳簿を開いて、ヴィッキーとビルに見せた。六月に始まり、毎週きまって、J・R・スミッソンはスピン・ヴォイトに一〇〇ドルの小切手を支払っていた。二週間前からは、スピンへの支払いが一五〇ドルに増えている。ほかには一切引き出された様子がなかった。支店長が言うには、口座を開いた日以来、スミッソン夫人は姿を見せていないらしい。「こちらが、J・R・スミッソンのサインです。見覚えはありますか？」

「いいえ。ちょっと待って――スミッソン夫人の下の名前は？」

「わかりません。署名にはJ・Rとしかありませんから」

「J・R」スミッソンは、コーリーと関係があるはずだ。コーリーと関わりがあって、ファーストネームがJで始まるのは誰だろう？　あるいは、R？　ヴィッキーは勢い込んで言った。「その女性は、どんな風貌でした?」

「そうですね――よく覚えていないのですが、身長はごく普通で、おきれいな方でしたね。高価な服が印象的だったのが記憶に残っています。大きな車が、外で待っていました。裕福な女性のようでしたよ」

J……J? スミッソンとコーリーと関係のある裕福な女性。コーリー自身も裕福だ。コーリー夫人? ジャネット・コーリー? ヴィッキーは、ピンときた。

「ハリスさん、電話をお借りしてもいいですか?……ありがとうございます――」自宅の番号をダイヤルした。「ママ、頭がおかしいと思うかもしれないけど、ジャネット・コーリーさんの旧姓を教えてくれるかしら?……じゃあ、お友達のアガサに電話して聞いてくれない? パパの書斎を使って。このまま待ってるから」

三分後、ベティ・バーがヴィッキーの電話に戻ってきた。知人の家族構成をすべて記憶しているアガサ・ミラーによれば、コーリー夫人の旧姓は、スミッソンだった。下の名前はジャネット・ルースだ。既婚女性は、本人が望めば旧姓を使用しても違法でないことを、ヴィッキーは知っていた。「ありがとう、ママ。これで、決着するわ!」

「これが、確固とした証拠になるとは思えないのですが」受話器を置いたヴィッキーに、ハリスが恐る恐る言った。

「いや、確かな証拠になる」きっぱりとした男の声がした。ヴィッキーは驚いて振り向いた。彼女が電話で話をしているあいだに、マクドナルドが静かに部屋に入ってきていたのだ。刑事も一緒だった。

「ハリスさん、われわれは、この帳簿を借りたいのと、いくつか質問にお答えいただこうと思って伺ったのです」ＣＡＡ調査官は、ヴィッキーに向き直った。「ヴィッキーさん、ガイ・イングリッシュから、アンドリュー・コーリーが今朝、判事と数人の名だたるビジネスマンに電話をかけてきたことを、あなたに知らせるように言われました。彼は、その人たちをカントリークラブでのランチに招待したそうです。今日の正午に」

「ということは、コーリー氏は、まだフェアヴューにいるのね」ヴィッキーは目を見張った。「まるで何事もなかったかのように」

「ええ、そうなんです」マクドナルドは、口もとをゆがめた。「コーリーは、今日の正午の昼食会で、ビジネス・スピーチをすると約束したそうですよ」

「でも、コーリーがフェアヴューにいるとしたら、スピン・ヴォイトはどこにいるのかしら？」

「わかりません」と、刑事が答えた。「まだ行方がつかめないんです」と言いながら、彼女のためにドアを開けてくれた。

「昼食会は、今日の正午か」ヴィッキーとバー家の車に乗り込みながら、ビルが声に出して計算した。「川を越えてからカントリークラブに向かうと、十一時は過ぎるな――十一時半近くになるかもしれない。なんとかうまいこと、クラブでコーリーを待ち伏せできるかもな」

「きっとできるわ」と、ヴィッキーは言った。

二人が早めに到着すると、クラブの個室のダイニングルームでは、給仕長とウエイターたちが、アンドリュー・コーリーの昼食会のためにシャンパンや花をテーブルにセッティングしているところだった。コーリーのいつもどおり偉そうなスタイルの、いつもどおりのビジネスとは！　ヴィッキーとビルは、ベランダで待った。

十二時十五分前に、コーリーの大きな車が現れた。運転手がドアを開け、コーリーと、その後ろからイングリッシュ判事が降り立った。判事の冷ややかであいまいな微笑みを見て、ヴィッキーは、なぜ彼がコーリーと一緒に来たかを理解した。コーリーは、いつものように堂々と、大股でビルとヴィッキーに近づいてきた。

「おやおや、若者二人が、こんなところでなにをしているんだね？　自分の空港のビジネスに専念したらどうなんだ、ビル？」

ビルは、ごくりと息をのみ、なにも言えなかった。プロモーターの有無を言わせぬ態度は、いまだにビルを委縮させるのだった。代わりに、ヴィッキーが答えた。

「ビルと私は、ちゃんとビジネスに専念していますわ、コーリーさん。いま、ここでね。ちょっと、お話しさせていただいていいですか？」

「いまか？　むろん、だめだ！　来客があるんだ」でっぷりした白髪頭のプロモーターは、クラブハウスに足を踏み入れた。ヴィッキーは、その後ろをついて行った。こんなことで追い返されるつもりは、さらさらない。「ミス・バー、なんだか知らんが、秘書に話してくれんかね？」

「それはどうでしょう。お話というのは、J・R・スミッソンのことなんですけど」

「スミッ――！　ああ、よし、わかった。こちらのカードゲーム用の部屋に来たまえ。ここなら誰もいない。で、ビル、君もこの件に関わりたいんだな？　なんのためだ？」コーリーは憮然としてビルも中に入れると、ドアを閉めた。そのドアを、イングリッシュ判事が再び開けた。「よければ、私も話を聞きたいのだがね」

「いや――その――若者の愚かな戯言《たわごと》にすぎませんよ。ベランダでゆっくりなさったらどうです？

葉巻でも持ってこさせましょう」

「ありがとう。だが、私が葉巻を吸わんことはよく知っているだろう。うん、ここは、こぢんまりして居心地のいい部屋だな。ドアを閉めて、そんなに歩きまわるのをやめたらどうだ、アンドリュー？」コーリーは仕方なく、部屋の中でいちばん大きな椅子に、その巨体を投げ出した。「それでいい。さてヴィッキー、話というのはなにかね？」

「ちょっと聞いてください、判事！」と、コーリーが割って入った。「こんな小娘のいるところに座っていたくはないんだ――」ヴィッキーは頭にきて言い返そうとしたが、コーリーの声がそれをかき消した。

「彼女に話させたまえ」判事が穏やかに言った。

「ここは、法廷じゃないぞ！」と、コーリーが声を荒らげた。「私は、裁判にかけられているわけじゃないはずだ！」

「でも、いずれそうなるのよ」ヴィッキーは、われを忘れた。「これから真実を話すわ。誰にも止められるもんですか。本当に、洗いざらいぶちまけてやるから！」

判事が立ち上がった。「ここから先の証言は、私の執務室で、きちんと誓いを立てて、速記者同席のもとで聞いたほうがよさそうだ」判事は、道徳的な力で、その場を収めた。「アンドリュー、すまんが、ゲストには君なしで楽しんでもらうよう言ってもらわなくちゃならんな。ビル、給仕長を呼んでくれ。コーリーさんが、メッセージと謝罪の言葉を伝えたいそうだ」

四人は、張りつめた緊張感のなか、車でダウンタウンの判事の執務室に向かった。イングリッシュ判事は、そこにマクドナルドとフェアヴュー警察署長、それに速記者も呼び集め、コーリーには、電話で連絡がつくなら、弁護士に同席してもらってかまわないと告げた。全員――すぐには居場所がわからなかった弁護士を除いて――が集まったところへ、刑事がノックして入ってきた。

「ご報告があります。スピン・ヴォイトが、たったいまシカゴで逮捕されました。エイヴリーの黄色い車を、今朝五時ごろに乗り捨てて、正午ごろ別の車を盗もうとしたところを捕まったのです。シカゴ警察が、すぐに飛行機でこちらへ連行するそうです」刑事は、封のされたメモを判事に手渡した。

この報告を聞きながら、ヴィッキーはコーリーにじっと視線を向けていた。顔色こそ変わったものの、彼は平静を保っていた。無関心なふりを装おうとさえしているようだった。

判事がヴィッキーに、彼女が突き止めたことを話すよう命じた。ビルの助けを借りながら、彼女は、なにもかもを詳しく語って聞かせた。話しているあいだ、部屋の中は異様な静けさに包まれていた――聞こえるのは、少し震えている自分の声と、速記タイピストが打つパチパチという微かな機械音、そしてコーリーの荒い息づかいだけだ。ヴィッキーは、場所、日時、人名を具体的に挙げた。レイ・ダーネルとタトゥーに関する話や、スピンが、自らの不利な証拠となる写真を、どうやってルース・ストリーターのアルバムからせしめたかを説明した。そして、最初にスピンがDC－3をいじったときにオイル溜めの中から見つけたくず鉄と、昨夜、彼がエンジンから抜き取ったねじ釘を取り出した。J・R・スミッソンからスピン・ヴォイトに対して振り出された〈ランド&スカイ有限会社〉の名前入りの小切手も見せた。キーン夫人が営む下宿屋のスピンの部屋を警察が捜索すれば、黒い覆面と、染める以前のブロンドの髪と完全な形のタトゥーが写った、AAF時代のスピンの古い写真が見つかるだろうと言った。万が一、スピンが覆面や写真を処分していたとしても、なにかしらの痕跡が残っているはずだ、と。〈トランス・アメリカ航空〉のベイトソンとの会話も逐一報告し、スミッソンをコーリー夫人だと特定してみせた。最後に、ヴィッキーはオリジナルの暗号文を取り出した。それを見たコーリーは、息をのんだ。彼女は、声に出して暗号を「翻訳」した。

「『なかなかチャンスがない。女が邪魔している。さらに狙ってみる。もう少し金が必要だ』」

「話は済んだかね、ヴィッキー?」と、判事が言った。「警察から、彼女やビル・エイヴリーに質問はないかな? 君はどうだ、マクドナルド君?」

「必要があれば、あとでします、判事」

「よろしい。アンドリュー、今度は君が話す番だ」

「弁護士と相談するまでは話さない!」

「もちろん、それは君の権利だ。だが、ひと言忠告させてもらうと、自ら進んで洗いざらい白状したほうが、法は寛大だよ。それに、ヴィッキー・バーの供述は、十分に裏づけとなる内容だったと言わざるを得ん」

「この女の言うことは、全部嘘っぱちだ! 判事、あんたは友人だと思ってたのに」

「私は、友人として忠告しているのだよ」判事は、言葉に力をこめた。「さあ、話したまえ、アンドリュー。なんなら、シカゴ警察が連行してきたらすぐに、スピン・ヴォイトの供述を先に取ってもかまわんのだよ。彼は、きっと白状するだろう。実際、すでにある程度、自白しているんだ。このメモによれば、ヴォイトは君、アンドリュー・コーリーに、ビル・エイヴリーの貨物機に細工をし、内通者となって、ビルをビジネスから追い出すための工作をする目的で、週一〇〇ドルで雇われたと供述した」コーリーの顔が紅潮し、呼吸が荒くなった。

警察署長が口を開いた。「コーリーさん、ヴォイトの告発がなくても、ミス・バーが、十分に君の有罪を証明する証拠を提示してくれた。判事の忠告を聞き入れて、本当のことを話したらどうだ？」

コーリーは、赤くなったでっぷりした顔を両手で覆い、ぶつぶつとなにかをつぶやいた。手を離したときには、顔色は青ざめていた。そして、とぎれとぎれに話しはじめた。

なによりも強調したのは——彼はそれを誓って言った——スピン・ヴォイトが殺人の手配犯だとは知らなかったということだった。以前ヴィッキーに語ったとおり、大勢いる従業員の私生活には立ち入らないというのが、彼の主義だったのだ。スピンは、よさそうな照会先（コーリーはそれらの確認までは取らなかった）とA&Eのライセンスを持って、彼のもとへやって来た。それで十分だと思った。そのうちに、スピンという男は、金のためなら言われたことをなんでも喜んで引き受けるということがわかってきた。なぜ、彼がそれほどまでに「協力的」なのかについては、よく考えなかったという。確かに、スピンを使って、ビルをビジネスから追いやろうとした——が、殺人までしろとは言っていない！　今日、ここでヴィッキーの話を聞くまで、スピンがヴィッキー・バーを殺そうとしていたとは知らなかったと、何度もくり返し断言した。スピンには、ヴィッキーを恐れ、忌み嫌う、個人的な理由があったのだ。

「私は、バーという娘に対しては、いろいろと感づきすぎること以外は、たいして気にしていなかった。〈ランド&スカイ〉に就職希望の手紙を書いたのも、単に若者ならではの無邪気な熱心さからだと思ってたんだ。私が欲しかったのは、エイヴリー空港だった——あそこの土地がどうしても欲しかった。初めは買おうとしたんだが、それができなかったから——」コーリーは取り乱した。「信じてくれ。これまで、こんなことは一度だってしたことがないんだ！　追いつめられて、どうしようもなかったんだよ！」

「君の言い分を、初めから順を追って話してみたまえ」と、イングリッシュ判事が言った。その声には、同情の気持ちはこもっていなかった。

コーリーが言うには、彼は〈トランス・アメリカ〉の口約束が、いずれきちんとした契約になると確信してフェアヴューにやって来たのだった。自信があったからこそ、スピンをはじめとする技術者を連れてきて、実際に契約が結ばれたかのように事業を進めた。フェアヴューの住民に熱意をわかってもらい、投資してくれるよう説得もした。〈トランス・アメリカ〉との契約に関して彼らに嘘をついているという意識は、まったくなかったのだという。プロモーターのうぬぼれと自信は、とてつもないものだったのだ。自分の金はそれほど注ぎ込まなかったものの、身を粉にして働いた。そして、とうとう大規模な新空港の社長に任命され、労働と引き換えに、議決権を握れるほどの株を手に入れたのだった。

〈トランス・アメリカ〉から、もっと長い滑走路が欲しいと言われ、コーリーはビルの土地を適正な価格で購入しようとした。ところが、ビルは頑として首を縦に振らない。自分の判断で、もっと土地を手に入れられると〈トランス・アメリカ〉に保証してしまっていたコーリーは、なんとしてもそれを実現しなければならなかった。表だってビルをビジネスから追い落とそうとしなかったのは、苦労して頑張っている元兵士の若者が町の人に好かれていて、そんなことをすれば自分が嫌われることになりかねなかったからだ。そこで、コーリーは、ビルの抵当をひそかに買い上げようとした。まず、シカゴ近郊にダミー会社をつくり、〈ランド&スカイ有限会社〉と名づけた。それを妻の旧姓で登記し、郵便電話サービスに登録して、住所を手に入れた。次に、ニューヨークのジェラルド・フッドという代理人を雇い、フェアヴューの不動産会社に行かせた。ウォルター・ダヴィットは、そこの不動産仲介人だった。フッドは、ビルの抵当の保有者を特定すれば、ダヴィットにとっても利益があるよう話を持っていった。その保有者というのが、建築貸付組合だったのだ。そしてダヴィットは、フッドに言われるまま建築貸付組合へ行き、抵当を買い上げようとした。しかし、ヴィッキーが期限内にビルの貸付金を返済し、判事が組合を説得して、この匿名の申し入れを断らせてしまった。コーリーは、ビルの土地を手に入れるため、別の手だてを考えなければならなくなった。このときの彼はまだ、合法的な手段しか頭に描いていなかった。

ところが、自分のところにいたメカニックのスピンに、ビルの小さな飛行場で働かないかと誘われていることを意味ありげに耳打ちされ、これは使えるかもしれないと思いついた。少なくとも、こっそり情報を得ることはできる。それで、エイヴリー空港に行くから毎週ボーナスを支払ってくれというスピンの要求をのんだのだった。

最初、コーリーは、スピンとの連絡手段で重大なミスを犯してしまった。スピンが、彼の自宅へ金を受け取りに来たのだ。自分が直接スピンと接触するのはまずい。誰かに見られたり話を聞かれたりするリスクは避けなければならないし、通常の手紙も危険だ。そこで、ただちに安全な金の受け渡し方法を工夫した。小さくて、人目につきにくい〈サウス・フェアヴュー銀行〉――コーリーの資金は、すべてフェアヴューに置かれていたので――から引き落とされる小切手を郵便でスピンに送ることにし、小切手は、ダミー会社の〈ランド&スカイ〉から振り出されるようにしたのだ。妻のジャネットを、顔を知られていない〈サウス・フェアヴュー銀行〉に行かせて、旧姓のJ・R・スミッソンという名を使って〈ランド&スカイ社〉のための当座預金口座を開かせ、シカゴの郵送先住所だけを記載させた。そうしてコーリーは、極秘にスピンへの支払いのお膳立てをしたのだった。

それでもまだ、直接顔を合わせずに、スピンに指示を伝えたり向こうから報告を受けたりする方法がなかった。二人は、夏の初めに一度だけグリーンズヴィル空港で落ち合って相談し、タイプライターで簡単な暗号を打った手紙を使うことに決めた。コーリーはスピンに、これからは絶対に会いに来ないようにと言い含めた。万が一、緊急事態が生じて、どうしても会わなければならなくなったときには、グリーンズヴィル空港で偶然出会ったようなふりをすることにした。そしてコーリーは、ささやかな便宜を図ってやることで、空港のオーナーであるジョージ・ブラウンと親しくなった。スピンがビルの唯一の貨物機を故障させたら、ビジネスにダメージを与えられるのではないかと、コーリーは試しに提案してみた。スピンは、いつでも黙って言われるままに動いたが、どこまで信用していいのか、実のところコーリーにもわからなかった。

ビルのDC－3のオイル溜めにくず鉄を入れたスピンの最初の細工は、思うようにいかなかった。スピンが不注意で暗号文をなくし、それがヴィッキー・バーの手に渡っていたとは、コーリーもスピンも気づいていなかった。

そんなとき、ただちにニューヨークに来るようにという〈トランス・アメリカ〉側からの呼びだしの電話を受けた。彼らは、現在より長い滑走路を用意できなければ、コーリーとの契約を結ばないという決定を下し、いつになったら隣接する土地が手に入るかを知りたがったのだった。コーリーは焦った。ニューヨークへ行く途中でシカゴに寄り、使いの者から〈ランド＆スカイ〉宛ての郵便物を受け取った際に、ヴィッキーの手紙を見つけたものの、たいして気には留めなかった。ニューヨークからの帰途、ヴィッキーの〈フェデラル航空〉の機内で〈ランド＆スカイ社〉の封筒をうっかり落としてしまった。そして、彼女にスピンについてあれこれ質問されて動揺した。はたしてビルの土地を、しかも早急に手に入られるのか、彼はひどく不安になってきた。

それで、スピンをそそのかして、ビルのDC－3に二度目の細工をさせた。その結果、ビルからランの花を運ぶ仕事を奪い、評判に傷をつけることに成功したが、それでもビルは頑張りつづけた。仕方なくコーリーは、差し止め命令による訴訟を画策し、特別配達郵便でスピンに指示を送った。その一方で、差し止め命令を勝ち取れるものと、すっかりたかをくっていた彼は、フッドを〈トランス・アメリカ〉に送り込んで、ビルの空港を売りに出すオファーを伝えさせたのだが、結局はどれもうまくいかなかった。

ヴィッキーが、直接〈トランス・アメリカ〉から契約を結んでいないことを聞き出したものだから――その話が公表されなかったとはいえ――コーリーは、切羽詰まったところまで追い込まれた。世間の手前、すぐさま空港をオープンさせ、スピンに、チャンスを見つけて再びビルの妨害をするよう命じた。

だが、スピンはしだいに手に余るようになっていた。コーリーが困っていることを目ざとく察知して、もっと金をくれなければ手を貸さないと言ってきたのだ。実際スピンは、自分にとってもリスクの高い汚れ仕事から、全面的に手を引きたがっていた。そのうちに、脅迫めいたことまで言うようになった。とにかく必死だったコーリーは、グリーンズヴィル空港でスピンと直接会い、妨害工作をするよう説得したのだった。運悪く、二人一緒にいるところをヴィッキーに見られたが、コーリーは彼女を甘く見ていた。スピンに対しては、毎週の支払いを増やすことで、なんとかもう少しだけ協力関係を継続できることになった。

スピンに会いにエイヴリー空港へ来てくれという偽の暗号文を受け取ったとき、彼は行くのも怖かったし、行かないのも不安だった。まさか暗号が偽物だとは、夢にも思わなかったのだ。それに、まだビルの土地を手に入れようという決意は鈍っていなかった。ところが、昨夜エイヴリー空港に行ってみると、スピンが、DC－3に細工をしているのをヴィッキーとビルに見つかったところだった。とっさに彼もその場から逃げだし、ヴィッキー・バーが〈ランド＆スカイ社〉の銀行口座について突き止めていなかったなら、いまも自由の身でいられたかもしれない。それが、すべての真相だった。

「こんな小娘に、してやられるとは……」

アンドリュー・コーリーは、長々としゃべった。疲れて口をつぐんだときには、部屋にいる全員がじっと押し黙っていた。判事がつぶやいた。「詐欺、妨害行為、犯罪教唆《きょうさ》だな」外で、ドアが勢いよく開く音がした。

先ほどと同じ刑事が入ってきた。「たったいま、スピン・ヴォイトが到着しました」

「連れてきてくれ」

州警察の警官に手錠をかけられたスピンが、よたよたと姿を現した。一晩中寝ていないのと、逮捕の際に格闘したのが、一目瞭然だった。着ているのは昨日と同じ長袖のつなぎ服だが、たったひと晩で老け込んで、中年のように見える。いつもの冷淡な顔つきは、恐怖の表情に取って代わられていた。スピンの視線がヴィッキーに注がれ、その目が憎しみに燃えた。

「絶対に仕返ししてやるからな――」

「黙るんだ、ダーネル」と、判事が命じた。「おまえは、誰にも『仕返し』などできん。ヴィッキー、君はもう二度と、この男に危害を加えられることはないよ。さあ、ダーネル。次はおまえの供述を聞こう。今度こそ、真実を話すんだぞ！」

スピンことダーネルは、タトゥーの件とコーリーとの共謀について、ぼそぼそと話した。すべてコーリーのせいにしようとしたが、無理だった。ヴィッキーは座って聞きながら、怒りを感じるよりもむしろぞっとした。AAFから逃亡したスピンは、髪を染め、名前を変えて、民間の学校――AAFとヴィッキーに言ったのは嘘だった――でA&Eメカニックになる勉強をし、疑われる可能性の低い、尊敬される職業に就くことで、まんまと身を隠してきたのだった。だが、たとえ部分的には消せても、腕のタトゥーと、自分の性格まではどうにもできなかった。

コーリーは、刑務所に入れられた。あとで保釈を要求するかもしれないが、認められる見込みは薄かった。スピンは、刑務所の別の場所に連行され、軍警察に引き渡されるのを待つことになった。二人とも、かなりの刑に処されることになるだろうと、イングリッシュ判事はみんなに請け合った。

「判事――マックさん――」全員で外に出たとき、ビルが切りだした。「今度の一件で、僕は申し訳ないと思ってます。コーリーさんは、町にとっても重要な意味を持つ〈トランス・アメリカ〉との契約を、僕が妨げているなんて、ひと言も教えてくれませんでした。もし、知ってたら――でも、もう知ったんだ。もしかしたら、僕のちっぽけでつまらないビジネスが、あの広大な土地を持っているべきじゃないのかもしれない」

「君には、あの土地を所有する権利がある」と、判事は断言した。

「そもそも、独占事業を企てる権利なんて、コーリーにはないんだ」と、CAA調査官も言った。

「つまりその、僕は、フェアヴューに大規模な素晴らしい空港ができるのを邪魔したくはないってことです。そのほうが町にとっていいことで、〈コーリー・フィールド〉に投資した人たちみんなのお金を救うのだとすれば、僕は――僕は――ああ、自分の飛行場をあきらめて仕事を探すなんて本当に嫌だけど、でも――」

「君のビジネスを犠牲にすることはないよ、ビル」と、マクドナルドが言った。「そう言ってくれるのは、ありがたい。だが、きっとみんなで一緒に考えれば、大空港の滑走路を伸ばす名案を考えつけるさ。君が本気で言ってくれてるんなら、まだフェアヴューに〈トランス・アメリカ〉の飛行機を呼べる可能性があるかもしれない」

「僕は、本気ですよ」

ヴィッキーが明るく言った。「〈トランス・アメリカ〉のベイトソンさんは、十五日まで待つとおっしゃってました。まだ十五日まで日がありますわ」

ビルとヴィッキーは、バスに乗って〈キャッスル〉へ向かった。

ビルが、うめくように言った。「すごいよな、ヴィッキー。あんな大騒動の中でも、君はちゃんと冷静に行動できたんだから」

「そうできてなかったら、あなたは、たいへんなことになってたのよ。でも、なにより誇らしいのはね」――ヴィッキーは、クスクス笑った――「とうとうあなたに、顔を洗って清潔なシャツを着させることができたことよ」

「喜んでやってるわけじゃないけどね。このごろは、髪だってとかしてるんだぜ」

「まあ、もう私は仕事に戻るから、あなたも厄介払いできるわ」

「本当に寂しくなっちゃうな」と言うビルの顔は、すでに憂いに満ちている。「せめて玄関の前まで送るよ」

〈キャッスル〉のオーク材の玄関ドアの前で、ヴィッキー宛てのＣＡＡの封筒を振りながら、ジニーが二人を出迎えた。封筒の中身は、ヴィッキーのパイロット免許だった！　家族全員が彼女を祝福し、ビルは元気よく言った。「こりゃあ、お祝いしなくちゃ！」

「それはいいな」バー教授も上機嫌だった。「どうやってお祝いしようか？」

ビルが、急にきまり悪そうに両手をポケットに突っ込んだ。「いま思い出した。ドワイトが、今日からランの空輪をまた僕に任せてくれることになって、その積み込みのために急いで空港に戻らなくちゃいけないんだった。ああ、ヴィッキー、本当にごめん。君のお祝いをする時間がないよ」すると、その顔がぱっと輝いた。「それとも、僕と飛行場に来ないかい？　君とジニーと、ガイも呼んでさ、ね？　僕の積み込み作業のあいだ、野外で夕食を食べて、そのあとでみんなを飛行機に乗せてあげるよ。いいだろう？」

バー教授は片手を額に当て、ジニーさえが、小さな顔をしかめた。ベティ・バーが噴き出した。

「どうやら、ヴィッキー自身もお祝いする時間がなさそうよ、ビル。たったいま、この電報が届いたの」母は、見慣れた黄色い封筒を娘に手渡した。「今度はなにかしら？」

「わからないわ、ママ。〈フェデラル航空〉が私をどこに派遣するのか、見当もつかないの。でも、ルース・ベンソンの話では――ほら、自分の目で見て！」

パイロットになったあなたに、新たにとびきりの特別任務を授けます。大至急戻ってきて！

ビルは、ヴィッキーを見下ろして言った。「君が連れていかれることになるんなら、操縦なんか教えなきゃよかったたな」

「私も同感だよ」と、父は言ったが、その顔には、誇らしげな笑みが浮かんでいた。

ヴィッキーは、銀色がかったブロンドの頭を振った。「これは、終わりじゃないわ」彼女は、楽しそうに言った。「新たな第一歩の始まりなのよ――素晴らしいことのね」

# 訳者あとがき

ヘレン・ウェルズは、一九一〇年三月にアメリカのイリノイ州に生まれ、七歳のとき、家族とともにニューヨークに移住しました。一九三四年に卒業したニューヨーク大学では、哲学を中心に、社会学、心理学も学び、学内の文芸季刊誌初の女性編集長を務めたそうです。

卒業後はソーシャルワーカーとして働き、第二次世界大戦中には、アメリカ大陸間問題を扱う省庁でボランティアの仕事もしました。そうした仕事のかたわら執筆活動を開始し、やがて作家に専念するようになります。そして、少年少女向けのミステリ・シリーズで有名になっていきました。なかでも、本書の主人公であるスチュワーデスのヴィッキー・バーと、看護婦チェリー・エイムズが活躍する二つのシリーズがよく知られています。

*Peril Over the Airport*
(*1953,GROSSET & DUNLAP*)

本書『エアポート危機一髪　ヴィッキー・バーの事件簿』（原題 *Peril over the Airport*）は、一九五三年の作品で、ヴィッキー・バーのシリーズ八作目にあたります。好奇心旺盛で活発な若きスチュワーデス、ヴィッキーは、ふだんはニューヨークのアパートでスチュワーデス仲間の友人たちと暮らしていますが、今回は、実家のあるイリノイ州フェアヴューで事件に遭遇します。持ち前の推理力と行動力をフルに発揮し、一つ一つ謎を解いていくヴィッキーの思考に寄り添った文体で書かれているので、読者は彼女とともに推理を押し進めていくワクワク感を味わえます。

全体にユーモアを交えながら、それぞれの土地柄や風俗、時代背景などが織り込まれているのも、ウェルズ作品の特徴と言えるでしょう。

現在は「スチュワーデス」といわずに、英語ではflight attendant、日本語なら客室乗務員《キャビン・アテンダント》という呼称が一般的ですが、当時の状況を考えて、本書では原文のとおりに「スチュワーデス」と訳しました。余談ですが、本作の訳了後に客室乗務員《キャビン・アテンダント》が探偵役となる作品を調べてみたところ、管見に入った限りでは、東野圭吾氏の短編集『殺人現場は雲の上』(1989)、山浦弘靖氏の紅《くれない》翔子シリーズ(『スチュワーデスは探偵がお好き』他)、テレビドラマ「スチュワーデス刑事」(1997―2006、財前直見・主演)、そのリメイク版「キャビンアテンダント刑事　～ニューヨーク殺人事件～」(2014、深田恭子・主演)しか確認できず、思ったより少なく意外に感じました。

一九五〇年代のアメリカといえば、すでに女性が社会に出て活躍してはいましたが、ウーマンリブ運動によって女性解放が本格的に実現に向かった時期よりも十年以上前のことです。作中にも書かれているように、航空会社のパイロットの仕事は、まだ女性には解放されていませんでした。それでも、当時の日本の社会情勢と比較すれば、ずっと進んでいたと言っていいでしょう。日本が第二次世界大戦の敗戦後の混乱からようやく立ち直り、徐々に復興を始めたころ、アメリカでは、女性たちが自家用飛行機のパイロットとなり、貨物輸送や飛行機そのものの空輸など、正式な仕事として活躍の場を与えられていたのです。本書に登場する全米女性パイロット協会(Women Flyers of America)も実在した団体で、職業にしろ趣味にしろ、飛行機の操縦を楽しむ十八歳以上の女性なら誰でも参加できました。

原書初刊本（1953年刊）の見返し部分に描かれた空港のイラスト

飛行機自体も、いまとはずいぶん違います。ヴィッキーが操縦するのは、オープン・コックピットの軽飛行機です。じかに風を感じながら空中を舞う感覚は、よりスリリングで、さぞ爽快だったにちがいありません。

こうした時代背景を踏まえて読むと、いっそう深く作品を味わうことができ、ヴィッキーをはじめとする登場人物たちが、さらに身近に感じられることでしょう。

どうぞ皆さんもヴィッキーの飛行機に乗っているつもりで、操縦と推理を一緒に楽しんでください。

二〇一六年八月

友田　葉子

〔訳者〕
友田葉子（ともだ・ようこ）
津田塾大学英文学科卒業。非常勤講師として英語教育に携わりながら、2001年、『指先にふれた罪』（DHC）で出版翻訳家としてデビュー。その後も多彩な分野の翻訳を手がけ、『極北×13＋1』（柏艪舎）、『カクテルパーティー』（論創社）、『ショーペンハウアー　大切な教え』（イースト・プレス）、『アホでマヌケなマイケル・ムーア』（白夜書房）をはじめ、多数の訳書・共訳書がある。

エアポート危機一髪《ききいっぱつ》　ヴィッキー・バーの事件簿《じけんぼ》
――論創海外ミステリ　178

2016年8月25日　初版第1刷印刷
2016年8月30日　初版第1刷発行

著　者　ヘレン・ウェルズ
訳　者　友田葉子
装　画　佐久間真人
装　丁　宗利淳一
発行所　論 創 社
〒101-0051　東京都千代田区神田神保町2-23　北井ビル
電話　03-3264-5254　振替口座　00160-1-155266

印刷・製本　中央精版印刷
組版　フレックスアート

ISBN978-4-8460-1548-0
落丁・乱丁本はお取り替えいたします